KB267811

조경란 소설

반대편

사람주의

문학동네

차례

은천에서

나는 동네 개천에다 이불을 갖다 버린 적이 있었는데 수십 년 동안 아무에게도 하지 못한 그 이야기가 오늘 다시 떠올랐다. 초등학교 입학을 며칠 앞둔 2월 말 새벽에 나는 이불에 오줌을 지렸다는 사실을 깨닫곤 자리에서 벌떡 일어났다. 남동생은 따로 깔고 누운 이불 속에서 엄지손가락을 입에 물고 잠들어 있었다. 나는 사십대 후반의 혁오가 지금도 엄지손가락을 입에 물고 잘 거라고 짐작하지만, 대개의 무뚝뚝한 남매들이 그렇듯 우리는 그런 이야기를 나누기에는 너무 멀어졌고 그건 올케와도 마찬가지다. 아무튼 나는 척척해진 내복 바지를 갈아입은 뒤 미지근해진 이불을 재빨리 둘둘 말았다. 그러곤 가족이 모두 잠든 고요한 집 마루를 까치발로 걸어나가 털 장화를 신었다.

지금도 그런 편인데 나는 추위를 무척이나 타는 사람이고 보통은 4월까지도 얇고 긴 코트를 입고 다닌다. 언젠가 올케가 지나가는 투로, 벚꽃이 피던 때였는데 처음 만나는 자리에 형님 될 사람이 그런 옷차림을 하고 나와서 기억에 남았다고 말했다. 여름이 오기전까진 그냥 너무 춥지 않나. 나는 어색하게 그런 말로 얼버무리며 속으로는 딴생각을 했다. 올케에게 너무 내 이야기를 하는 건 별로 좋지 않겠다고. 올케는 그때 임신중이었는데 나는 그 아기를 나와 내 부모가 키우게 되길 기다리던 중이었다. 자기 자식을 키워줄 사람이라면 무던하고 예민한 데가 없는 사람을 더 신뢰하겠지. 일찌감치 그런 생각까지 했다면 나는 올케와 좋은 관계를 유지할 수 있게 계속 신경을 써야 했을 것이다.

다시 이불을 버리던 새벽. 머리를 하나로 묶고 붉은색 털 장화를 신은 키 작은 여자아이가 둘둘 만 요를 머리에 이고 대문을 나가 언덕 같은 산동네 골목을 올라간다. 대부분의 기억과 달리 유독 그 장면만은 지금의 내가 먼발치에서 뚜렷하게 바라보는 듯 선명하다. 비탈을 따라 긴 개천이 이어져 있었다. 깊지도 물살이 세지도 않아서 동네 아이들에게는 뒷산과 함께 가장 익숙한 놀이 장소이기도 했다. 이불이 무거웠을 텐데. 어떻게 막 여덟 살이 된 아이가 그걸 머리에 이고 개천에 밀어넣을 생각을 했을까. 요는 천천히 젖어들어갔고 점점 더 무거워져서 그런지 물에 떠밀려가지 않고 바닥으로 넓게 펼쳐지면서 가라앉는 것 같았다. 그 지역에서 태어나고 자랐어도 개천에 무언가를 집어넣어보기는 처음이었다. 밖으로 가지고 나온 내 여덟 살의 부끄러움과 수치심은 얕은 수심 속에서 잠시 허둥거리는 듯 보였다. 아침이 되면 먼 데까지 떠내려가 있을 거야, 이 일은 누구에게도 들키지 않을 거야. 나는 부들부들 떨면서 집으로 돌아왔고 그때는 알지 못했다. 오줌에 젖은 요를 머리에 이고 개천으로 힘겹게 걸어가던 여자아이의 모습을 그후 문득문득 떠올리며 살게 될 줄. 그 일은 어째서인가 내 유년의 첫번째 장면이 되었다. 그리고 그 이불이 시작이었다. 내가 집에 있는 무언가를 몰래 밖에 내다버리게 된 건.

집으로 돌아오는 길에 나는 무서워서 노래를 불렀다. 엄마 엄마 나 죽으면 앞산에다 묻어줘 뒷산에다 묻지 말고 앞산에다 묻어줘. 어디서 그런 노래를 배웠을까. 고무줄놀이를 하면서도, 무서움을 떨칠 때도 수없이 불렀던 그 이상한 노래를.

엄마.

그날 밤 이후, 다시 내 어머니를 그렇게 불러본 적이 없다. 갑자기 철이 든 것도 아닐 텐데 저절로 그렇게 되었고 어머니에게 거리감을 느꼈으며 그 일과 무관하게 우리는 아직 같이 산다.

자고 일어나보니 어머니가 보이지 않는다.

나와 둘이서만 살게 된 이후로 어머니는 더는 예전처럼 부지런하고 악착스럽게 살림을 관리하지 않지만 가끔 장을 보고 낮 한시가 되면 이 인분의 점심상을 차린다. 저녁은 각자 알아서 해결

하고. 점심을 먹는 동안 이번달 도시가스 요금이 얼마나 더 나왔다든가 민오 중간고사 기간이 시작되었다는 대화를 짧게 나누는데, 더러 어머니가 생기를 찾은 날엔 차사장네 뻥튀기값이 올랐다거나 앞집 감나무 할머니가 다리를 다쳤다는 등의 소식을 전해듣기도 했다. 이따금 외출할 일이 생기면 어머니는 식탁에 어설프고 희미한 글씨체로 메모를 남겨두었다. 오늘은 메모도 없고 아침에 주방을 사용한 흔적이 없어 보인다. 창가에 흰쌀을 수북이 담아놓은 대접도 보이지 않는다. 어머니는 깊은 고민거리가 있으면 대접에 쌀을 담아 창가에 놓아두는 사람이다.

어머니와 나는 어제 늦은 저녁에 김포에서 집으로 돌아왔다. 피곤함과 이상한 자유로움 속에서 나는 크게 기지개를 켰다. 어머니가 집에 없다, 지금은 나 혼자다. 무려 사흘 만이었다. 나는 이 상태에서 일시적인 위안을 얻으려고 했다.

점심을 먹고 나선 공유 오피스에 가서 『감정 해부』라는 책을 읽을 작정이었다. 내일이 개강이고 이번 학기부터 수업이 세 시간짜리 한 과목으로 줄어들었다는 말을 나는 경제적 공동체원인 어머니에게 아직 전하지 못했다.

그런데 어머니는 말도 없이 어디로 가버린 걸까.

가끔 어머니는 나를 비판적인 눈으로 볼 때가 있는데, 혼자 먹을 점심을 만들기 위해 대파를 얇게 썰고 달걀을 나무젓가락으로 풀고 있는 지금도 그런 기분이 든다. 나는 손을 멈추고, 잠깐 숨을 고른 뒤 어머니 방 문을 세게 열었다. 좌식 화장대 위에 휴대전화가 놓여 있었다. 노인 우울증—내가 내린 진단이지만—증상을 보이기 이전부터 어머니는 손에서 휴대전화를 내려놓는 일이 드물었다. 좋지 않은 소식이 마침내 오기를 간절히 기다리는 사람처럼, 불안으로 녹아버린 듯한 얼굴로.

어머니가 집을 나갔다. 휴대전화를 두고 감으로써 어머니는 그 의사를 확실하게 표현했다. 오늘은 민오가 수능 전 마지막 모의고사를 치르는 날인데도.

풀어둔 달걀을 개수대에 버린 후 나는 물에 젖은 손가락으로 안경을 밀어올리며 십팔 평짜리 집을 삐딱하게 둘러봤다. 어머니가 없는 집은 홀가분하고 가볍고 밝아 보였다. 감각기관을 다 닫아버린 나방 같았던 사람이 사라진 자리, 너무 우울해서 자신이 우울해진 진짜 이유를 잊어버린 노인이 사라진 자리는 정말 그래 보였다. 당장 뭔가를 새로 시작해도 되는 집 같았다. 누가 나를 지켜보는 듯한 기분만 아니라면 지금 이 차분하고 고요한 집에 잠시 더 몸을 쭉 편 채 혼자 있고 싶었다. 나는 집에 혼자 길게 있어본 지 오래되었다. 그러나 집은 제 주인이 누구인지 아는 반려동물과 같아서 나는 이 집이 전적으로 어머니 편이라는 걸 안다. 어머니가 사라졌다는 사실을 누구에게든 알려야 하는데. 혁오에게 전화하는 건 올케에게 하는 것과 다르지 않고 올케와는 이런 일로 통화하고 싶지 않다. 나는 냉장고를 열어 사과 하나를 깎아 먹었다. 아직 한시가 조금 넘었을 뿐이니까.

　어머니는 상담을 받고 약을 먹어보자는 내 말에 기분부터 상한 모양이었다. 좀 배웠다고 아무나 다 환자로 보는 거냐. 그리고 입을 꾹 다물어버려 힘이 들어간 아래턱에 주름이 더 자글거렸다. 청력이 약해진 뒤로 어머니는 말을 걸기도 전에 매사 신경질적인 반응부터 보였다. 그럼 김포 가서 같이 바람 좀 쐬고 와요. 나는 단호하게 말하곤 자리에서 일어나버렸다. 외삼촌에게 어머니를 설득해보라고 할 작정이었다. 어머니와 외삼촌은 열다섯 살이나 차이가 나고 그래서 외삼촌과 나는 다섯 살 차이밖에 나지 않는다. 어머니에게 외삼촌은 학교를 중퇴하고 돌봐야 하는 아이였다가 결혼하고도 자식들과 같이 키워야 하는 동생이었다가 마지막엔 채무자가 되었으며 관계가 틀어진 외갓집 식구 중에서는 유일하게 아직 가족으로 남은 사이였다. 택시에 휴무 사인을 켜놓고 외삼촌은 당산역 3번 출구 철교 밑에서 우리를 기다리고 있었다. 그게 사흘 전, 지난 일요일이었다.

　아파트로 가기 전에 외삼촌은 농협 로컬푸드 직매장 주차장에 택시를 세우곤 나에게 온 김에 LA갈비 좀 재어놓고 가라고 말했다. 냉동실에 얼려두었다가 몇 조각씩 구워먹겠다고. 지난 명절에 외삼촌이 우리집에 와서 좀 두껍다 싶은 갈비를 말없이, 조금은 탐욕스럽게 뜯어먹던 모습이 떠올랐다. 식당에 가서 먹어보기도 했고 재놓은 걸 사 먹어도 봤는데 누린내가 올라와서 못 먹겠다고. 동치미, 백김치, 오이지, 고추절임, 양파장아찌, LA갈비나 갈비찜. 어머니가 손을 놓은 음식들을 이제 내가 하고 있었다. 네가 잰 갈비가 제일 깨끗해. 외삼촌은 말릴 틈도 없이 직매장 안으로 들어서버렸다. 장바구니를 집어드는 외삼촌에게 그제야 어머니가 말했다. 여기에 LA갈비가 어떻게 있냐, 로컬푸드 직매장인데. 외삼촌은 멋쩍다는 표정으로 그러네, 했다. 나는 정육 판매장에서 갈빗살을 찾았다. 갈빗살도 불고깃감도 다 떨어졌다고 했다. 외삼촌이 폐암 치료중이라는 건 가족에게 공공연한 비밀이었고 나도 그걸 아는 척하지 않는다. 오전 일만 마쳐도 기운이 달려서 이젠 고기를 좀 먹어야겠다고, 외삼촌은 벗어진 머리를 손바닥으로 문지르며 조금 웃었다. 그냥 나가기가 뭣해서 매장을 둘러보다가 껍질 땅콩을 발견했다. 어머니가 잠든 밤이면 나는 약하게 달군 프라이팬에 생땅콩을 천천히 볶아 맥주를 마시곤 했다. 오백 그램짜리 한 봉지를 집어들었는데 겉면에 원산지와 생산자 이름, 전화번호가 인쇄돼 있었다. 9월인데 벌써 땅콩을 수확했나. 김포시 양촌읍 석모리, 생산자 이름을 물끄러미 들여다보다가 두 봉지를 바구니에 담았다.

그날 다른 매장을 더 돌아봤지만 LA갈비를 사는 데는 실패했다. 한 군데는 값이 우리 동네보다 말도 안 되게 비싸서 포기했다. 우리 동네가 고기는 싼데. 어머니는 아쉽다는 듯 말했다. 집안에 들어서자마자 외삼촌이 화장실을 간 사이에 나는 어머니에게 말했다. 다음에 갈비 재어놓고 외삼촌에게 가져가라고 하면 어때요? 어머니가 오이지를 담아온 통을 냉장실로 밀어넣으며 소곤거리듯 말했다. 생활비를 아껴야 해.

그날 저녁 닭가슴살 카레를 먹으며 외삼촌—나의 부탁을 받은—이 자신의 누나에게 말했다. 그러지 말고 애 말대로 상담을 받아보면 어떻겠냐고. 노인이 되면 걱정이 많아지는 게 당연한 것 같지만 다 그렇지는 않다고. 게다가 누나처럼 친구도 없고 규칙적으로 나갈 데가 없는 노인들이 우울증에 걸릴 확률이 높다고. 외삼촌은 잘하고 있었다. 내가 보낸 메시지들을 외우다시피 한 것 같았다. 나도 자연스럽게 끼어들 기회를 엿보고 있는데 어머니가 수저를 내려놓으며 침착한 어조로 물었다. 그런데, 누가 노인이냐?

누가 노인이냐.

이 질문이 마음에 남는 이유는 무엇일까. 올해 들어 혁오네 부부를 만날 때마다 나는 어머니의 상태에 대해 말했다. 웃지도 않고 말도 없고 식욕도 없고 근심 걱정으로 무너져내리는 표정을 한 채 온종일 소파에 멍하게 앉아 있기만 한 어머니에 대해서. 우울증 중에서도 중증 불안장애 같아 보이니 빨리 조처를 해야 한다고. 이렇게 두면 치매로 발전하지 않겠느냐고. 이유도 말하지 않은 채 자신의 대부분을 걸어 잠그는 듯한 어머니를 어떻게 설명해야 할지 몰라서 나는 그렇게 말했다. 그러자 올케가 그건 전적으로 형님 관점이죠? 라고 물었다. 어머닌 원래도 좀 걱정이 많은 타입이셨잖아요. 올케는 평생 같이 산 딸이 왜 그런 것도 모르느냐는 어투를 애써 감추지 않으면서 하고 싶은 말을 했다. 우울한 가족과 같이 사는 사람이 우울해질 가능성이 크다는데, 혹시 그거 걱정돼서 이러시는 거 아닌가 싶네요. 여보. 혁오가 한마디했다. 아니, 누나와 아내 사이에서 할 줄 아는 유일한 그 단어로 중재하는 시늉을 했다. 나이도 어린 올케가 나에게 하고 싶은 말을 다 할 때마다 나는 올케가 싫었고 그걸 싫어하는 나를 감추기 위해서 침묵해버리거나 술잔을 비우거나, 그래도 정말로 못 참겠는 경우에는 눈물을 흘리는 최후의 방법을 선택하곤 했다. 마치 떨어져서 사는 너희들이 어머니에 대해 뭘 아니? 하듯. 그 방법이 언제나 먹혔다고 나는 착각했다. 올케의 어머니가 그렇게 돌아가시기 전까지는.

나는 에코백에 어머니 휴대전화와 집 열쇠, 소독 티슈, 생수병을 넣어 둘러메고 한 손으론 잘게 다진 사과 껍질을 모아 쥔 채 현관을 나섰다. 삼층 현관 바로 맞은편에 일층까지 이어지는 낮은 담이 있고 그 그늘진 담 아래 화분 몇 개가 놓여 있다. 빈 화분도 있고 비어 있는 것처럼 보이는 화분도. 나는 빈 것처럼 보이는 긴 토분에 사과 껍질을 조심스럽게 내려놓곤 계단을 내려갔다.

외삼촌 집에서 2박 3일을 보내는 동안 나는 집이 아닌 다른 장소에서 어머니를 대면하는 것, 어머니를 모시고 집이 아닌 곳에 가는 일에 미약한 저항감을 다시 느꼈다. 어머니도 그럴 거라고 짐작하면 우리는 집이 아닌 장소에서는 만나지 않는 게 나을지도 몰랐다.

은천에 가봐야겠어.

어머니는 나 들으라는 소리도 나를 보지 않은 채 외삼촌에게 했다. 어머니가 뭘 하고 싶다고 표현한 게 오랜만이어서 나는 의외의 눈으로 어머니를 보았다. 게다가 은천이라면 먼 데도 아니고 집에서 겨우 십오 분 거리밖에 되지 않는 데니까. 거실 구석의 일인용 안락의자에서, 아직 무더운 9월인데도 체크무늬 담요를 가슴께로 끌어올리며 외삼촌이 느리고 조금은 타박하는 듯한 소리로 말했다. 뒤돌아보면 뭘 해.

삼십 년 전에 지금 집으로 이사한 후, 처음에 어머니는 거의 은천시장을 가지 않았다. 골목에서 조금만 내려가면 지역을 대표하는 오래된 재래시장과 은행들, 마트들, 가게들이 있어서이기도 했지만 알고 지내던 이웃들이 대부분 은천을 떠나버렸기 때문이기도 했다. 우리집만 역 가까운 곳으로 집을 옮겨간 셈이었다. 그렇지 않은 집이 있다면 은천시장에서 뻥튀기 가게를 하는 차사장네 정도. 거래하던 은행이 은천시장 쪽으로 지점을 옮겨 어느 날 어머니는 오랜만에 그 동네에 갔다고 했다. 하지만 산동네였던 데가 전부 아파트촌으로 변해서 어디가 어딘지 알아볼 수가 없었다고. 어쩌면 어머니는 가족이 다 모여 좋은 시절을 보냈던 옛집, 고만고만한 전셋집들을 전전하다 팔백만원을 주고 샀다던 첫 집을 찾아보려고 했던 건지도 모른다. 은천시장에 가서야 예전부터 장사하던 얼굴 몇몇을 알아보았다고 했다. 그후로 어머니는 혼자 있는 한낮이면—사실 한낮에는 늘 혼자 있지만—배낭을 메고 가끔 은천시장에 다녀오곤 하는 눈치였다. 예전부터 거리에서 뻥튀기 장사를 하던 사람들도 시장 재정비 사업 이후 상가건물 일층에 자그마한 점포로 자리잡았다는 소식도 전했다. 그런 날이면 튀긴 검정콩이나 쌀 튀밥이 든 검은 비닐봉지가 식탁에 놓여 있었다. 우리 남매가 초등학생이던 때부터 시장 주변을 떠나지 않았던 뻥튀기 주인집 아들은 나와 4학년 때 같은 반이었다. 이제는 부모 뒤를 이어 그애, 차사장이 가게를 꾸려가는 모양이었다. 우리라는 말은 적합하지 않지만 그 시절엔 너도나도 할 것 없이 우리라고 불렀고, 우리는 모두 그 동네에서 태어나 은천국민학교에 다녔다. 그중 집이 가까웠던 산동네의 열댓 명은 부모들끼리도 서로의 살림을 꿰고 있었고 하교 후 다 같이 시간을 함께 보냈다. 다른 아이들과 달리 내가 인근 중학교가 아니라 대방동에 있는 학교로 배정받으면서 그런 시간은 끝이 났다. 하굣길에 85번 버스를 타고 가다 종종 동네 차고지에서 어렸던 차사장과 마주치는 정도를 제외하곤. 그러다가 나는 지난여름 저녁에 그쪽으로 밤 산책을 하러 갔다가 문을 닫고 있는 성인이 된 차사장을 처음 만났다. 내가 또 뭔가를 버리러 나간 날이었다.

손님 두 명이 앉으면 꽉 차는 가게인데 마침 손님이 없었다.

어머니, 오전에 다녀가셨는데.

가게로 들어서는 나를 보고 차사장은 말했다.

어디로 가신다는 말 안 하셨어?

나는 에코백을 무릎에 놓고 자리에 앉으며 물었다.

왜? 그냥 좀 앉았다가 가시길래 다리가 아파서 들르셨나 했지.

은색 소형 냉장고처럼 생긴 신식 뻥튀기 기계가 돌아가는 소리가 들렸다. 기계 한 번 돌리는 데 팔천원, 콩이든 쌀이든 옥수수든 재료와 상관없이 무게는 반드시 이 킬로그램을 채워야 한다. 단골인 어머니를 통해 알고 있는 사실이었다.

무슨 일 있었냐?

목장갑을 벗고 차사장이 맞은편에 앉았다. 나는 고개를 저었다. 그럼 어제 무슨 일이 있었다는 거네. 차사장이 농담처럼 말했다. 어제, 어제는 아니라고 말하고 싶었다. 어제는 단지 김포에서 돌아왔고 우리는 피곤했을 뿐이라고. 한집에 사는 사람들이라면 누구든 문제가 있기 마련 아니냐고.

이 근처에 계시겠지.

입을 다물고 있는 나에게 차사장이 말했다. 어머니를 찾으러 나와서도 나는 조급한 마음이 들지 않는 걸 다행이라고 여겨야 할지, 이런 나를 의심해야 할지 몰라서 등받이에 등을 기대며 한숨을 내쉬듯 말했다.

어머니라는 사람을 이해할 수 있을까.

글쎄, 그건 너무 큰 꿈 아니냐.

나는 대꾸하지 않고 셔츠 소매를 접어 올렸다. 어머니가 원하는 게 뭔지 모르겠어, 라고도 말하지 않았다. 질병이나 날씨 같은 걸 이해하는 방식으로는 결코 어머니를 이해할 수 없겠지.

엄마들 가끔 그러시더라.

뭘?

신선생도 그럴 때 있잖아. 집밖으로 뛰쳐나가고 싶어질 때.

아니, 나는 고개를 저었다. 내가 원했던 건 아주 집을 나가는 일이었고 그걸 깨달았을 때 어머니는 이미 늙은 사람이 돼 있었다. 아무도 돌볼 사람이 없는.

이 근처라면, 어디에 계실까?

자신 없는 투로 나는 물었다. 엄지가 긴 오른쪽 손모아장갑 모양으로 생긴 은천은 꽤 넓은 행정동이니까.

그냥 기다려보는 게 어때? 어머니도 혼자 있는 시간이 필요할 때가 있을 거야.

어머니는 밤중까지 늘 혼자라는 말 대신, 나는 차사장에게 커피 한잔을 타달라고 했다. 내가 여기서 커피를 마시는 사이, 은천의 어느 골목에선가 어머니가 내려오는 모습을, 혹은 근처를 지나가는 모습을 발견하게 될지도 모른다는 미약한 기대를 했는지 모른다. 어머니가 밤중까지 혼자인 이유는 내가 어머니와 떨어져 있기를 원해서이다. 집에 빈방이 있어도, 내게 필요한 건 어머니가 안 보이는 집에서 먼 공유 오피스나 카페다.

있잖아, 차사장.

나는 커피를 한 모금 마셨다.

우리집 맞은편 다세대주택에 다리 다친 개랑 사는 아주머니가 있거든. 조금 사납게 생겼고 동네 사람들하고 말도 안 하고, 개를 늘 품에 아기처럼 안고 산책시키느라 골목만 왔다갔다하는 게 전부인 그런 육십대 아주머니. 조금 전에 집에서 나오는데, 그 빌라 앞에 역시 개를 안고 서 있더라. 누가 쓰레기를 그 집 앞에다 버리고 갔는지 화가 나 보였어. 거길 지나치는데 이런 소리가 뒤에서 들리는 거야. 아주 입만 살았어, 젊은것들이, 책임감도 없이. 하필 내가 지나갈 때. 아주 입만 살았다고, 정말 분노에 찬 목소리였어. 병든 개도 캉캉 짖고. 그런데 왜 하필 나 지나가는데 그런 말을 하는 거냐고.

마음이 아픈 거야.

누가?

다.

차사장은 기계에 부착된 시계에서 눈을 떼며 말했다. 인도로 어머니와 비슷한 연령대의 노인들이 장바구니를 들고 지나가는 게 보였다. 어머니는 여전히 없었다. 나는 할 수 없다는 투로 차사장에게 물었다.

우리 어머니 오늘 뭐 입으셨어?

어, 감색 반팔 티에 넓은 통바지인가, 아니면 치마?

흰 줄이 쳐진 네이비 티셔츠에 같은 계열이지만 조금 짙은 색깔의 헐렁한 바지. 올여름 어머니가 자주 입는 옷. 이제 어머니가 머릿속에 그려졌다. 오늘은 평범한 하루가 되지 못할지도 모른다는 불안 속에서.

신선생 전화 소리 아냐?

나는 얼른 통화 버튼을 누르고는 인도로 나왔다. 혁오에게 전화한 지 십 분도 안 된 것 같은데.

형님 지금 어디세요?

올케는 낮고 또박또박한 소리로 물었다. 여기 시장이야. 한쪽의 내가 그렇게 말했고 또 한쪽의 나는 올케는 이 일에서 좀 빠져줬으면 해, 라고 말하고 싶어했다.

어머니, 집 나가셨다면서요?

올케네 산책길 좀 둘러봐줘, 난 여기 찾아다녀볼 테니까. 가실 데가 없잖아.

나는 위축된 목소리로 말했다.

가실 데가 없다고요?

올케는 나에게 화를 내고 싶은 모양이었다. 나는 차사장이 기계

를 열고 통에서 한 솥이나 돼 보이는 튀밥을 꺼내는 모습을 보며
말을 골랐다.

민오 아직 시험 안 끝난 거지? 결과는 몇시쯤 나와?

지금 그게 문제예요?

……

김포에서 무슨 일 있었던 거죠? 어머니가 왜 갑자기 집을 나가
신 건데요?

나는 내 얼굴을 지우듯 한 손으로 세게 문질렀다. 형님, 형님.
올케가 나를 두 번 부르고 말했다.

형님은 왜 어머니가 집을 나가서 죽을 수도 있단 생각을 못하는
거예요?

아기가 태어났을 때 동생 부부는 각자의 이름 끝 자를 붙여서
민오라는 이름을 지었다. 구식인 내 부모는 맞벌이하는 아들과 며
느리를 대신해 민오를 키웠는데, 애를 씻기고 먹이고 재우는 실제
적인 일은 한집에 사는 내가 맡아야 했다. 결혼한 외아들을 분가
시킨 부모의 상실감을 나는 채울 수 없었고 첫 손자를 키우는 일
이 그런 부모에게 도움이 될 거라는 막연한 기대 속에는 내 노동
력과 시간은 포함돼 있지 않았다. 그러나 민오를 키우는 일은 아
이를 가져본 적도 키워본 적도 없던 내게 전혀 다른 차원의 감정
을 불러일으켰다. 나는 고모 역할에 충실했다. 한글을 가르치고

풍선을 묶는 법과 운동화 끈 묶는 법을 가르쳤다. 십삼 년 동안. 민오는 키우기 까다로운 아이도 아니었다. 나 자신에게 스스로 좋은 면을 보게 되는 경우가 드물었는데 내가 민오를 대할 때, 민오가 나를 필요로 하고 곁에 있고 싶어할 때만큼은 잠시 그런 존재가 된 것 같았다. 혁오 부부가 금요일 저녁에 민오를 집에 데려갔다 일요일 밤에 데리고 오면 나는 원하지 않는 곳에 내 아이를 맡겼다가 되찾은 듯한 기분이 들었고 그런 기분에 대해서는 어머니에게도 말해본 적이 없었다. 승민, 혁오, 그래서 민오라고 붙여진 이름. 가끔은 민오의 이름을 다른 것으로 바꾸고 싶어지는 뒤틀린 마음에 대해서도. 게다가 내 눈에 올케는 민오를 충분히 사랑하지 않는 젊은 엄마처럼 보였다. 딱 한 번을 제외하고.

　동생 부부와 밥을 먹고 식당에서 나오다가—그때도 내가 민오를 안고 있었는데—계단에 굽이 걸려 넘어지면서 민오를 시멘트 바닥에 떨어뜨린 적이 있었다. 세 살짜리 아이의 몸과 머리가 시멘트 바닥으로 떨어지던 소리. 나는 그대로 얼어붙어버렸다. 비명을 삼키며 아이에게 몸을 던진 사람은 올케였다. 두피가 찢어져서 열한 바늘을 꿰맸고 놀란 아이는 밤새 자면서도 새된 울음소리를 그치지 않았다. 아이를 퇴원시키던 날 올케는 단호하게 말했다. 굽 있는 구두를 신고 아이를 안겠다는 생각을 한 사람에게는 더이상 맡길 수 없다고. 그러나 동생 부부는 올케 말대로 속옷만 갖고 시작한 결혼이었으므로 맞벌이를 포기하긴 어려웠다. 민오는 다시 시댁에서 자라게 되었다. 그러지 않았다면 그때 나는 독립이란 걸 했을지 모른다. 부모는 아직 젊었고 아버지도 캐나다로 떠나기 전이었으니까. 지금까지 올케와 결정적으로 멀어지게 된 사건이 두 번 있었는데, 그때가 처음이었다. 우리가 아주 멀어져버렸다고 느낀.

　민오는 다정하고 고집부릴 줄 모르고 대부분의 일에 자기 의견을 솔직하게 말하지 않는 청소년으로 자랐다. 다르게 말하면 수동적이고 소심한 아이로. 그래서 내가 왜 그런 말도 안 되는 내기를 했느냐고 벌컥 화를 냈을 때도 민오는 담담하게 말했다. 그냥, 친구들이 하자고 해서. 친한 친구 세 명끼리 내기를 걸었다고 했다. 수능시험 전 마지막 9월 모의고사에서 꼴찌를 하는 사람이 삭발하기로. 처음엔 농담이라고 생각한 민오가 내기를 없던 일로 하자고 했을 때는 이미 늦었다. 내기는 이제 세 사람만의 문제가 아니었다. 반 단톡방과 3학년 전체에 소문이 퍼져서 그날 바로 삭발하고 사진을 올리지 않으면 안 되는 분위기로 흘러갔다. 민오는 그런 분위기, 너도나도 관심을 쏟는 열기에 풀이 죽어 있었다. 꼴찌하면 어때, 했다가 꼴찌를 해서 삭발하고 정말 놀림거리가 될지 모른다는 분위기에. 민오는 어젯밤에도 나에게 메시지를 보냈다. 고모, 난 정말 삭발하고 싶지 않아, 친구들이 그렇게 되는 것도 싫어, 어떻게든 이겨보고 싶단 내 마음도 싫어, 우린 이제 서로 얼굴도 마주치지 않게 됐어.

어쩌면 오늘의 이 내기도 올케는 잊었을지 알 수 없다. 내 눈에 올케는 여전히 민오에게 관심을 덜 쏟고, 어머니 죽음 이후 자신이 달라졌다는 걸 모르는 사람 같았다. 편모 손에서 자라 처음에 결혼 승낙을 망설였다는 이유로 줄곧 데면데면해하던 내 어머니에게 올케가 신경을 쓰기 시작한 것도 그 이후부터라는 사실도.

지금은 세시. 숨이 가쁘고 이마에서 땀이 흘렀다. 올케는 왜 그런 기분 나쁜 소릴 해서. 차사장네 가게를 나와서 나는 길을 건너 상신교회 쪽으로 올라갔다. 어머니의 젊은 시절 친구들이었던, 매듭단추 만들기나 뜨개질 부업을 같이 하던 아주머니들이 모여 살던 골목 쪽으로. 판자촌이 아파트촌으로 변했어도 오르막길만은 그대로였다. 금동이 엄마, 은경이 엄마, 화일이 엄마, 차사장네 엄마가 삼십대였고 내 어머니도 영서 엄마라고 불리던 시절. 개천 하나로 아랫동네 윗동네가 이어져 허물없이 이집 저집 드나들며 어른 아이 할 것 없이 저녁이면 남의 집 밥상 위에 수저만 놓고 같이 밥을 먹었던 동네.

사거리에서 조금 들어왔을 뿐인데 군데군데 빈집과 공터가 보였다. 지대가 높은 데라 그런지 어떤 집들은 기슭 위에 아슬아슬하게 버티고 선 것처럼 보였다. 저런 데 아직 사람이 살고 있고, 나도 긴 시절 부모와 이곳에서 생활했다. 그때도 더러 지금처럼 빈집이 있었다. 사람이 떠났거나 곧 떠나야만 했던 집들.

구립 경로당 앞 벤치에 앉아 생수병을 열어 물을 마셨다. 전화를 끊고 나서 올케는 어디로 갔을까. 지금은 학원에서 수업중일 텐데. 나는 혁오에게 메시지를 보냈다. 누구에게든 연락이 오면 바로 전화해달라고. 좁은 골목을 내려가려는 차와 올라가려는 차가 서로 양보하지 않고 경적을 크게 울렸다. 내리막길에 선 승합차 창에 사주 운세 궁합 사업, 그 옆에 퇴마라는 더 큰 글자가 시트지로 붙어 있었다. 나는 혁오에게 답장이 오기를, 다른 차가 그 승합차를 향해서 더 신경질적으로 경적을 울려주기를 바랐다.

올케와 두번째로 멀어졌다고 느낀 건 밍크코트 때문이었다.

나는 이 년 전 올케 어머니의 장례식에 참석하지 못했다. 중국 산둥대학에서 학회가 있었고 중간에 빠진다는 건 다음 학기 강의를 포기하는 일과 같았다. 민오가 입학할 고등학교가 발표된 날, 그 일이 마음에 걸린 채로 동생네서 저녁을 먹다가 술자리가 길어졌다. 술을 마시지 않는 올케가 배를 깎다 말고 말했다. 엄마 유품들을 정리할 거라고. 혁오와 나는 입을 다물었다. 올케가 돌아가신 엄마 이야기를 꺼내는 건 좋은 사인이 아니라는 걸 알고 있었으니까. 옷장부터 시작하려고요. 그래, 그래. 나는 고개를 끄덕거렸다. 엄마가 형님처럼 키가 작았어요. 그건 나도 기억했다. 결혼식, 민오 돌잔치, 졸업식, 입학식 같은 때 몇 번 뵌 적이 있으니까. 밍크코트는 형님 드릴게요. 올케가 나를 보며 말했다. 미소 짓고 있는 올케에게 나는 불쑥 말해버렸다. 나를? 아니, 괜찮아. 왜요,

형님한테 잘 맞을 것 같은데요. 나는 술잔을 내려놓으며 말했다. 죽은 사람 옷 입는 거 아니랬어. ……누나. 혁오가 나섰다. 왜요, 형님, 자살한 사람 옷 입는 거 아니라고 하시지 그래요. 올케는 과도와 배를 내려놓고는 자리에서 일어났다. 너무 무거워서 바닥으로 쏟아지려는 자신을 억지로 끌어올리는 사람처럼 보였다. 그 시간이 이상하게 길게 느껴졌다. 올케는 울지도 화를 내지도, 표정을 바꾸지도 않은 채 나를 내려다보며 형님은 허물이 없을까봐요, 라고 말했다. 누군가를 정말로 가엾어하는 듯한 목소리로.

김포 외삼촌 집에서 지낸 지 이틀째 되는 저녁에 어머니는 소리 죽인 채 텔레비전을 보다가 갑자기 집을 내놨다고 말했다. 저녁을 먹은 직후였고, 외삼촌은 어머니 옆에 앉아 신문을 뒤적이고 나는 껍질을 다 깐 땅콩을 프라이팬에 볶던 중이었다. 두 사람이 잠들면 갓 볶은 땅콩에 맥주를 좀 마시다가 짐을 꾸릴 생각이었다. 후드 돌아가는 소리 때문에 처음에 나는 어머니가 혼잣말을 하나 보다 했는데 외삼촌이 큰 소리로 나에게 그 말을 다시 전했다. 집을 내놨다고. 그러니까 나에게 한마디 상의도 없이. 불은 위험하다. 나는 일단 가스불을 끄고 소파에 앉은 두 사람 쪽으로 몸을 돌렸다. 어머니는 여전히 나를 보지 않았고 외삼촌은 자리 비켜줄까, 신호를 보냈다. 나는 고개를 흔들었다. 외삼촌은 그대로 있어야 했다. 지금부터 우리가 나누는 말, 한 사람이 소리치면 다른 한 사람이 더 큰 소리를 내고 그러면 다른 사람이 악을 쓰다 누가 먼저랄 것도 없이 울음을 터뜨리게 되는 그러한 대화를 들어줄 사람이 필요하니까. 그 순간 나는 어머니와 내가 왜 가끔 외삼촌 집을 방문하거나 혁오 부부와 저녁을 먹는지를 알았다. 둘이 있을 때 하지 못하는 이야기를 들어줄 청자가 필요했고 그 청자의 역할은 어머니와 나 사이가 극단적으로 멀어지지 않게 만드는 데 있다는 걸. 어머니와 나의 문제는 사랑과 돈이 아닐지도 몰랐다. 우리는 대화하는 방법을 모르는 모녀였다. 서로 눈을 마주보며 침착하게 말하고 듣고 의견을 제시하고 설득하고 이해시키고 공감하게 만드는 방법을 알지 못하는 채로 오십 년 가까이 살아온 모녀였다. 우리는 둘 다 갈 데가 없고 갈 데를 몰라, 그런 일에 대해서 생각해본 적이 없어서 여기까지 온, 단지 같이 사는 서툰 여자들이었다.

IMF 때 나는 처음 학업을 중단했다. 내 부모가 집을 담보로 감수한 위험은 컸다. 아버지는 지방으로 몸을 피하고 혁오는 군대에 가 집에는 어머니와 나만 남았다. 매일매일 닫힌 어머니 방 문을 여는 게, 그 안에서 어머니가 뭘 하고 있을지가 더럭 겁이 나기 시작했다. 지금도 나는 어머니 방 문을 열 때면 희미한 불안을 느낀다. 어머니는 이불을 뒤집어쓴 채 반듯하게 누워 있었는데 손끝 하나 움직이지 않아서 숨을 쉬는 건지 아니면 죽은 건지 알 수가 없었다. 나는 그 시절 내가 아는 거의 모든 사람에게 되는대로 돈을 빌렸고 그 사람들은 이제 만나지 않는다. 아직 갚지 못했는데 멀어져버린 사람도 있지만 돈을 갚았는데도 이전으로 돌아가지 못한 관계가 대부분이었다. 지도교수가 삼백만원을 빌려주겠다고 했을 때 그것만큼은 받지 말았어야 했다는 것도 너무 뒤늦게 알았다. 누군가에게 돈 문제로 힘들어하는 모습을 보이는 건 돈을 빌려달라고 말하는 것과 마찬가지였다는 사실도.

그해 깊은 가을에 어머니는 자리에서 일어나 초점이 맞지 않는 눈으로 허공을 보며 말했다. 귀에서 피가 흐르는 것 같아.

어머니는 그뒤로 배낭을 메고 산에 다니기 시작했다. 집에서 가까운 관악산, 청룡산부터 시작해 도봉산, 인왕산, 청계산, 북한산, 불암산, 수락산…… 버스와 지하철을 타고 갈 수 있는 서울의 모든 산을. 그리고 그곳에서 도토리를 주워 왔다. 처음에는 한주먹, 그러다가 한 봉지, 나중에는 배낭을 가득 채울 만큼. 산에서 그런 거 채취해오는 거 불법이에요. 나는 눈을 반쯤 감고 말했다. 기운을 좀 차려가는 듯 보이는 어머니에게. 김장할 때 쓰던 소쿠리에 도토리가 모이면 어머니는 도토리를 흔들어 달그락거리는 소리가 들릴 때까지 말렸다가 자루에 넣곤 방망이로 두드린 다음 하나씩 껍질을 까 거무스름한 알맹이만 남겼다. 뒷모습만 보면 예전에 부업으로 매듭단추를 만들던 때와 비슷해 보였다. 수제비 반죽을 할 때나 뜨개질할 때와도. 도토리 알맹이들은 꼭 색이 진한 땅콩처럼 보였는데 어머니는 그걸 물에 씻어 담가두고는 쓴맛이 우러나지 않도록 중간중간 물을 갈아주며 오래 불렸다. 잘 불린 도토리를 방앗간에 가서 빻아오면 그때부터 도토리 가루를 만들기 위한 진짜 작업이 시작됐다. 커다란 채망에 면보를 올리곤 가루를 가라앉힌 물을 따라내 앙금을 남긴다. 이 작업을 서너 번쯤 반복하면 찰흙같이 곱고 점도가 높은 앙금이 남는데, 그다음엔 그걸 옥상에 늘어놓고 말렸다. 햇볕에 바싹 말릴수록 오래 보존할 수 있다고. 나는 어머니가 자신을 지탱해내는 가을과 겨울을 지켜보았다. 생의 의욕을 다시 찾은 사람같이 도토리를 불법 채취해 집에서 도토리 가루를 만드는 데 집중하는 어머니를. 앙금이 다 말라 납작하고 딱딱한 돌덩이처럼 되면 절구나 믹서에 넣고 찧고 갈아서 고운 가루로 만들었다. 생각보다 가루 양이 많아서 놀랐는데 내가 더 놀란 점은 어머니가 그 도토리 가루를 아는 사람들에게 팔기 시작했다는 것이다. 일 킬로그램에 이만원, 다음해엔 이만오천원, 그다음해엔 삼만원. 집에서 직접 만든 도토리 가루를 원하는 사람은 많았다.

불법 채취를 하는 사람은 어머니인데, 어머니가 집에 도토리가 든 무거운 배낭을 내려놓을 때마다 내 가슴이 쪼그라드는 것 같았다. 상수리나무 신갈나무 떡갈나무들이 차례차례 내가 자는 방으로 기울다 쿵쿵 쓰러졌다.

어머니는 살아갔다. 그 몇 년을 그렇게. 나도 살아갔다. 소액을 갚아나가고 입시 과외를 하고 논문 대필을 하고 불법 채취를 하는 내 어머니를 눈감아주면서, 반찬으로 찰지고 탱탱한 도토리묵을 물리도록 먹으며, 가끔 산림자원법 및 공원녹지법에 따라 당신 어머니에게 오 년 이하의 징역 또는 오천만원의 과태료를 부과하겠다는 전화를 받는 꿈을 꾸기도 하면서, 유부남과 연애도 하면서. ……허물? 올케가 허물이라고 했나. 어머니와 나는 그렇게 몇 년을, 셀 수 없는 하루하루를 부도덕하게 이어갔다.

가끔은 그와 왜 헤어졌을까? 하는 생각을 할 때가 있다. 결혼을 염두에 두고 만나던 사람이었는데. 이혼이 미뤄지고 있었다. 나는 그에게서도 돈을 받았다. 아내 몰래 남편이 만들 수 있는 금액치고는 컸다. 돈을 건네면서 그는 담담하게 말했다. 이거 밑 빠진 독에 물 붓기야.

아마도 나는 밑 빠진 독에 물 붓기가 아니라는 걸 증명하고 싶었던 걸까.

그런데 어머니는 우리집, 그때부터 지금까지 내가 원금과 이자를 갚아오고 있는 집을 나도 모르게 내놨다고 말했다.

어금니를 물고 있다 나는 어머니를 향해 간신히 입을 벌렸다. 내일부터 나가서 폐지라도 주우세요.

타는 냄새가 났다. 프라이팬에서 땅콩이 새카맣게 타들어가고 있었고 불을 껐다는 건 내 착각이었다.

고모, 고모, 왜 이렇게 전화를 안 받아?

민오가 다급하게 묻고 있는데 목에서 소리가 나오지 않았다. 주위를 둘러보았다. 나는 아직 구립 경로당 건물 앞 벤치에 앉아 있었다. 조금만 더 올라가면—아파트가 들어서서 올라갈 수도 없지만—내가 이불을 갖다 버린 개천이 있던 곳, 옛집이 있던 곳. 그런데 민오가 지금 어떻게 전화를 거는 거지, 아직 시험이 안 끝났을 텐데.

민오는 재빨리 설명했다. 낯선 아주머니에게 전화가 왔는데, 할머니 얘기 아닌가 싶다고. 어떤 할머니가 계속 같은 자리를 왔다 갔다하는 게 이상해서 길을 잃은 건지 물어보았다고 했다. 할머니는 아니라고 대답했다는데 자리를 떠날 수가 없었다고, 혹시 외우는 전화번호 있느냐고 물었더니 번호를 불러주시기에 이리로 전화했다고.

고모, 할머니가 내 전화번호를 외우고 계신대.

민오 목소리가 떨렸다.

그래, 고모가 지금 할머니 찾으러 갈게. 여기서 가까운 데야.

민오는 전화를 끊으려고 했다. 나는 조금 애타는 소리로 그애 이름을 부르며 자리에서 일어났다.

시험 결과는 어떻게 됐어?

민오 소리가 멀어졌다 가까워졌다.

어, 잘됐어. 걱정하지 마, 고모.

나는 전화를 끊으면서 다행이라고 혼잣말을 했다. 어머니가 있는 데도 알았고 민오는 삭발하지 않아도 되는 모양이다. 어떤 친절한 사람이 같은 자리를 왔다갔다하는 모르는 사람을 눈여겨보았을까. 눈가가 뜨거워지려고 했다. 사실 그 사람 때문이 아니라 내가 왜 여기 와서 넋이 빠진 채 멍하니 앉아 있었는지 깨달았기 때문이다.

처음에는 이불을, 그뒤에는 집에 있는 다른 것들을 내다버렸다. 일기장들과 친구들의 절교 편지를, 아버지가 고모가 사는 캐나다로 떠나버렸을 때는 밥그릇을. 그와 헤어졌을 때는 사진들을, 쓰다 만 글들을. 그리고 가장 마지막에는 나 자신을 버리려 여기에 온 적이 있었다. 복개되었으나 내 눈에는 여전히 더러운 물이 태평스럽게 넘치도록 흐르는 듯 보여, 나의 허물과 실패를 얼마든지 버리고 묻어버릴 수 있는 출생의 장소에.

장례식을 치른 후 올케는 혼자 요르단으로 여행을 떠났다. 같이 가자는 혁오의 말에도, 왜 요르단이냐는 내 질문에도 올케는 대답하지 않았다. 나는 그때 혁오가 내 짐작보다 괜찮은 남편이 아닐지도 모른다는 걸 직감했다. 그리고 올케의 전화를 받던 이른아침에도. 여행을 떠난 지 엿새째 되는 날이었다. 올케가 나에게 전화를 할 때는 집안일을 의논할 때가 대부분이라 나는 그 이른아침에 올케—내가 불면증으로 아침 아홉시나 돼야 겨우 잠든다는 걸 아는—에게 걸려온 전화에 조금은 당황했다. 무슨 일이 생긴 거라면 혁오에게 먼저 연락이 갔을 텐데. 불안한 마음으로 나는 올케 무슨 일 있어? 라고 숨죽여 물었다. 여기 새벽이에요. 올케는 침착하게 말했다. 이 시간에 편하게 통화할 수 있는 사람이 형님밖에 없는 것 같아서요. 이 시간, 아침. 모두 새 하루를 시작하는 시간. 나는 고개를 끄덕였다. 난 이제 어떻게든 조금 자보려고 시도하는 것 외엔 할일이 없고 더 애써야 할일이 무엇인지도 모르는 사람이었으니까. 올케는 조금 전에 영사에게 전화를 걸었다고 했다. 영사? 왜, 무슨 일로? 나는 긴장했다. 협곡을 다녀온 후 호텔 주차장에 렌터카를 주차하다가 뒤차 범퍼를 살짝 받았는데, 어떻게 해야 할지 몰라서 올케는 미니바에서 위스키 한 잔을 마셨다. 휴대전화 목록에 저장된 전화번호들을 몇 번이고 스크롤 해보다가 영사에게 전화를 걸었다고 했다. 전화할 사람이 아무도 없었다고. 나는 침대에 앉아 있다가 커튼을 조금 열고 올케 목소리에 집중했다. 영사는, 좋은 사람이더라고요. 자기가 지금 할 수 있는 일은 없지만 날이 밝으면 렌터카 회사에 연락해보는 게 좋겠다고 했어요. 그런데 왜 영사에게 전화한 거냐고 나는 물었다. ……누구랑 말이 하고 싶은데 다른 생각이 나질 않았어요. 힘없이 웃는 소리가 들렸다. 그러다 형님 생각이 났고, 형님은 이렇게 전화를 받네요. 무슨 말을 해야 할지 몰라서 나는 기어들어가는 소리를 냈다. 승민씨, 외롭구나.

올케가 홀로 요르단의 호텔에서 새벽에 걸어온 그 전화 이후로 나는 두 가지 생각을 하게 되었다. 하나는 내가 어느 외로운 새벽에 누군가와 말이 하고 싶을 때 어쩌면 승민씨에게 전화해도 될지 모른다는 것이며, 또하나는 그 시간에 모르는 자국민의 전화를 받아준 영사라는 사람에 대해서였다. 그는 어떤 사람이었을까.

은천초등학교 쪽 사거리 건널목에서 신호를 기다리며 나는 생각했다. 어느 밤 올케에게 전화를 건다면 지렁이 이야기를 하고 싶다고. 지난달 말, 이틀간 폭우가 내리고 난 후 집에서 가까운 자연공원으로 산책하러 갔는데 길에 지렁이들이 꿈틀거리고 있었다. 햇빛에 노출돼 이미 조금은 가늘어진 듯 보이는 지렁이들이 몸의 앞부분을 늘리면서 포장도로를 내짚은 다음 몸의 뒷부분을 끌어당기며 느리게 움직였다. 너희들, 집에 물이 차 숨이 막혀서 나왔구나. 나는 쭈그려앉아 지렁이에게 말을 걸었다. 지렁이들은 필사적으로 꿈틀거릴 뿐이었다. 곧 기온도 오르고 지면도 뜨거워질 터였다. 호흡하기 위해 땅 위로 올라온 지렁이들에게는 두 가지 길이 있었다. 거품을 내면서 햇빛에 녹아버리거나 사람들에게 밟혀 죽거나. 나는 공원 앞 자판기에서 뽑은 커피를 다 비우고 종이컵에 지렁이 세 마리를 담아 집으로 돌아왔다. 우리집 그늘진 현관 앞 목이 긴 토분 속에는 사과 껍질과 배춧잎과 어둠을 좋아하는 지렁이들이 살아요. 승민씨에게 이런 말을 하게 될까. 누가 나를 본다면 어두운 흙속에서 공기층을 만들고 꿈틀거리며 살아가는 지렁이의 무언가가 나에게 살아 있음과 안도를 베푸는 것처럼 보일 거라고, 나는 그런 보잘것없는 사람에 지나지 않을 거라고.

어머니가 집을 내놨다고 말한 그 밤, 외삼촌과 어머니가 잠든 후 나는 카디건 주머니에 넣어둔 껍질 땅콩 봉지를 꺼내 다시 그 생산자 이름을 들여다보았다. 전화를 걸어서는 안 됐는데. 그는 잠결에 받은 것 같았다. 누구세요? 모르는 사람의 갈라진 목소리가 들렸다. 김포시 양촌읍 석모리에서 땅콩 재배를 하는 남자, 아내 모르게 나에게 돈을 건네주며 밑 빠진 독에 물 붓기라고 냉정하게 말했던 이와 동명인 사람에게 나는 조용히 화를 냈다. 껍질을 까보니 땅콩이 썩은 게 너무 많아서 못 먹겠다고, 이런 걸 팔아서야 되느냐고, 내가 원한 건 이런 게 아니었다고. 땅콩 생산자는 말없이 듣고 있다가 내 말이 끝나자 죄송합니다, 하곤 전화를 끊어버렸다. 그가 전화를 끊은 후에도 나는 그대로 휴대전화를 붙들고 있었다. 아직 할말이 남은 듯했다. 돈은 갚지 못했고 이젠 그 방법도 알지 못한다. 나는 나에게 화를 내느라 깊은 밤 타인에게 전화를 건 적이 있었다는 말, 그 말은 아무래도 승민씨에게는 할 수 없으리라.

육교 위에 한 사람이 서 있었다.

어디선가 어머니 같은 사람을 봤더라면 좋아하지 않았을 거라는 내 오랜 믿음은 틀렸다. 해가 지는 방향이어서 인도에서 올려다본 육교 위 어머니는 커 보였고 마치 어머니가 육교를 가득 채우고 있는 느낌이었다. 밑에서 보니 어머니는 거의 하늘에 닿아 있는 듯했다. 이제 서두르지 않아도 되었다. 최악의 순간을 상상하지 않아도 됐고 올케 어머니처럼 하나밖에 없는 결혼한 자식에게 더는 짐이 되고 싶지 않아 스스로 생을 버리는 엄마들, 자식에게 상의도 없이 집을 팔아 작고 온전한 새집을 얻어주곤 혼자 사라질 궁리를 하는 엄마들에 관한 생각도 더는 하지 않아도 됐다. 나는 천천히 한 계단씩 한 계단씩 올라갔다. 몸에 힘이 풀려서 다리가 부들부들 떨렸다. 어른이 돼서도 나는 그 이상한 노래를 잊은 적이 없었다. 엄마 엄마 나 죽으면 앞산에다 묻어줘 뒷산에다 묻지 말고 앞산에다 묻어줘. 내가 죽을까봐 너무 두려웠던 노래, 아니면 엄마가 죽을까봐, 그래서 언젠가 혼자가 될까봐 너무 두려웠던 노래. 지금도 잠이 오지 않는 아침이면 이불을 뒤집어쓰고 몰래 불러보는 노래. 나는 안경을 벗고 눈가를 쓱 문질렀다.

어머니가 내 쪽으로 몸을 돌려 계단을 올라오고 있는 자신과 닮은 여자를 굽어보는 것 같았다.

누가 노인인가.

나는 언제부터 어머니를 노인이라고 여기게 되었을까. 노인에 대한 고정관념이나 편견 때문에라도 노인이 되고 싶지도, 더는 늙고 싶지도 않은 내가. 지금 내 쪽으로 한쪽 팔을 올려 자신이 거기에 있음을 조심스럽고 약간의 쑥스러움을 담아 표현하는 어머니는 어떤 문제로 보이지 않았다. 서툴고 부족하며 혼란을 느끼는 사람, 부모에서 자기 자신으로의 역할 전환을 시작해야 한다는 걸 뒤늦게 알게 된 사람. 어머니는 어떤 과정의 사람으로 보였다.

어머니를 위해, 어머니 때문에 나는 노인 우울증이나 불안장애에 관한 책들을 탐독한다고 여겼다. 당신은 약하며 의지할 사람이 사라질까봐 두렵습니까? 신뢰할 수 있는 동반자가 없다고 느끼십니까? 지금까지의 모든 삶이 헛되거나 후회스럽습니까? 자신이 얼마나 피곤하고 외로운지 말하고 싶습니까? 사는 일이 소용없는 일이라는 생각을 종종 합니까? 누군가 당신을 어루만져주고 이야기를 들어주길 자주 원합니까?…… 그것은 어머니를 믿지 못하는 나였다. 그것은 나 자신이었다. 어머니로부터 쪼개진 조각이며 부분적으로는 나이기도 한, 나이들어가는 사람.

엄마,

나는 다가가 휴대전화를 켜 민오가 보낸 사진을 보여주었다. 건널목에서 신호를 기다릴 때 도착한, 민오의 셀카였다. 한 손으로 삭발한 머리를 만지며 쑥스럽게, 어쩐지 환하게 웃고 있는.

어머니는 고개 숙여 사진을 보며 미소 지었다. 다행이라는 듯. 나는 어머니가 웃는 모습을, 그게 오랜만이어서 잠시 그냥 보고 있을 수밖에 없었지만 기어이 화가 난 어조로 물었다.

여기서 뭐하시는 거예요?

어머니는 말했다. 조금 높은 데 와보고 싶었다고. 육교 한가운데서 은천 방향 쪽 난간으로 두 손을 늘어뜨리며, 어머니는 고개를 돌려 나를 보았다.

너도 그럴 때가 있지 내가 누구인지 알고 싶을 때 어디서 시작했는지 알고 싶을 때 저 초등학교 아직도 있어 너 1학년 때 입학식 날 너무 긴장했잖아 오들오들 떨면서 오줌 싸고 중간에 집에 돌아온 다음날 내가 담임선생님 찾아가서 오천원 봉투에 넣어드렸다 너 잘 봐달라고 우리 애 그렇게 이상한 애 아니라고 그때 돈 오천원이면 컸어 아주 컸다 우리 그때 산동네에서 저기로 물 길어다 먹던 때다 수도시설이 없어서 너 이상하게 어렸을 때부터 자주 없어졌어 학교 끝나고도 한밤중에도 너, 내 딸 사라질까봐 지금도 두려워, 모든 게 하나둘씩 사라져 엄마 그냥 조금만 지켜봐줘.

나는 깊은 어머니 눈을, 얼굴을 들여다보았다. 어머니는 살아가려고 입을 조금 벌리고 있다가 숨을 천천히 나누어 내쉬는 사람처럼 보였다. 목소리 좀 들려줘봐요. 늦었지만 오늘 처음으로 어머니를 봐서인지 나는 좀 들뜬 것도 같았다. 어머니 손을 잡으려고 한 순간 종이 몇 장이 육교 바깥으로 떨어졌다. 아까부터 어머니가 손에 꼭 움켜쥐고 있던 종이들. 오픈 특가 헬스 이용권 3+1, 신축 빌라 무보증 25만원부터. 내 눈에 거의 폐지처럼 보이는 전단들이 육교 밑 도로로 나풀거리며 떨어지는 것을 나는 좀 후련한 기분으로 바라보았다.

하루가 너무 길었다. 내일 학교 갈 준비도 해야 하는데. 대학원 첫 학기 때 반장을 맡았던 제자가 이번 학기부터 전임으로 오게 된 학교에. 선생님 저는 정말 괜찮아요. 제자는 난처한 얼굴로 말했다. 나는 괜찮지는 않지만, 학교에는 나가고 싶다. 학생들에게 내가 알고 이해하고 싶은 것, 작은 성인들이 만들어내는 이야기의 가치에 대해 말할 때만은 지나온 시간이 무용하게 느껴지진 않아서. 내일은 어머니와 점심을 먹을 때 이런 이야기를 나눌 수도 있게 될까. 경적을 울리는 자동차 소리, 전신주 위의 까마귀 울음소리, 짙은 주홍색으로 물드는 고갯길. 저 고갯길을 넘어가면 집이다. 재바른 올케가 와서 저녁밥을 해놓고 기다릴. 겨우 이 정도 높이인데, 육교에 서 있으려니 작은 일은 더 작게 큰일은 크지 않게 느껴졌다. 나는 가방에서 차사장이 준 쌀튀밥 봉지를 꺼내 어머니 빈손에 쥐여드렸다. 어머니가 손에 쌀튀밥이 든 봉지를 받쳐들었다. 알알이 귀한 양식처럼. 바람이 불었다.

집에 가자.

은천에서 어머니가 말했다.

그녀들

6월 중순에도 영서는 자주 지난 3월로 돌아갔다. 소독해 잘 말려둔 유리병에 어머니가 삶아둔 병아리콩을 담고 있는 지금도.

개강 첫날 영서는 열다섯 명의 학생들에게 종이를 나눠주곤 수업에 원하는 점이나 강사에게 하고 싶은 말을 써달라고 했다. 자기 자신에 관해 강사가 알아두면 좋을 말도. 코로나 이후 우울증과 공황장애를 앓는 학생들이 늘어났다. 수업중 영서 목소리에 깜짝깜짝 놀라는 학생도 있고 밖에 자주 나갔다 와야 하는 학생도, 병원 진료가 예약된 학생도 있었다. 학기 시작 전에 미리 그런 정보를 받을 수 있다면 학생에 대한 이해가 생길 듯했다. 왜 수업중에 돌연히 일어나 화가 난 것처럼 강의실을 나가버리는지, 질문에 대답은 하지 않고 왜 빤히 쳐다보기만 하는지. 정보. 어쩌면 그 단

어 때문이었을지 몰랐다. 학교 인권위원회에서 연락이 왔다. 신고
가 들어왔으니 면담이 필요하다고. 어렵게 유지하고 있는 강의였
다. 문제가 생긴다면 무엇보다 영서에게 좋지 않았다. 조심스럽게
자신이 신고를 당한 이유를 물었다. 원치 않는데 교수가 수업시간에
자기소개서를 쓰게 했다는 것이다. 그것도 가능한 한 구체적으로.

구체적으로. 그 표현을 쓰긴 했다. 학생들은 어렵고 낯선 타인
들이었다. 적어도 십오 주는 순조롭게 보내야 할 필요가 있는데,
영서가 한 첫번째 서툰 노력이 어떤 학생들에게 오해를 일으킨 듯
했다.

누가 자신을 오해한다면 사람들은 보통 어떤 행동을 할까. 영
서는 평소처럼 그냥 내버려둘 수 없었다. 강의와 관련된 일인데다
이번 학기에 유일하게 맡은 과목이었다. 강의 외에 다른 일로 돈
을 벌어본 적이 별로 없고 어쩌다 다른 일이 가능한 것도 대학에
강의를 나가고 있다는 조건 때문이었다. 오십을 앞둔 지금 불가피
하게 그 조건을 재고해봐야 할 때가 왔다는 걸 알지만 가능한 한
미루고 싶었다.

인권위원회는 도서관 건물 지하 삼층에 있었다. 계단이 좁고 어
두워 여기가 학교 건물이라는 게 믿기지 않았다. 학생들이 잘 찾
아올 수 있을까. 계단을 내려가며 그런 걱정이 들었고 더는 쓸데
없는 생각에 빠지지 않도록 다리에 힘을 주었다. 하늘색 스카프를
승무원처럼 목에 빳빳하게 두른 인권위원회 소장이 학생이 작성

한 신고서를 내밀었다. 영서는 고개 숙인 채 그 신고서를 오래 읽
었다. 소장이 그녀에게 말했다. 이럴 때 학생들의 요구는 보통 둘
중 하나예요, 파면이나 징계요. 침을 삼키는데 목이 아팠다. 자신
의 위치가 실감났다. 이런 일로도 얼마든지 파면이나 징계가 가능
한 허술한 자리라는 게. 그 꼬리표가 붙는다면 다른 대학에서도
강의를 맡기지 않을 것이다. 어쩌면 영원히. 그런데 이번엔 좀 이
상해요. 학생들이 원하는 건 사과예요. 사과하고 수업하기. 보기
에 따라 미소 짓거나 의심이 남은 것 같기도 한 얼굴로 소장이 영
서에게 넌지시 말했다. 애들도 강의가 취소되는 건 원치 않는 거
죠, 아니면 선생님 수업이라 듣고 싶은 걸 수도 있고요.

　영서는 소장에게 인사하고 나가며 한마디했다. 계단에 전등이
나갔으니 고치는 게 좋겠다고.

　수업시간이 삼십 분 지나 있었다. 다들 영서가 어디 다녀오는
길인지 알고 있었다. 강의실로 들어서는 영서를 학생들이 모두 올
려다봤다. 냉담하게까지 느껴지는 침묵이었다. 어린 괴물들. 영서
는 하마터면 그런 말을 내뱉을 뻔했다. 그러자 강단에 선 자신이
더 그렇게 느껴졌다. 영서는 학생들 눈을 피하지 않는 방식으로
자신이 강의실에 끌고 들어온 오해와 수치심을 빤히 응시했다. 사
과는 하고 싶지 않았다. 첫 시간에 왜 그 글을 쓰게 했는지 이유를
말했다. 그런데도 영서 귀에는 사과처럼 들렸다. 긴장으로 떨리는
두 손을 바지 주머니에 찔러넣으며 물었다. 자, 제가 이제 수업을

시작할까요, 아니면 이 강의실에서 나갈까요?

세 병째 병아리콩을 담는다. 어머니가 삶아서 식힌 병아리콩이다. 어머니에게 새 관심사가 생긴 건 다행이었다. 그게 병아리콩인 건 좀 어떨지 모르겠지만. 어디서 들었는지 병아리콩에 든 단백질이 뇌를 튼튼하게 하고 긍정적인 세포를 생성한다고 했다. 영서는 그게 사실인지 아닌지 검색해보고 싶지 않았다. 비록 콩에 불과하지만 어머니가 무언가에 의욕을 보인다는 건 다행한 일이니까. 다만 어머니가 병아리콩을 사는 방식을 좋아할 순 없었다. 생활비를 아껴야 해. 이 짧은 문장은 매번 어머니의 만트라처럼 들렸다. 이렇게라도 둘이 생활할 수 있는 건 불행 중 다행이라는 잠재적 의미를 살짝 가린.

학기를 무사히 마친 것도 다행한 일이었다. 수업을 시작하시면 좋겠어요, 라고 한 학생이 대표로 말하자 다른 학생들이 고개를 끄덕였다. 그다음주에 강의실을 들어서려는데 복도에서 과호흡이 왔다. 그즈음 영서도 공황장애 진단을 받았다. 강의실 문을 열고 들어가면 다른 학생들이 보이지 않고 신고한 학생부터 의식됐다. 그냥 좋은 수업이 아니라 최선을 다한 수업이 되어야 했다. 자신을 시험하고 시험받는 것 같은 학기가 끝나기도 전에 무더위가 몰려왔다. 지난주 수요일, 종강 수업을 마치고 본교까지 돌아가는 두 시간 동안 교직원 셔틀에서 영서는 기진맥진한 채 앉아 몇 번인가 도리질을 했다. 조용하고 차가운 비난 같은 얼룩이 남은 셔츠 앞섶을 두 팔로 둘러 가린 채.

괜찮아요. 그럴 수 있어요.

시인 오라면 그렇게 말했을 것이다. 그러곤 곧, 잘 견뎠어요, 라
고 덧붙이기도 했을 것이다. 여름방학 땐 아무것도 하지 말고 쉬
어요, 그냥 쉬어요. 듣고 싶은 그 말을 듣게 될 때까지 기다렸다가
영서는 그렇지? 나 그렇게 해도 되겠지? 응수했을 것이다.

오를 만나지 않으면서부터 하고 싶은 말을 할 데가 없다는 걸
알게 되었다. 오와 만나지 않게 된 건 더는 말을 나누고 싶지 않아
서였을지 모르는데.

어머니와는 생활비 얘기를 나눌 순 있어도 학교에서 생긴 문제
에 대해 말할 수는 없다. 반대로 가까운 이들에게 그런 문제를 털
어놓을 수 있어도 생활비 애길 꺼내기 어렵듯. 수많은 날, 오와는
시시콜콜한 이야기를 나누었고 궁금해했고 들었다. 언젠가 서로
만나지 않게 될 걸 알지 못한 채.

이 나란나란한 유리병들. 한때는 오가 청귤, 레몬, 생강, 마늘
등으로 계절마다 청을 만들어 담아주었던 병들이었다. 집에 왜 이
렇게 빈 유리병들이 많아. 어머니가 싱크대 하부장을 열고 말을
할 때 영서는 알았다. 오의 일부는 빈 유리병으로 전환되어 자신
에게 아직 남아 있다고. 좁은 집과 더 비좁은 가슴 한쪽에.

복잡한 마음은 작고 동글동글한 병아리콩을 병에 다 담고도 사
라지지 않는다.

어제 윤선배의 문자메시지를 받았을 때 영서는 윤선배가 아니라 시인 오부터 떠올렸다. 오가 있어서 더 가까워지고 싶었던 윤선배가 아니라.

저 사람들 어떡하니.

보라색 블라우스를 입은 어머니가 기차 안 모니터를 가리켰다. 광주 타이어 공장에서 일어난 화재가 연일 보도되고 있었다. 지금 우리가 가는 도시에 있는 고성능 화학차까지 전부 저기로 투입됐대, 라고 어머니는 소곤거리듯 덧붙였다. 어머니가 그걸 어떻게 알고 있는지 의아했지만 영서는 묻지 않았다. 혼자 있고 싶은 마음이 너무 커져서. 지난달 셋째 주 토요일이었다. KTX를 타고 어머니와 대구에 가던 날, 하늘이 흐렸고 어머니는 전혀 즐거워하지 않았다. 서로 지금 쓸데없는 짓을 하는 건지도 몰라, 영서는 숨을 한번 내쉬고 뒤늦게 대꾸했다. 불을 모두 *끄기*까지 일주일이나 걸릴 거래요.

이번달 셋째 주 토요일에는 오송에 가기로 예정돼 있었다. 즐거워하지도 않으면서 어머니는 이 일정을 취소하거나 바꾸는 일이 생기지 않길 바라는 눈치였다. 이거 봐봐, 하며 신문에서 오려낸 여행지면을 내밀었다. 이제 막 두번째 약속이었다. 깨버리거나 후회하기에는 너무 이른. 그러나 윤선배가 영서에게 만나자고 한 날도 그날이었다.

통화하고 싶은데 좋은 시간을 알려줘. 윤선배는 메시지부터 보냈다. 선배와 마지막으로 통화한 게 일 년 반 전쯤이었나. 선배는 신중하고 예의바른 사람이었다. 어떻게 보면 허물없이 지내는 걸 처음부터 차단하는 것 같은 사람. 선배, 난 요즘 사람 만나는 일도 힘들어졌고 통화 한번 하기도 힘을 내야 가능한 사람이 돼버렸어요. 그런 소린 하지 않고 전화하기로 한 저녁이 되길 기다렸다. 영서는 휴대전화를 침대 옆 협탁에 놓고 웅크린 채 누웠다가 다시 일어나 바닥에 앉았다. 그때 오에게 갔었느냐고 묻지 마. 자신에게 단단히 말했다. 이럴 땐 말을 조심하지 않아도 되고 단어를 고르지 않아도 되었다. 그래서 속으로 막말하게 될 때가 많았지만.

선배는 토요일에 이수에 가게 됐는데 그녀 생각이 났다면서, 친근한 목소리로 물었다.

거기가 동네 근처지?

윤선배와는 알고 지낸 지 거의 이십 년쯤 됐다. 처음 만난 것은 작은 포럼에서였는데, 그때 선배는 시사주간지의 사회환경 담당 기자였다. 그리고 십여 년 전 '책읽는여성들의모임'에 영서를 데려가줬다. 시인 오도 거기서 만났다. 모임에 심리학 전공인 멤버가 있었는데 토론 후 2차 자리에서 이런 말을 한 게 기억에 남았다. 대인관계의 원형 유형표로 보면 오는 친화형이고 윤선배는 실리형에 가까우며 영서는 고립형이라고. 고립형. 그 표현이 딱히 부정적으로 들리지는 않았는데도 그 말이 자신의 발목을 잡을 거라는, 어떤 암시처럼 느껴진 건 사실이었다. 오가 친화력을 발휘해 그 심리학도 여성에게 질문했다. 본인은 무슨 유형이냐고. 저는 사실 실리형과 고립형 사이에 있는 냉담형이죠. 모두가 웃었다. 자 이제 됐죠? 하는 장난스러운 눈으로 오가 영서에게 눈을 깜박거렸던 순간도 떠올랐다. 그건 오가 영서에게 손을 내밀었던 많은 순간의 시작이기도 했다. 어째서인지 그 모임은 잘되지 않았고 일이 년 후 오와 윤선배와 셋이 만나다가 차츰 그마저도 뜸해지게 되었다.

정신없어, 그만 왔다갔다하고 밥 먹어.

어머니의 목소리에 영서는 자신이 목요일 여섯시 오분에 안방과 거실 사이에 서 있다는 걸 알아차렸다. 어머니와 둘만 남게 된 집이었다. 십삼 년 동안 키웠던 조카가 떠났고 아버지가 떠났고 어머니는 떠나지 않았고 자신은 떠나지 못했다. 십팔 평짜리 주택의 안방과 거실과 주방과 주방 옆 작은방, 현관 옆 자신의 방. 영서는 자신의 삶이 여기에 부려져 있다는 느낌이 들었다. 학교가 아니라. 다음 학기 수업은 아직 연락이 없었다. 학원 아르바이트까지 그만두고 한 달만이라도 쉬겠다는 결정은 옳은 게 아닐지 몰랐다. 아무데도 갈 데가 없다는 핑계로 점점 더 아무데도 가고 싶지 않아졌고 날마다 더 그랬다. 영서가 집에만 있자 어머니가 나갔다. 시장으로, 구청 쉼터로, 골목골목으로. 그리고 땀냄새를 풍기며 집으로 돌아와 영서에게 말을 걸기 시작했다.

밥 먹고 저기 운동장 가서 한 바퀴 돌고 올래?

(싫어요)

나가서 누구 좀 만나고 오지 그래?

(나중에요)

비행기에서 불나면 짐 챙기지 말고 탈출해야 한다는 거 아냐?

(알고 싶지 않아요)

어떤 경우에도 다시 돌아가지 않는 게 중요하대.

……언제요?

탈출할 때 말이야.

영서가 캔맥주를 따자 마주앉은 어머니가 가지나물을 앞으로 밀어주었다. 언젠가 어머니의 노인 우울증을 지적했을 때 영서에게 누가 노인이냐? 라고 냉랭하게 되물었던. 늙는 건 문제가 아니라 과정이라고, 그 과정이 좀 힘든 사람도 있고 수월한 사람도 있는 거 아니냐고 이해한 어머니의 말을 영서는 때때로 다르게 바꿔보기도 한다. 우울은, 무력감은 문제가 아니라 과정이라고. 밥이 잘 넘어가지 않았다. 밥에 병아리콩이 지나치게 많고 자식에게 무슨 일인가 있다는 걸 알아차린 여성 노인이 생기 있는 엄마 역할로 전환하고 있는 게 너무 눈에 보여서.

윤선배 이야기를 했다. 지난해 선배가 힘들어했던 이유도. 그때는 어머니의 우울감이 너무 깊어 그 비슷한 어떤 이야기도 할 수 없었으니까.

그래서 만나기로 했지?

당연하다는 듯 어머니가 물었다.

어제 통화를 마치면서 영서는 윤선배에게 말했다. 아쉽지만 그
날 어머니를 모시고 어디 가야 해서 안 되겠다고. 그건 거짓말은
아니었다. 꼭 병원이라곤 안 해도 그런 뉘앙스로 느껴지게 말하긴
했지만.

남동생의 늘어진 면티를 입은 어머니가 영서를 똑바로 바라보
았다. 올케가 이 모습, 자기 남편의 낡은 옷들을 아무렇게나 걸쳐
입는 시어머니를 봤다면 또 질색했을 텐데.

토요일에 선배 만나.

오송 가야 하잖아요.

살면서 잊으면 안 되는 게 있어.

……뭘요?

선배가 그때 그거 안 빌려줬으면 어쩔 뻔했어.

영서는 잊으려고 했던 일이었다. 그거. 어머니는 피하고 싶은
듯 돈을 그거라고 말하는 버릇이 있었다.

그제부터 비가 시작되더니 간밤엔 전국에 집중호우가 쏟아졌
다. 강풍까지 동반한 장맛비였다. 영서는 비가 더 쏟아지고 바람
이 더욱 거세지기를 바랐다. 그래서 윤선배가 말한 행사가 취소되
기를, 선배와의 약속도 취소되기를. 침수 피해를 당한 주택들과

무너진 옹벽과 돌더미에 파묻힌 차량들과 한밤을 대비하느라 차수벽을 설치하는 사람들을 화면으로 보면서는 일기예보대로 되기를 바랐다. 새벽부터 소강상태에 접어든다고 했다. 영남지방을 제외하곤 차츰 맑아질 거라고도. 그래서 어머니는 예정대로 아침 일찍 기차를 타러 갔다. 집이 비었다. 빈집에 있는 걸 좋아한 적도 있고 혼자 지내게 되길 바란 적도 있었다. 그러나 요즘은 문밖에서 기척이 들리면 숨이 고르게 쉬어지기도 했다. 어쩌면 어머니도 그랬을까.

종강하고 밖을 나가는 건 처음이었다. 정오가 조금 지났다. 윤 선배와는 두시 전에 아트나인 십이층 카페에서 만나기로 했지만 먼저 가서 여유롭게 앉아 있고 싶었다. 이수는 동네 근처라고 하기엔 조금 먼 데였다. 버스를 타고 열 정거장 정도 가야 하는 거리. 바람은 불지 않고 덥고 무거운 공기가 고여 있는 느낌이었다. 버스 정거장 앞 흰색 교회 건물 위를 거대한 보따리 같은 뭉게구름이 내리누르는 듯 보였다. 정거장 의자에 학생처럼 보이는 여자가 전자기타 가방을 세워두고 앉아 있었다. 휴대전화에 이태현이라는 이름이 뜨자 여자가 통화 버튼을 눌렀다. 영서는 뒤에 서 있다가 얼떨결에 그걸 보게 돼 한발 뒤로 물러났다. 여자가 나른한 어투로 말했다. 음, 지금 만날 순 있는데 우리 만나서 뭐해? 곧 전화를 끊은 여자는 사과 게임을 시작했다. 이름이 정확히 뭔진 모르지만 화면 가득 채운 빨간 사과들을 지워나가는 걸로 보아 그럴 것 같았다. 영서도 지금은 그게 하고 싶어졌다. 딴생각이 들지 않게. 영서가 만날 수 있다는 메시지를 보내자 윤선배는 다행이라고 하며 한마디를 더 보탰다. 할 얘기도 있고. ……언제부터일까. 누군가로부터 할 얘기도 있고, 하는 말을 들으면 가슴부터 두근거리게 된 게.

극장 한편에 동물권에 관한 영화 배너와 후원 가입 신청서가 놓여 있었다. 그 옆에 곰이 프린트된 양말도. 한 환경운동 단체에서 진행하는 행사였다. 윤선배가 최근에 일을 시작한 기관과 긴밀하게 연결되어 있는 단체라고. 같이 영화 보고 토크도 듣고 네시쯤 저녁을 먹자고 했다. 선배가 상영 전에 관객들에게 인사 한마디를 해야 한다고도. 마지막으로 만났을 때 선배는 환경 잡지 만드는 일을 하고 있었고 거기에 오의 시를 수록하기도 했다. 등에 'Rights of Animals'라고 프린트된 연두색 반팔 티셔츠를 입은 사람들은 모두 관계자들인 듯했다. 영서는 넓지 않은 카페의 구석자리에 앉았다. 혼자 종종 영화를 보러 오는 곳이기는 했다. 가끔 집을 나오고 싶어질 때. 상영중이던 영화가 끝났는지 약간의 소란과 함께 사람들이 몰려나왔다. 영서는 커피를 마시다 고개를 들었고, 뭐가 잡아끄는 듯한 느낌에 관객이 나오는 쪽을 바라봤다. 누군가 자신을 보고 있는 것 같아서.

……고모.

잠깐이었지만 민오의 표정에서 후회의 빛이 떠올랐다 사라졌다. 그냥 지나갈걸, 하는. 십삼 년을 어머니와 같이 키운 조카였다. 표정만 봐도 어떤 마음인지 알 수 있는 작은 존재. 어쩌면 아닐지도 모른다는 짐작이 지금 들지만 말이다. 민오와는 그제 통화했다. 아직 종강하지 않아서 이번 주까지는 송도 기숙사에 있어야 한댔다. 그래서 할머니와 동행할 수 없다고.

민오 옆에 키가 반 뼘쯤 더 커 보이고 민소매 티에 헐렁한 그레이 진을 입은 여자애가 서 있었다. 영서는 그 모습을 보자마자 민오가 보이고 싶지 않았던 걸 자신이 봐버렸다는 사실을 깨달았다. 단박에 올케 생각이 났다. 올케는 영서가 자신을 승민이라는 이름 대신 올케라고 부르는 걸 싫어했다. 그러고 보니 올케는 싫어하는 게 많은 사람인 것 같다. 영서는 여성 평균키에서도 육칠 센티미터가 작아서인지 자신보다 키 큰 여자가 자신을 내려다보는 걸 싫어하고. 민오의 첫번째 여자친구일 그 아이의 키가 너무 커서 영서는 자리에서 일어나려다 말았다. 올케가 이 애들을 봤다면 지금 어떻게 했을까. 영서가 손짓해서인지, 뒷 관객들에게 밀려서인지 그애들이 엉거주춤하게 테이블 쪽으로 다가왔다.

우리 고모야.

올케가 대학에 막 입학한 민오에게 한 부탁, 아니 모종의 요구를 어겨버린 민오가 여자애에게 말했다. 그애들이 좀 어색하게 웃으며 앞자리에 앉았다.

몇 주 전인가 민오가 자신에게 고모, 단 한 단어로 된 메시지를 보낸 게 떠올랐다. 종강을 앞둔 때여서 왜?라고도 묻지 못했고 마음 쓸 겨를이 없었다. 영서는 딴생각에 빠져 있었다. 다른 학생들도 당사자도 눈치채지 못하는 방식으로 인권위원회에 신고서를 제출한 학생을 어떻게 자연스럽게 가해할 수 있을지에 몰두하던 중이었다. 영서는 강사로서 학생을 두고 그런 생각을 했다. 생각하고 또 했다. 그것은 그리 놀라운 일이 아니었다. 영서는 자신이 어른도 선생도 되지 못했고 앞으로도 그럴 수 없단 사실을 잘 알고 있었으니까. 한 학기 내내 영서는 조용하고 끈질기게 그 방식을 고민하면서 스스로에게 고통받았다.

그런데 그때 민오에게 답장하고, 왜 그러냐고 물었다면 저 여자애에 관한 이야기를 털어놓았을까. 영서는 민오가 음료수를 주문하러 간 사이에 여자애에게 이름이 뭐냐고 물으려다 관뒀다. 올케가 이 사실을 알면 좋아하지 않을 것 같아서. 여자애가 서글서글한 눈으로 영서를 마주봤다.

민오가 고모 얘기 자주 해요.

그래요?

네, 좋은 교수님이시라고.

영서는 웃었다. 소리 없이. 그러곤 안경을 밀어올리며 눈을 잠시 문질렀다.

민오가 아이스커피 두 잔을 가져와 앉았다. 고모에게 거짓말하고 송도가 아니라 그것도 집 가까운 극장에서 데이트하다 들킨 당혹감은 표정에서 조금 지우고. KTX 표를 두 장 예매했으니, 자신을 대신할 동행자를 만들어줘야 마음놓을 수 있을 것 같았다. 학원을 운영하는 올케는 불가능했고 남동생은 상하이로 출장을 가 있었다. 망설이다가 택시 운전사인 김포 삼촌에게도 연락해봤지만 갑자기 토요일 아침에 오송에 갈 수 있는 사람을 구하긴 어려웠고 어머니는 영서가 여기저기 연락한 걸 못마땅해했다. 나 노인 아니다, 이번엔 멀지도 않고 혼자 갔다 올 수 있어. 그 말은 좀 의외였다. 어머니는 혼자 어딜 가는 일도, 혼자 밥을 먹는 일도, 혼자 시간을 보내는 일도 하지 못할뿐더러 원치 않는 사람이라고 알고 있었으니까. 다음달에 같이 가면 되지. 어머니는 보기 드물게 생기 있는 표정으로 영서가 불러준 택시를 타곤 용산역으로 출발했다.

민오는 같이 가줄 줄 알았는데. 어머니는 지금도 가위만 보면 민오 생각을 하고 같이 살던 시간을 떠올리며 누가 듣건 말건 중얼거린다. 그때가 좋았다고. 집의 모든 가위에 신민오라고 쓴 작은 견출지가 붙어 있었다. 영서의 글씨로. 한 아이를 키우기 위해서는 몇 개의 가위가 필요한 걸까. 어린이집, 유치원, 초등학교, 중학교까지 다니며 그애가 쓴 크기도 색깔도 제각각 다른 가위들이 집안 곳곳에 아직 남아 있었다.

할말이 떠오르지 않았다. 민오도 그래 보였다. 어쩌면 민오는 영서를 만남으로써 자신의 여자친구는 모르고 몰라야 하는 지점,

고모와 둘만 알고 있는 사실에 부끄러워하고 있는지 모른다.

너, 그거 좀 하지 마.

여자애가 옆을 돌아보며 민오에게 주의를 줬다. 한 손으로 제 귓불을 툭툭 잡아당기고 있는 애에게. 여자애는 그게 민오의 오랜 버릇이란 걸 아직 알지 못하는 모양이었다. 난처하거나 곤란을 느 낄 때 하는. 올케 앞에서처럼 민오는 얼른 자세를 바로 했다.

지난 3월에 민오의 대학 입학을 축하하는 저녁 자리를 가졌다. 어머니는 잠들고 동생 부부와 민오를 데리고 한잔하는 자리에서 올케가 불쑥 말했다. 외동에 외부모인 여자애와는 처음부터 사귀 지도 말고 만나지도 말라고. 남동생과 영서 눈이 마주쳤고, 아무 도 올케의 말에 토를 달지 않았다. 동생은 두 손으로 얼굴만 북북 문질렀다. 올케가 화를 내는 사람처럼 말을 이었다. 자식에게 짐 되기 싫어서 스스로 목숨 끊는 노인들이 얼마나 늘어나는지 아느 냐고. 고개를 숙이고 있던 민오가 식탁에서 일어나선 올케 손목을 잡았다. 걱정하지 마세요 엄마, 그만 쉬시는 게 좋겠어요. 영서는 뭘 했나. 아무것도 하지 않았다. 슬픔에 빠져 너무나 화가 난 것처 럼 보이는 사람들에 대해 생각하고 있었을 뿐. 올케는 자신의 어 머니가 갑자기 돌아가셨다는 사실보다, 돌아가신 방식을 아직도 못 견뎌하는 듯했다. 그건 동생도 영서도 누구도 이해한다고 말할 수 없는 영역이기도 했다. 같이 오랫동안 떠올리기는 할 수 있어 도.

근데 고모, 누구 기다려?

여자애와 달리 민오는 일어서고 싶은 모양이었다.

몇시지?

두시 오 분 전인데.

윤선배에게 메시지가 와 있었다. 좀 늦을 것 같다고.

검은색이라면 가릴 수 있는 얼룩을 흰색은 가리지 못한다. 아주 작은 얼룩도. 누구와의 관계가 검은색에서 흰색으로 넘어가는 그 단계 어디쯤의 찰나에서 이전까지와는 다른 감정이 생겨나 어떤 것은 우정으로, 신뢰로 혹은 안쓰러움으로 각인되곤 했다. 윤선배가 처음 자식 이야기를 했을 때 영서는 선배에게서 우정을 느꼈다고 기억한다.

그애는 초등학교 입학도 전에 트렌치코트를 입고 다녔다. 애가 그런 어른스러운 옷을 입고 다닌 게 문제가 아니라 문제는 그애가 사계절 내내 그 옷만 입고 다닌다는 데 있었다. 깃을 세우고 허리를 꽉 묶고 주머니에 손을 찌른 채. 온몸을 다 가려버리고 싶다는 듯이 말이다. 선배는 말을 아꼈지만 학교에서 적응을 못하는 아이 입을 열게 할 상담사를 꽤 오래 찾아다녔다. 그애가 미술을 시작하기 전까지. 가끔 바지 주머니에 손을 찌른 채 고개 숙이고 걸어다니는 어린애들을 보면 초등학생 때 한 번 보고 만 선배의 아들 생각이 났다. 어쩌면 그애는 제가 살아갈 방식을 너무 일찍 알아차려버린 것은 아니었을까. 어떤 사람은 남들 눈을 의식하지 않는 자유로운 방식으로 살아가기도 하고 어떤 사람은 뒤로 숨는 방법으로, 억누르는 방법으로 살아간다. 어떤 사람은 극단적인 방식으로 살아가고. 그애가 선택한 방법이 어느 쪽이었든 좀처럼 모범의 기준에서 벗어나지 않고 살아온 윤선배에게는 자신과는 너무도 다른, 그러나 아직은 자신에게 속한다고 할 수밖에 없는 그런 아들이 감당하기 어려운 듯했다. 그애가 벨기에로 유학을 떠날 때까지 오랫동안, 윤선배는 자신이 남편은 알지 못하고 남편이 느끼는 것과는 또다른 아픔을 무결하게 겪어왔음을 스치듯 털어놓았다.

정동의 한 도서관에서 열린 환경 관련 책을 쓴 저자와의 만남에서 윤선배가 사회를 맡았다. 영서에게도 흥미로운 책이었는데, 선배가 아들도 데려가게 되었다고 했다. 민오 생각이 났다. 형아라고 부를 만한 또래가 없는. 그날, 한여름에 가까운 계절이었는데 역시 트렌치코트를 입은 선배의 아들을 처음 보았다. 미성숙하고 성말라 보이는 데다 땀에 젖은 헝클어진 머리를 한 그애는 옷 속으로 기어들어가 있는 형국이었다. 경계심으로 번쩍이는 눈을 내리깐 채. 2학년인 민오가 형아, 우리 이거 할까 저거 할까? 여러 번 물어도 그애는 민오가 돌보기 귀찮은 갓난아기인 양 냉담하게 굴었고 민오는 상처받았다.

영서에게 인상적이었던 건 아들을 대하는 윤선배의 태도였다. 3학년밖에 안 된 아들을 어려워하거나 무관심하게 굴거나 전혀 상관없는 사람처럼 대하는 듯했으니까. 식당에서 둘은 나란히 앉았는데도 떨어져 앉은 듯 보였다. 부모 자식 관계가 아니라 자신들이 합의한 만큼의 거리를 넘어서면 안 되는, 마치 타인과 타인이 의도치 않게 만나 잠시 같은 환경을 기반으로 살다 헤어질 것을 약속한 관계 같아 보인다고 할까. 그렇게 따지면 그때까지 외할머니나 고모가 양말 하나까지 챙겨줘야 했던 민오는 명확하게 어린아이에 불과해 보여서, 영서는 자신도 모르게 그애처럼 민오에게 다정하게 굴지 않았다.

너무도 어리게만 보였던 그애가 트렌치코트 속에 숨기고 다녔던 건 자기 자신이었을지도 모른다고 짐작하게 된 또렷한 순간들이 있었다. 어른들은 그렇게 밖으로 드러나는 트렌치코트가 아닌 다른 시도를 하지만.

그애가 유학을 떠난 뒤부터 영서 눈엔 윤선배가 인생을 새로 다듬어나가는 듯 보였다. 미 중서부의 한 대학 석사과정에 입학해 삼 년 동안 환경 관련 공부를 마쳤고 직장을 옮겼고 환경 잡지를 만들기 시작했다. 이제 아들과는 일 년에 한두 번쯤, 크리스마스나 방학 때 벨기에도 한국도 아닌 낯선 도시에서 만나 일이 주씩 함께 여행한다고 했다. 아들은 타인도 가족도 아닌 어딘가의 지점에 서 있고, 그들이 예전에 공유한 삶을 농담처럼 추억하곤 하는데 때때로 아들의 부드러워진 눈빛에서 그 시절이 반영된 감정이 읽힐 때 문득 슬퍼진다고 했던가.

올케에게 윤선배와 아들 이야기를 해주고 싶어지는 때가 있다. 그게 올케와 너무 밀착된 민오 때문인지 아니면 다른 이유 때문인지 알 수 없지만.

고모님, 다음에 또 뵈면 좋겠어요.

여자애가 엘리베이터 앞에서 명랑한 소리로 인사했다. 민오는 말없이 고개를 숙여 보이곤 버튼을 눌렀다. 문이 닫힐 때까지 영서는 여자애에게 아무 말도 하지 않았다.

검은색에서 흰색으로 관계가 넘어가는 지점, 영서는 윤선배에 대해서는 중간 단계쯤에서 멈췄다. 시인 오와는 그러지 못했다. 그러자 우정처럼 보였던 게 한순간에 사라져버렸다. 정말 아무것도 아닌 일로도. 그게 정말 아무것도 아닌 일이란 걸 자각하는 그 순간에도. 유치하고 편협하게.

두시가 넘어도 윤선배는 오지 않았다. 연두색 티셔츠를 입은 관계자들도 상영관으로 입장했고 카페에는 다른 영화를 기다리는 관객들 몇 명만 남아 한가해졌다.

선배, 나 아직 여기 있어요.

윤선배는 문자를 읽지도 않았다.

영서는 주섬주섬 가방을 챙겼다. 윤선배는 이런 사람이 아니었다. 먼저 만나자고 해놓고 약속 장소에 나오지 않는 사람도, 늦을 것 같다면서 감감무소식인 사람도. 혹시 선배가 지금 이러는 이유가 시인 오와 관계가 있을까. 윤선배는 영서가 아니라 나중에 만나게 된 시인 오와 더 가까워진 듯했으니까. 처음엔 그렇지 않았다. 공통의 관심사도 호감도, 봐줄 만한 결함들을 가진 세 사람이 순차적으로 만나서 어떤 시간을 보냈다. 그들과 함께 있을 때면 더 괜찮은 무리에 속한 것처럼 느껴졌고 더 잘 만들어진 관계 속에 들어와 있다는 느낌이 들어서였을까. 그래서 영서는 부정직한 채로 혹은 필요한 만큼만 자신을 열어 보이며 그들을, 때로는 각자를 만나곤 했다. 더는 우정이 남아 있다고 자신 있게 말하기 애매한 사이가 됐지만. 시작은 누구였고 무엇이었을까. 너무 피곤해서 영서는 도로 자리에 앉았다.

윤선배와 시인 오가 둘이서 동남아의 한 휴양지로 여행을 다녀왔다는 건 다른 이를 통해서 알게 됐다. 선배와 오가 평소에 셋이 꿈꾸었던 프라하나 포르투가 아니라 휴양지, 그것도 마사지로 유명한 곳에 다녀왔다는 데 영서는 실망했다. 그건 오 앞에서는 두 사람이 엄마 이야기를 하지 않는 것과 같을지 모른다고, 그렇게 잊으려고 했다. 책처럼 후르르 넘겨 탁 덮어버리려고. 그러나 시간이 지날수록 불쑥불쑥 감정이 소용돌이쳤다. 신뢰한다고 믿었던 마음, 우정이라고 여겼던 감정들은 방부처리가 불가능했고 어쩌면 애초에 있지도 않았을지 몰랐다. 왜 나는 아니었어요? 살면서 그렇게 묻고 싶은 순간들이 많았는데 세 사람 사이에서도 그런 일이 생길 줄은 몰랐고 윤과 오는 알지 못하게 영서는 서서히 자신을 닫아갔다. 솔기를 틀어 열어 보였던 마음부터.

영서는 종종 자신도 가르쳤다. 화가 난 것과 슬픈 상태를 구분해야 한다고. 그러지 못하면 원망하는 마음만 커질 뿐이라고.

화와 슬픔은 닮은 데가 있었다. 한 번에 멈춰지지 않고 꼬리에 꼬리를 무니까. 집이 경매에 넘어가는 걸 막을 때 선배에게도 돈을 빌린 적이 있었다. 천만원. 매달 어머니가 은행 금리보다 높게 쳐준 이자를 선배 계좌로 보내주게 됐다. 삼 년 후에 갚았다. 삼 년 동안 만나기를 피하긴 했어도 채무관계 때문에 변했다고 느끼지 않은 거의 유일한 사람이 윤선배였다. 그랬다가 시간이 많이 흐른 후 어머니에게 들었다. 딱 한 번 이자를 못 보낸 적이 있었는데 윤선배가 연락했단다. 이자 제때 보내시라고. 씁쓸한 표정으로 어머니는 그 말을 지나가듯 했는데 영서에겐 잊을 수 없는 일이 됐다. 사만 삼천칠백오십원, 그 금액도.

영서는 엘리베이터 버튼을 눌렀다. 오지 않는 사람을 기다리는 일은 충분히 해봤고 그런 관계는 결국 끝난다. 일층에서 내리려고 하는데 휴대전화 진동이 울렸다.

미안해. 나, 엄마한테 와 있어.

윤선배였다. 늦게라도 갈 테니 영화 보고 있으라고.

영서는 엘리베이터 문을 한 손으로 막았다. 그대로 집으로 가버릴 수 없었다. 윤선배의 어머니는 지지난해에 돌아가셨으니까.

선배가 연락해뒀는지 영서가 들어서자 상영관 뒷자리 벽에 기대서 있던 관계자가 이름을 확인하곤 좌석 번호를 속삭여주었다. 허리를 낮게 구부리곤 통로를 내려가 영서는 이제 화가 아니라 슬픔으로 차오르는 몸을 앞에서 두번째 줄 P7에 앉혔다. 시작한 지 삼십 분 가까이 지난 화면에는 아마도 동물이 다니는 산길을 카메라가 따라가는 듯한 장면이 펼쳐지고 있었고 반달곰 같은 야생동물과 함께 살면서 그에 동반되는 불편함이 없기를 바라는 건 인간의 이기심이 아닌가, 하는 내레이션이 흘러나왔다.

야생동물에 관해 아는 건 없지만 선배가 환경학 안에서도 기후 쪽을 연구했다는 건 알았다. 윤선배는 이번에도 환경, 생태 등 각 분야의 다른 전문가들과 함께 일하는 모양이었다. 일하면서 배울 수도 있는 직장이나 동료들을 선배는 추구했으니까. 언젠가 셋이 저녁을 먹는 자리에서 윤선배가 우리 나중에 같이 책을 써봐도 좋을 것 같아, 라고 말한 적이 있었다. 시인 오는 오, 그거 좋은데요, 하고 반응했지만 영서는 말을 아꼈다. 윤선배를 오래 봐온 사람의 짐작으로는 이렇게 그냥 만나서 밥 먹는 거 말고 뭔가 생산적인 모임을 가져보자는 뜻으로, 그러니까 지금 이런 시간은 좀 무의미하지 않나 하는 뉘앙스로 여겨졌기 때문에. 어쩌면 자신은 그들과 책을 쓸 만한 자격을 갖추지 못했다는 데 생각이 미쳤는지도 모르겠다. 그런 눈에 보이는 도모를 하지 않아도 영서는 윤선배와 시인 오와 함께하는 시간에 자신의 삶에 속하지 않을 수도 있는 평온함과 안전을 느꼈고, 헤어질 땐 낙관적으로 변해 있기까지 했는데. 무슨 책을 쓰든 두 사람만이 공동으로 작업해야 할 것 같았고 자신의 자리는 없는 게 나았다. 객관적으로 보면 그랬다. 영서가 계속 학교에 자리잡지 못한다면.

화면에 '오삼'이라는 애칭으로 불리는 KM53번 야생 곰이 등장했다. 이 영화의 중심 동물인가? 영화에 집중하려고 했지만 빈 옆자리가 더 신경쓰였다. 돌아가셨는데, 엄마에게 와 있다는 선배의 자리.

일 년 반 전에 어머니가 돌아가시고 난 후부터 선배는 달라졌다. 영서는 부고조차 받지 못했고 시인 오도 마찬가지였다. 장례를 치르고 한 달 후쯤인가 선배가 통화하고 싶다고 연락을 해와서 알게 됐다. 너무 경황이 없어서 연락하지 못했다고 하곤 선배는 침묵했는데, 그 침묵에 더 많은 말이 담겨 있었다. 연락하지 못한 게 아니라 안 한 거라고, 경황이라는 표현은 충격이라고 바꿔들렸다. 아버지가 십여 년 전에 돌아가신 후—그때는 영서도 조문을 갔고 선배 아들은 벨기에서 오지 않았다—윤선배는 혼자가 된 친정어머니를 여동생과 번갈아가며 모셨다. 한두 달씩 딸들의 집을 옮겨다니며 지내면서, 어머니의 말수가 줄어들고 딸들이나 사위들 눈치를 보는 게 느껴졌지만 뭘 어떻게 해줘야겠다기보단 많은 경우에 짜증부터 났다고 했나. 어머니가 갑자기 배가 아프다고 해 응급실에 갔는데 그게 마지막이 됐다고. 코로나가 끝났지만 한밤의 중환자실 면회는 금지되어 있어 선배는 집으로 돌아가야 했다. 그 새벽에 병원에서 전화가 왔다. 요로감염에 의한 패혈증으로 사망. 선배는 그 사실들을 담담하게 전했다. 선배가 전화한 이유는 따로 있었다. 엄마가 돌아가시고 나서 뭔가가 무너져내렸는데, 좀 괜찮아지면 보자고 했다.

이해할 수 있을 것 같아요, 선배.

그렇게 말하는 건 가식 같았다. 이해할 수 없었고 아직은 알고 싶지도 경험하고 싶지도 않았으니까. 아무 할말이 없었다. 그런 순간이 너무 자주 생겨났다.

KM53번은 관리자들이 정한 서식지인 지리산에서 벗어나 사람의 길, 고속도로를 따라 숲을 가로질러 한사코 수도산으로 이동했다. 몇 번이나 잡혀오고 다시 탈출해본 곰은 그 길을 태생적으로 기억하고 있는 듯 보였다. 자신이 살아야 하는 땅을, 혹은 살고 싶은 자리를. 뒷자리 관객 중 누군가 흡, 안타까운 숨소리를 냈다.

곰을 추적하려면 발신기의 배터리를 교체해야 해서 일 년에 한 번씩은 마취총을 쏘아 잡아야 한다고 한다. 꿀이 든 포획틀은 경험이 없는 새끼 곰 외에 더는 통하지 않는다고. 학습이 된 곰은 더는 들어가지 않아 흥분하고 공격성을 갖게 되더라도 마취총을 쏠 수밖에 없는 모양이었다. 영서는 자리를 고쳐 앉았다. 불길한 직감이 들었고 여기 모인 관객들이 아무리 안타까워해도 그 예감은 결국 들어맞게 될 것이다. 이제야 영화에 몰입하고 싶은 마음이 들었다.

인터뷰이가 KM53번의 죽음에 대해 자신의 의견을 말했다. 왜 그 마취총을 맞은 야생 곰이 다른 데도 아니고 얕은 개울로 가서 코를 박고 죽었는지. 그러나 전문가는 눈물이 그렁그렁한 눈으로 말을 잇지 못하고 망설이는 듯했다. 영서가 후련하게 속으로 말했다. 자살한 거잖아요. 그러곤 흠칫 놀라 주위를 두리번거렸다.

지난해 여름, 오에게서 메시지가 왔다. 어제 자살 시도를 했고 지금은 병원에 있는데 와줬으면 좋겠다고. 간결한 문장이었는데 영서는 그대로 휴대전화를 뒤집어버렸고 그때도 지금도 자세히는 알 수 없는 오에 대한 분노를 억누르느라 턱이 아플 정도로 이를 다물고 있었다. 왜, 어떻게, 이렇게, 그동안, 어떤, 기미도, 없이. 죽음에 관심 없는 사람은 관심 없다고 오에게 말한 사람은 영서였다. 자신의 죽음을 떠올려보지도 그려보지도 않는 사람과는 깊은 감정을 나누고 싶지 않다고 말한 사람도 영서였고 언젠가 자신이 자신을 버리려고 세운 계획을 털어놓은 사람도 영서였다. 둘이서만 만나던 때. 영서는 오에게 가지 않았다. 윤선배도 있으니까. 둘은 함께 여행도 가는 사이이니까. 그해 여름은 영영 끝나지 않을 것 같았는데 기우뚱거리며 가을이 오고 쓸려가듯 겨울이 지나가더니 지워버리듯 해가 바뀌었다. 오가 영서에게 오는 일도, 영서가 오에게 가는 일도 일어나지 않았다.

엔딩 크레디트가 올라가고 스태프들이 의자 두 개와 작은 테이블을 앞자리에 가져다놓느라 잠시 무대 쪽이 북적였다. 관객과의 대화 시간. 영서는 나가려고 가방을 들어올렸다가 도로 내려놨다. 그러기엔 너무 앞자리였다. 옆자리마저 비었고. 영화 제작 과정과 야생동물과 인간의 공존에 관해 감독과 인류학과 교수가 짧게 설명하고 질문을 받았다. 관객들의 질문이 몇 개 이어졌다. 환영받는 동물과 그렇지 못한 동물의 구분이나 반달곰과 사육 곰의 차이, 복원의 의미 등에 대한. 그러다 한동안 아무도 손을 들지 않아 사회자가 조금 어색해할 때 뒤의 누군가가 손을 든 모양이었다. 질문자는 자의식도 기억력도 욕망도 학습 능력도 있는 야생동물들과 함께 살아가기 위해서 인류라는 지배종이 무엇을 해야 할지 물었다.

아는 목소리였다. 영서는 뒤돌아봤다. 흰 티셔츠에 연두색 점퍼를 걸쳐 입은 윤선배가 스태프들과 뒷문 쪽에 서서 답변을 기다리고 있었다.

이제 우리 여기를 빠져나갈까?

행사가 끝나고 관계자들과 인사를 나눈 윤선배가 뒤쪽 출입구에 있던 영서에게 미안하단 어투로 맞은편을 가리켰다. 대형 빔프로젝터 스크린이 걸려 있고 부분적으로 창이 개방된 야외 테라스 카페였다.

계산대로 가 생맥주 두 잔을 주문하며 영서는 유리문을 등지고 앉은 선배를 돌아봤다. 연두색은 선배가 평소에 입는 옷 색깔이 아니었고 사실 어울리지 않았다. 며칠 전 시장에 갔다가 오늘 행사에 입고 오면 좋을 것 같아 샀다고 했다. 선배는 이런 사람이었어. 계산대 앞에서 고개를 끄덕이며 영서는 어디서 글자를 주워다가 선배 등에 Rights of Animals라고 붙여주고 싶어졌다.

어머니를 거기 안치하셨는지 몰랐어요.

아버지가 계시니까.

아, 그랬죠, 그래도 오늘 너무 덥고 습했을 텐데.

그러게. 날씨 때문에 울기도 어렵더라.

선배는 씁쓸하게 미소 지었다. 이수는 처음 와보는 지역이라 교통편을 알아보다가 현충원과 가깝다는 걸 알았다고 했다. 그래서 엄마 묘소에 들르기 위해서 집에서 일찍 출발했다고. 영서는 상상했다. 끈적거리는 6월의 습도와 무거운 구름 밑에서 연두색 점퍼를 입은 채 걸음이 떨어지지 않아 부모의 묘소 앞에 우두커니 앉아 있는 중년의 여성을.

배고프겠네요, 선배. 뭐 음식도 좀 주문할까?

이거 마시고 내가 시킬게. 그리고 나 김밥도 먹었어.

선배가 두 손으로 맥주잔을 감싸들어 한 모금 마셨다. 술은 좋아하지 않는데도 여름이면 맥주 한두 잔을 맛있게 비우곤 하는 윤 선배가 말을 이었다.

엄마가 아파트 상가 일층에 있는 김밥집을 자주 다니셨어. 난 안 가본 덴데, 딸네 집에 오셔서도 늘 엄마 혼자 다니셨던 거지.

오늘 출발하기 전에 거기 먼저 들러서 한 줄 샀어. 엄마 앞에 놓으려고. 날씨 때문에 금방 쉬겠지 싶으면서도. 일어서려는데 그걸 버리기 싫고 버리면 안 되겠단 생각이 들었어. 나무젓가락 포장을 찢으려는데 거기에 가로로 이렇게 쓰여 있더라. '단골이 됐으면 좋겠다'라고.

영서는 손끝으로 테이블을 긁고 싶어졌다.

그래서 젓가락 포장지 뒷면도 보게 됐어.

거기도 뭐가 쓰여 있었어요?

응, '사실 찾아주신 것만으로도 너무 감사해요'.

두 사람은 각자 다른 방향으로 시선을 돌렸다. 윤선배는 폭포가 쏟아지는 스크린 쪽으로, 영서는 습한 바람이 불어오는 야외 창 쪽으로. 별거 아닌 거에 울고 싶어지기도 하고 웃음이 나기도 하고 슬퍼지기도 한다. 할말이 없어지는 때가 많은 것만큼.

사실, 너무. 한 문장에 부사를 두 개나 쓰다니. 그건 반칙이죠.

선배는 흘러내린 한쪽 머리를 귀 뒤로 넘기며 조금 웃었고 영서도 웃으려고 했다. 오가 했을 법한 우스갯소리처럼 들려서. 밤 산책을 할 때면 문이 열린 집의 대문을 매번 살며시 닫아주곤 하는 오, 사계절 내내 면바지 면티에 에코백만 들고 다니면서도 가죽은 물론 링이며 지퍼 같은 소재 하나까지 모두 땅속에 삼 년 동안 묻어뒀다가 소량만 제작한다는 어느 브랜드의 청키 백을 딱 하나 갖고 싶다던 오. 그 덕분에 서로가 가진 허영도 무람없이 털어놓게 만들었던 사람. 우정은 서로의 삶에 어쩔 수 없이 지문을 묻혀가 듯 어떤 것은 지워지지 않는 걸까. 영서는 오에게 와달라는 메시지를 받았던 때로 툭하면 돌아가곤 했다.

일깨우듯 영서 잔에 자신의 잔을 갖다대며 선배가 물었다.

어머니는 좀 어떠셔? 청력이랑 우울감 때문에 많이 안 좋다고 했잖아, 지난번에.

내 목소리만 점점 커져요. 보청기는 안 끼신다고 해서요.

그래, 어머니랑 사는 우리 또래 목소리가 커지긴 커지더라.

선배가 지난번 통화 때 어떤 후배 이야기를 해준 적 있었죠? 어머니랑 둘이 사는데, 어머니를 위해서 한 달에 한 번씩 당일 기차 여행 다녀온다고. 노인 우울증에 효과도 있고 나중에 어머니 돌아가셨을 때 이건 하길 잘했어, 하는 거 하나쯤은 있어야 덜 후회하고 슬플 거라고. 그 말이 계속 떠올라서, 지난달부터 나도 시작해봤어요. 얼마나 갈진 모르겠지만.

오늘이 그 두번째 날이었다고 말하진 않았다. 선배가 그 후배 이야길 해준 게 어머니의 임종 소식을 알리던 때였다는 것도. 그 일을 하도록 영서의 마음을 움직인 건 그 후배의 일화가 아니라 선배가 전화를 끊기 전 건넨 한마디였다는 것도. 엄마가 살아 계신 것만으로도 그냥 좋은 일이었어. 그걸 몰랐어.

이번에는 윤선배가 맥주와 피자를 주문하러 계산대로 향했고 저녁부터 다시 장맛비가 쏟아지려는지 십이층 창밖의 구름이 어두워 보였다. 영서는 잠깐 휴대전화를 열어 어머니가 보낸 사진을 확인했다. 어머니는 오송에, 수암골이라는 작고 오래된 마을에 가보고 싶다고 했다. 지난달 첫 여행을 다녀오는 길에서였다. 영서는 왜 그곳에 가고 싶은지 묻지 않았는데, 어머니에게 가고 싶은 데가 또 있을 거라는 생각에 조금은 혼란스러워졌다. 모르는 게 많은 것만 같았던, 딸이 마신 맥주캔을 깨끗이 씻어 팔고 모은 돈으로 병아리콩을 사는 어머니. 그래요 그래, 영서는 무턱대고 고개를 끄덕였다.

엄마들은 자신이 노인이라는 걸 언제 어떻게 받아들일까요.

글쎄. 난 이제 물어볼 수도 없고. 아마도 그냥 우리처럼 잘 몰라서 혼란스러워들 하지 않을까. 우리도 우리가 중년이 됐다고 인정하지만 그게 실은 어떤 건지, 거기에 뭐가 필요한지 알지 못하는 것처럼.

화제를 돌려야 할 것 같아서 영서는 여기서 우연히 조카를 만난 이야기를 윤선배에게 했다. 가족에겐 비밀로 해둔 여자친구를 봤다고도. 다음에 또 뵙고 싶다던 말 때문인지, 스스럼없이 밝아서인지 영서는 등에 아직은 홀어머니를 짊어진 그애, 그 젊은 여자애가 헤쳐나가고 선택할 미래가 문득 궁금해졌지만 그런 건 말하지 않았다.

그래서 어떻게 했어?

저 환경단체에 회원가입 시켰어요, 최소 회비로.

선배와 영서는 킥킥 웃었다. 웃음소리가 잦아들고 나서, 영서는 더는 미룰 수 없다는 걸 알았다. 가슴이 무겁게 뛰었다.

……할말이 있다면서요, 선배.

아, 그랬지……

뭔데요?

언젠가 오하고 셋이 만나고 있을 때였는데, 무슨 소리 끝에 영서가 이런 말을 했어. 학교에 자리잡지 못할 거 같다고.

영서는 고개를 끄덕였다. 다른 누군가에게 그 말을 입 밖으로 꺼낸 적은 없었다. 윤선배와 오와 있을 때 마음 깊은 데서 뭔가 쩍 벌어지면서 그 말이 밖으로 튀어나왔는데, 제 귀로 그 목소리를 듣자 사실이 확인되는 것 같았다. 밀려난 게 아니라 부족해서라고. 앞으로도 자신을 위한 자리는 없는 게 당연해질 거라고.

그날 영서는 그 말에 대한 두 사람의 반응을 기다린 게 아니었을 것이다. 대화의 흐름과 상관없이 하고 싶은 말을 툭 내뱉은 거에 가까웠다. 종종 자신의 그런 태도에 문제가 있다는 걸 알았지만, 고쳐지지 않았다.

그때 나는 아무 말도 하지 않았어. 아니라고, 그렇지 않을 거라고 말을 하고 싶었는데, 다른 대화로 흘러가버렸고 그 자리가 그냥 끝나버렸어. 시간이 지날수록 그게 생각나. 그때 무슨 말이든 해야 했는데. 이걸 오랫동안 생각했어.

난 그런 생각 못했어요. 괜찮아요, 선배.

그때 그러는 게 아니었는데. 마음에 내내 걸려.

윤선배 얼굴이 그늘지고 지쳐 보였다.

내내 마음에 걸리는 일, 그리고 앞으로 그렇게 될 일. 영서는 종강하던 목요일에 대해 말하고 싶어졌다. 그애에게 무슨 말이든 해야 했다고. 불과 열흘 전인데 벌써 오래된 일처럼 느껴지는 건 생각을 자주 해서인지도 몰랐다. 자신을 인권위원회에 신고했던 학생, 영서는 그 학생이 누구인지 신고서를 보고 알아차렸다. 한번 보면 잊기 어려운 글씨체를 가졌으니까. 주머니에 두 손을 찌른 채 영서는 있는 힘을 다해 수업을 마치곤 강의실을 나왔다. 뒤에서 누군가 뛰어나오며 교수님, 하고 부르는 소리가 들렸다. 영서는 뒤돌아봤다. 복도에 그애가 서 있었다. 키가 더 커 보였고 눈을 찌푸린 채, 좀 혼란스러워 보이는 뾰족한 얼굴로. 영서는 한 걸음 뒤로 물러났다. 아직도 자신의 손에는 음료 잔이 들려 있었다. 준비를 많이 했다. 수업 전 학교 카페에서 산, 요즘 학생들이 좋아한다는 말차라테를 그애에게 줄 수도 있었다. 한 학기 동안 반장을 맡아줘서 고마웠다고. 혹은 영서가 침을 뱉어놓은 그 라테를 마실 수 있었고 뜨거운 커피가 든 자신의 텀블러를 맨 앞자리에 앉은 그애 쪽으로 쓰러뜨려 찢어진 청바지 속으로 음료가 줄줄 스며들어가게 해 다리에 화상을 입힐 수도 있었다. 어머 이걸 어쩌니. 영서는 연습도 했다! 그랬는데 그애가 복도로 따라 나와선 간신히 아무것도 하지 않고 나간 자신을 불러세웠다. 또 한 걸음 앞으로 다가와 새된 소리를 냈다. 보고싶을거같아요교수님여름방학잘보내세요. 영서는 몸을 휙 돌렸다. 한 손에 라테 잔을, 다른 한 손에 출석부와 텀블러를 든 채 뛰다시피 계단을 내려왔다. 잔에서 넘쳐 흐른 라테가 옷 앞섶으로 튀었다.

말할 수 없다. 어떤 이야기들은. 언젠가는 말할 수 있게 되는 이 야기도 있다. 서로에게 아직 남아 있는 이야기가 있고 어쩌면 앞 으로 더 생길지 몰랐다. 영서는 고개를 주억거렸고, 선배도 그랬 다. 잔은 비었고, 이제 저녁이 오기 전에 각자의 집으로 돌아가야 했다. 밤부터 장맛비가 다시 거세진다고 하니까.

윤선배가 음료 잔과 접시가 든 트레이를 두 손으로 받쳐들며 자 리에서 일어났다. 잠깐만 선배. 영서는 가방에서 꺼낸 유리병을 선배가 멘 가방 안으로 넣어주었다. 어머니가 볶은 거예요, 선배 주라고.

트레이를 반납하고 엘리베이터 앞에 서 있을 때, 생각난 듯 선 배가 말했다.

어쩌면, 서로를 이해해서 멀어질 때도 있을 거야.

그 말을 하기 위해서 선배는 여기 온 것 같았다. 현충원에서 그 냥 집으로 돌아가버릴 수도 있었을 텐데.

엘리베이터는 지하 육층에서부터 올라오고 있었다. 두 사람은 서로를 마주보았다.

(오는 잘 있나요.)

잘 지내.

(한번 안아줄 수도 있었는데 그러지 못했어요.)

겨울에 만나.

(화가 난 게 아니라 슬픈 것 같아요.)

마음 잘 돌보고.

선배도요.

엘리베이터가 왔고 영서는 아까와는 다른 마음으로 일층 버튼
을 눌렀다.

* 소설에 나오는 영화는 임기웅 감독의 〈야생동물통제구역〉(2025)임을 밝힌다.

일러두기

일러두기

모른다고도 잘 안다고도 말할 수 없는 사람이 재서에게 생겼다.

미용은 평소에 충동적으로 물건을 사는 편은 아니지만 며칠 전에는 검은색 복면을 주문했다고 말했다. 손님이 텔레비전을 틀어달라고 해서 채널을 돌리다가 여자 주인공이 눈과 입만 빼고 얼굴을 다 가리는 복면을 쓰곤 어떤 단체가 인질로 잡고 있던 아이들을 구출해내는 장면을 보았다고 했다. 그게 멋있어 보여서, 주인공이 쓴 검정 니트 복면이 그 순간 못 견디게 갖고 싶었다고. 재서는 그 말을 하는 미용을 처음 보는 사람처럼 봤다. 성인 여성 평균 키에서도 한참 모자라고 목소리가 작고 앳되며 아무것도 아닌 일에도 수줍어하는 마흔아홉 살의 미용. 그런 그녀와 검은색 복면은 아무래도 연결이 되지 않았다.

숨 쉬는 데 편하고 시야도 가리지 않는대요.

미용은 에코백에서 검은색 복면을 꺼내더니 무릎에 올려놓고 반듯하게 폈다. 방한용 안면 마스크인가본데 구멍 세 개가 뚫린 조금 긴 털모자 같았고, 재서의 눈에 그건 영화에서 도둑들이 쓰는 것과 엇비슷해 보였다.

이걸 쓰고 다니실 건 아니지요?

재서는 자신이 잘 모르는 지점의 미용에게 물었다.

사람 일은 모르죠.

미용은 소리 없이 웃었다. 소리 없이 움직이고 소리 없이 먹고 마시고 심지어 노래할 때도 그래 보였다. 그래서 다른 가게 사장들과 함께 있는 자리에서도 의식하고 있지 않다간 미용의 존재를 까맣게 잊기 십상이었다. 그게 미용의 남다른 점이라면 남다른 점인데 얼마 전부터인가 재서에게는 신경쓰이는 부분이 되었다.

재서는 인쇄·복사를 전문으로 하는 '대학사'의 오래되고 쿠션이 푹 꺼진 소파 위, 미용과 조금 떨어진 자리에 앉아 있었다. 아버지로부터 이어받아 지금은 재서가 꾸려가고 있는 가게였다. 밖에는 '⚒ 대학사 COPY'라는, 한때는 눈에 띄었고 쓸모가 있었으나 최근엔 눈여겨보는 사람이 드문 간판이 무겁게 걸려 있었다. 한차례 장맛비가 지나가 후텁지근한 6월 셋째 주 토요일 오후였다. 미용의 가게 휴무는 토요일, 대학사의 휴무는 내일이다. 재서가 오른쪽 팔에 반깁스를 하지 않았다면 미용이 쉬는 날 여기 오지 않아도 됐을 것이다. 그러나 미용은 그런 사람이 아니었다. 도와달라는 말을 하지 않아도 제일 먼저 왔다가 정작 고맙다는 말도 못 듣고 돌아가는 사람. 미용이 이 동네에 처음 나타났을 때부터 재서의 눈에는 그렇게 보였다. 그런 사람과는 더 거리를 두고 싶어서 재서는 미용을 자세히 보려고 하지 않았다.

도와주러 왔다는 말 대신에 미용은 정사장님이 우리집 단골이시니까요, 라고 얼버무렸다. 재서의 아버지가 우엉 전문인 미용네 반찬가게의 조림을 좋아하는 것은 사실이었다. 재서는 평소보다 풀이 죽어 있는 상태였다. 나흘 전 밤중에 장롱 한 짝이 재서의 옆으로 쓰러졌다. 무슨 소리가 들려 순간적으로 피하긴 했는데 장롱 모서리가 오른팔 팔꿈치를 스쳤다. 아버지 말대로 만약 장롱이 머리로 쓰러졌더라면. 집에서도 죽을 수 있다는 상상은 한 번도 해본 적이 없었는데, 그게 가능하다는 걸 경험하자 두려워졌다. 재서는 돌아가신 지 십 년도 넘은 어머니의 장롱을 버리지 않고 버틴 아버지에게 화를 냈고, 그래도 화가 풀리지 않아 사흘 동안이나 무단결근을 했다.

그거 맥아대 방법으로 감은 거 같네요.

미용이 슬쩍 재서의 오른팔을 보며 말했다.

그게 뭡니까?

8자형으로 그려가듯 감는 붕대법일걸요.

웅얼거리는 듯한 목소리에 재서는 건성으로 고개를 끄덕거렸다. 토요일엔 손님이 별로 없으니까 조금만 있다 가시라는 말을 덧붙이면서.

홍보용 인쇄물과 제본한 책을 찾는 손님이 두 명 왔다 갔다. 참고서를 복사하러 온 중학생이 다녀간 후 더 할 일을 찾지 못한 미용이 다시 소파에 앉았다. 삭은 장롱이 쓰러져 재서가 하마터면 크게 다칠 뻔했으며, 그때 정사장은 거실에서 축구 중계를 보느라 화를 면했다는 소문 아닌 소문이 이미 동네 점주들 사이에 돌고 돌았을 터였다. 나흘 만에 출근한 오늘 오전에 아래쪽 스터디카페 한사장은, 자네 살아 있네? 하더니 냉커피 한 캔을 따서 놔주곤 나가버렸다.

출입문 종소리와 함께 손님이 들어오자 미용이 재빨리 일어나 응대했다. 그 바람에 무릎에 올려두었던 복면이 바닥으로 떨어졌다. 재서는 어정쩡하게 소파에서 일어났다가 도로 앉았다. 이십오 페이지짜리 한글 파일을 오십 부 출력하면 되는 간단한 일이었다. 미용은 손님에게서 파일이 든 USB를 받아 익숙하게 컴퓨터에 꽂은 후 인쇄 버튼을 눌렀다. 종이가 출력돼 나오는 소리는 일정하며 리듬도 있어 마음을 놓이게 한다고, 대학사에 처음 손님으로 왔을 때 미용은 말했다. 복합기에서 좋은 면을 찾아낼 줄 아는 사람을 재서는 처음 보았고, 나이들어가는 사람이 하는 말치곤 조금은 우습게 느껴지기도 했다. 그게 이 년 전이었다.

재서는 왼팔을 뻗어 복면을 주웠다. 자전거를 보면 타고 싶고

기타를 보면 쳐보고 싶은 것과 비슷한 기분인가. 막상 쫀쫀한 니트 복면을 손에 쥐자 그걸 한번 써보고 싶은 마음이 일었다. 대활약을 벌인 주인공을 보고 이걸 사고 싶어한 미용의 욕구를 조금은 이해할 것도 같았다. 자신이 타인을 이해하는 방식에는 늘 문제와 오해가 있어왔지만 지금은 아닐 수도 있었다. 복면 안으로 왼손을 집어넣고 짐작보다 넓게 뚫린 눈구멍에 손가락을 넣어 구부려봤다. 잘 웃지 않는 미용도 이걸 보면 웃지 않을까. 재서는 출입문 가까이 놓인 철제 작업 테이블에서 자기 대신 일하고 있는 미용의 옆모습을 봤다. 갈라진 뒤꿈치가 보이도록 운동화를 구겨 신고, 통이 넓은 베이지색 바지에 길고 품이 큰 면 티셔츠를 입어서 전체적으로 헐렁해 보이는. 재서는 머리를 긁적이고 싶은 걸 참았다.

　미용은 인쇄된 프린트물의 네 귀퉁이를 맞춰가며 한 부 한 부 스테이플러로 찍었다. 복사용지들의 각을 딱딱 맞추는 건 보기보다 쉬운 일이 아니었다. 게다가 미용의 손은 종이보다 우엉을 만지는 데 익숙해져 있었다. 스테이플러로 찍는 건 한가할 때가 아니면 굳이 해주지 않아도 되는 일이고, 보통은 손님이 직접 찍거나 용지만 봉투에 담아주곤 하는데. 인근 국립대 학생으로 보이는 손님은 한 손을 주머니에 찌른 채 다른 손으로는 담뱃갑을 만지작거렸다. 어서 밖으로 나가 담배를 피우고 싶다는, 그러니 대충 좀 봉투에 담아줬으면 좋겠다는 기색이 역력한 표정으로. 미용은 자기 일에 집중하느라 아무것도 살피지 못하고 있었다. 손님이 여기

대학사가 아니라 길 건너편 꽃집과 양말가게 사이, 거의 쐐기 모양의 좁고 길쭉한 '이모 반찬' 가게에서 미용을 보았더라면 그녀의 다른 능숙함을 알아차릴 수 있었을 텐데. 재서는 자유롭지 못한 한쪽 팔로 자리에서 일어나 주인 역할을 하려고 했다. 그때 손님이 미용에게 얼굴을 갖다대듯 들이밀더니 쥐새끼 같은 소리를 냈다.

태어나기 전부터 미용은 자신이 어떤 삶을 살게 될지 알았다고 했다. 그래서 가능하면 태어나고 싶지 않았다고. 청소년 시절에 미용은 이런 생각을 했다. 외로운 사람은 잠든 척하거나 살아 있지 않은 척한다고. 그리고 중년에 다다른 무렵에는 생각이 달라졌다. 외로운 사람은 자기 자신을 죽이거나 살인을 저지르게 된다고. 미용과 이런 이야기를 주고받은 건 아니었지만 재서는 알게 됐다.

손님이 나간 후 미용은 재서에게 등을 보인 채 그대로 출입문 앞에 서 있었다. 신호에 멈춰 선 마을버스들과 한없이 느린 보폭으로 건널목을 건너는 노인들, 휴대전화 매장 앞에서 한쪽 팔을 불규칙적으로 펄럭거리는 공기 인형들을 지켜보고 있었다. 그런 것 같았다. 미용에게서 본 적도 없고, 어울리지도 않겠지만 뭔가를 항의하는 듯한 눈빛을 하고 있을지도 몰랐다. 조금 전의 그런 손님들은 흔했고 별일도 아니었다. 미용도 알고 있을 거였다. 재서는 아무 말도 하지 않았다. 뭔가를 해야 했을까. 미용의 뒷모습을 보다가 일이 분 전의 그 순간에 미용의 안으로 무언가가 떨어져내렸다는 느낌을 받았다. 그리고 그것이 미용의 핵심을 흔들어놓았다고.

*

아내는 솔직했고 자주 울었다. 큰 소리로 울었고 웃을 때 역시 그랬다. 매력적이라고 여겼던 아내의 특징들이 한집에 살면서부터는 감당해야 할 일부가 되었다. 당신은 차가운 사람이야. 아내는 여러 번 말했다. 당신은 아직 애야, 난 평생 늙은 애랑 살게 될 거야. 아내는 참담한 소리로 흐느꼈다. 그리고 삼 년 전에 떠났다. 재서는 다른 길은 생각해본 적이 없었다. 이미 반쯤 지나온 삶이었으니까. 마흔일곱 해 동안 평범하게 살아왔고 큰 변화가 필요했던 적도 없었다. 하지만 아내에게 갑자기 버려진 일은 달랐다. 더는 직장에 나가지 못했고 사람들, 특히 자신의 감정을 그대로 드러내거나 터뜨리는 사람들과는 함께 있기 어려워졌다. 이쪽의 기분과 상관없이 솔직한 말과 비밀을 털어놓는 사람들이 조금씩 두려워졌다. 미용처럼 자신의 감정을 한사코 숨기는 데 가진 에너지를 다 써버리는 듯한 사람도.

미용의 USB에 든 파일을 읽지 않았다면 재서가 그녀를 기다리는 일은 일어나지 않았을 것이다.

소문도 뒷말도 빨리 퍼지는 동네였다. 건물주들은 대개 이 동네에 젠트리피케이션 같은 말이 생기기 훨씬 전부터 이곳에서 자식들을 키워낸 토박이들이었고, 이 동네 학군을 나온 그 자식들의 자식들이 세입자가 돼 프랜차이즈 짬뽕 전문점이나 음식점, 카페를 운영했다. 삼 년 전 재서가 아버지의 복삿집을 잇게 된 이유와는 좀 달랐다. 동네 어른들은 네다섯시경이면 편의점 파라솔이나 대학사 옆옆의 문방구에 모여 막걸리 타임을 갖는다. 아마 아버지는 거기서 전해들은 모양이었다. 며칠 전에 소방서 위, 국립대학으로 이어지는 언덕길 중간의 특성화고등학교로 김밥 배달을 갔던 미용이 기절을 했다고. 아버지 또래 동네 어른들은 그 나이에 남편도 자식도 없이 혼자 산다는 이유로 미용을 여전히 석연찮은 여자로 여겼고, 그럴 때마다 재서는 못 들은 척했다. 재서가 아무것도 묻지 않자 아버지는 더위를 먹어서 그랬나, 말을 흘리곤 며칠째 내버려둔 일력을 서너 장 뜯어 공처럼 구겼다 폈다. 그러곤 자신이 뭘 하려고 했는지 잊어버린 얼굴로 구겨진 어제의 날짜를 물끄러미 내려다보았다.

7월 첫 주에 일시적으로 불볕더위가 지나갔다. 방학 때마다 이렇게 일거리가 줄어드는데 아버지는 그동안 어떻게 가게를 운영해왔는지 신기할 지경이었다. 이따금 명함이나 도장을 새기러 오는 손님 말곤 없었다. 재서는 제본으로 맡겨진 책 중에 흥미로운 페이지들을 골라 읽다가 에어컨을 끄고 출입문을 열어둔 채 거리로 나가 차양 밑에 서 있기도 했다. 깁스를 푼 오른쪽 팔꿈치가 자주 가려웠다. 위쪽 소방서에서 가끔 사이렌소리를 울리며 출동하는 소방차를 볼 때도 있었고, 사 차선 도로 맞은편 대각선으로 보이는 '이모 반찬'의 출입문이 열렸다 닫히는 걸 보기도 했다. 이젠 그 일기 같은 글을 쓰지 않는 걸까. 프린터가 집에 없는 사람들은 생각보다 많았고 대학사는 그런 사람들, 미용과 같은 손님들에게 언제나 열려 있는 곳이다.

초복 날 오후에 미용이 터벅터벅 길을 건너 대학사로 왔다.

미용은 인쇄물 아홉 장을 출력하곤 천원짜리 지폐를 주며 잔돈은 됐어요, 라고 갈라진 목소리를 냈다. 이 주 전보다 기운이 없는데다 눈과 눈 사이가 평소보다 멀어 보였고 습도 때문에 단발 파마머리가 부스스 뻗쳐 있었다. 미용은 소파에 앉아 재서가 준 박카스 한 모금을 마셨다. 그사이 아홉 장이나 되는 글을 쓴 모양이었다. 한 번쯤은 뭘 쓰는 거냐고 물어볼 수도 있었다. 그게 자연스러울 텐데. 재서는 이제 그 자격을 잃어버렸고 기회도 놓쳤다는 걸 알았다.

미용은 오전에 치과에 갔다 왔다고 말했다.

어금니에 문제가 생겼는지 요즘 우엉을 잘 씹질 못하겠더라고요. 음식을 삼키기도 어렵고 사레도 아무때나 들리고.

조금 들떠서인지 재서는 우엉 전문 반찬가게 주인이 우엉을 잘 씹지 못한다는 지점에서 약간 웃고 싶어졌다. 당신은 배려할 줄 모르는 사람이야. 아내의 목소리는 어디서나 들렸다. 재서는 입술을 붙이고 소파에서 떨어진 철제 의자에 앉아 그녀 쪽으로 몸을 숙였다.

미용은 구강 기능 저하증이란 진단을 받았다. 혀와 인두가 노쇠해서 씹고 삼키는 데 어려움이 생기고 발음도 점점 둔해질 거라고. 대체로 고령에 생기는 증상이라고 했다. 전 벌써 다 삭아버렸나봐요. 미용은 양손 손바닥을 뒤집어 무릎에 허룩하게 얹었다. 삭았다는 표현이 마음에 들지 않아서, 재서는 어떻게 해야 괜찮아지느냐고 물었다.

입술과 혀의 가동력 훈련을 해야 하고요, 섭식장애가 오지 않도록도 신경써야 한대요.

잘 씹고 잘 먹어야 한다는 거죠?

그 기본적인 게 지금 문제라는 거예요.

재서는 실눈으로 미용을 바라봤다.

결국 이렇게 어눌하게 살다, 말도 못 하다가 어느 날 혼자 눈 못 뜨면 인생 끝이겠죠.

미용은 침울한 소리를 냈다. 왜 이런 일들이 자기에게 계속 일어나는지 모르겠다는 듯 혼란스러운 표정으로.

치료받으면 괜찮아지겠죠.

며칠 전에 저기 고등학교에 배달 갔다가 운동장에서…… 교실엔 들어가지도 않았는데요. 뭔가가 저를 가로막는 거 같은 기분이었어요. 이번엔 입속에 문제가 생겼다는 진단을 받았고요, 명청하게. 그리고 지난번에는……

미용은 말을 잇지 않았다. 지난번. 그래 여기서. 그 쥐새끼 같은 자식. 씨발, 아줌마 뭘 그렇게까지 친절하세요. 재서는 허리를 숙여 바닥을 보았다. 미용은 더 말하지 않을 것이다. 대화는 오늘도 나아가지 못한다. 그래서 이 주 만에 미용이 대학사에 와서 출력한, 새로 쓴 글들이 더더욱 읽고 싶어졌다. 미용의 가방에 들어 있을 USB를 떠올렸다. 나이프 모양에 '읽고 쓰고 즐겨라'라는 작은 글씨가 인조가죽에 인쇄된 2GB짜리. 구청 도서관에서 시민들에게 나눠준 기념품이었다. 미용은 출력하러 왔다가 대학사 컴퓨터에 꽂은 USB를 그후로는 한 번도 잊고 간 적이 없고, 재서는 그 실수를 기다리느라 조금은 애가 탔다. 문을 반만 열어주고 안을 보게 해주었다가 다 보기도 전에 탁 닫아버린 것처럼.

아무래도 그 사람을 찾아야겠어요.

미용은 누가 들어오지도 않았는데 놀란 듯이 출입문 쪽으로 고개를 획 돌리며 말했다.

누굴 말입니까?

선생님.

어떤 선생님을요?

팔짱을 끼려다 말고 재서는 허리를 펴고 미용을 봤다. 정말 궁금해졌다. 그건 아직 미용이 쓰지 않은 내용이었으니까.

머릿속에 찌꺼기 같은 게 평생 떠다니는 기분이에요.

찌꺼기. 검은색 복면. 평생. 그리고 다른 기억이 끼어든 듯 움찔 거리는 미용의 얼굴 근육들. 오후 네시에 재서는 배가 고파졌고 다른 사람들에게 하듯이 미용에게 괜찮으면 삼계탕 같은 음식을 같이 먹자고 청하고 싶었다. 어쩌면 미용을 말리거나 달래거나 그도 아니면 공모자가 되거나. 그런 일이 생기지 않도록 재서는 자신 안의 냉담한 부분을 움직여 휴대전화를 보는 척했다. 미용이 손깍지를 끼며 말했다.

나한테 왜 그랬는지 물어봐야겠어요, 지금이라도.

*

주황색 옷을 즐겨 입었던 미용의 어머니는 열여덟 살에 첫아이를 출산했다. 딸이었다. 그 어린 커플은 이 년 터울로 계획에도 없던 아이를 세 명이나 더 낳았다. 아직 미성년자였던 미용의 부모는 신생아란 당연히 말을 알아듣지도 보지도 못하는 존재라고 믿곤 아무 말이나—미용의 언니, 서용 말에 따르면—했다. 넷째 미용을 임신하고 있을 때 큰언니 서용은 엄마가 만삭에 가까워진 배를 드러내놓고 자고 있을 적이면 몰래 배에 손을 올리곤 태아에게 속삭였다. 우리는 부모가 낳고 싶어한 아이들이 아니란다 아기야,

가능하면 너는 계속 그 안에 있으렴, 여긴 거의 지옥이야. 실제로 미용은 그 목소리를 들었다. 자신을 두고 나눈 부모의 다른 소리들도 이미 다 들은 후였다. 미용은 겁먹은 채 겨우 저체중을 면한 2.5킬로그램으로 한겨울에 태어났다. 부모에게는 두 딸과 아들한 명이 있었고 더 필요한 아이는 없어 보였다. 계획에 없던 출산을 어쩌다가 네 번이나 한—미용이 정말 이해할 수 없는 점이었다—젊은 엄마는 자신에게 일어난 모든 불행의 원인을 미용 탓으로 돌렸다. 장신에 뼈대가 굵고 손바닥이 두툼한 아버지가 그 몸을 휘두를 때면 셋방이 종이집처럼 부서졌다. 큰언니는 이른 나이부터 집밖으로 나돌아 가장 어리고 나약한 미용이 그들의 대상이되었다. 둘째 언니는 애교를 부리는 역할로, 오빠는 하나뿐인 아들이라는 점으로 집에서 자신들의 자리를 만들어나갔다. 신생아미용은 아무리 오래 혼자 방치되어 있어도 울거나 소리 내지 않으면서 머리를 짜냈다. 난 이 집에서 안 보이는 역할을 맡아야겠구나. 미용은 자신의 모든 것을 작게 만들기 위해 점점 더 움츠렸다. 활모양의 늑골도 안으로 둥글게 말려 자라는 듯했다. 부모의 말에 언제나 순종하고 형제자매들에게도 그랬다. 눈에 띄지 않는 사람이 되는 법을 스스로 고안하고 터득하느라 취학 전부터 미용은녹초가 되었다. 뭔가를 거절하거나 의향을 드러내는 일부터 피해야 했다. 취학 후부터는 사정이 더 안 좋아졌다. 이미 자신을 완벽하게 희미한 존재로 만든 미용은 누구의 말이든 들어줄 준비가 돼 있었으니까. 그건 별로 좋은 선택이 아니었다고 후회했지만 그러기엔 너무 늦었다. 이름의 맨 끝 자를 딴 미용의 별명은 별명치곤 좀 길었다.

나는 태어나면서부터 나 자신을 잃어버린 사람이었다, 라고 미용은 썼다. 언젠가 아침 텔레비전 프로그램에서 한 여성학 박사가 출연해 모든 사람은 빛나고 그럴 만한 가치가 있다고 말하자 방청객들이 감동한 표정으로 박수 치는 장면을 보았다. 그때 순간적으로 미용은 이때껏 한 번도 해보지 않은 욕설을 내뱉었고, 제 소리에 놀라 후딱 주위를 돌아보곤 아무도 없다는 사실에 안심하며 전원을 껐다. 그리고 방금 자신이 뱉은 말에서 격렬한 감정—나중에 미용은 '희열'이라는 단어로 수정했다—을 느꼈다고 했다.

이게 재서가 처음 읽은 미용의 그 일기 같은 원고의 내용이었다. 미용이 세세하고 적나라하게 쓴 어떤 경험들은 그대로 떠올릴 수 없고 그러기도 힘들었다. 미용은 자신의 인생에 관해 한 페이지 분량 정도의 글을 규칙적으로 쓰는 듯했고 글마다 제목을 붙였다. '안 보이는 사람으로 살아간다는 것' '나만의 생각 찾기' 같은. 하지만 미용에게 맞춤법과 주술 호응이 되지 않는 문장과 띄어쓰기에 대해 조언해주는 사람이 아직은 아무도 없어 보인다고 재서는 생각했다.

수요일에 동네 야산에서 땅에 묻힌 여자 운동화가 발견되었다.

소방서에서 국립대학 쪽으로 올라가는 오른쪽 언덕에서 청금산으로 이어지는 그늘지고 야트막한 지점이었다. 이른 아침에 등산객이 처음 목격해 신고했다고 아버지는 전했다. 흰색 운동화 두 짝이 땅에, 그것도 살짝 묻혀 있어서 더 섬뜩했다고. 오전부터 경찰서에서 사람들이 나와 근처의 땅을 파보는데, 아버지와 동네 어른 몇은 접근 금지 라인 근처까지 올라갔다 내려온 모양이었다. 그 얘길 안주 삼아 막걸리를 마시기에는 아직 이른 시간이었다. 아버지의 운동화에도 흙이 묻어 있었고, 그 실물감 때문인지 순간 머릿속이 복잡해졌다. 재서는 장갑을 끼고 작업대에서 특수지와 명함지를 정리하던 중이었다. 그러다 장갑을 벗고 의자에서 일어나 왼손으로 오른쪽 팔꿈치를 세게 긁었다. 머릿속의 뭔가를 밀어내듯 재서는 출입문을 열어젖히고 아버지, 잠깐만 가게 보고 계세요, 하곤 밖으로 나갔다.

구멍이 숭숭 뚫려 그물 같아 보이는 가방을 무릎에 올려두고 미용은 은행에서 차례를 기다리고 있었다. 가게문에 잠시 외출한다는 안내문이 붙어 있어서 옆집 꽃집에 물으러 갔다는 말, 꽃집 사장이 은행 갔다 금방 온다고 했으니 꽃집에서 기다리라고 했다는 말은 하지 않았다. 그러나 재서는 부자연스러웠고 미용을 찾았다는 안도감 때문인지 막상 그녀를 보자 할말이 없어져버렸다. 재서가 도로 일어나려고 하자 내가 뽑아올게요, 하더니 미용이 대기표를 뽑아와 재서에게 건넸다. 미용이 옆으로 몸을 움직여 자리를

내어주었다. 몸에서 땀냄새가 날까봐 재서는 잠자코 있다가 그 일
은 잘되고 있느냐고 물었다. 무슨 말인지 생각하는 눈치더니 미용
이 아, 하고 말을 꺼냈다.

현금 갖고 내일 사무실로 오래요.

누가요?

사람 찾아준다는 사람이요.

대기표를 반으로 접고 우엉 때가 낀 거무스름한 손톱으로 접은
면을 훑으면서 미용이 태연하게 말했다. 아직 열두 명을 더 기다
려야 했고 쓸모없는 재서의 대기표에는 그 세 배쯤이나 되는 숫
자가 새겨져 있다. 사람을 찾아준다는 행적 전문가. 사무실. 현금.
재서는 미용을 데리고 은행에서 나가고 싶었다. 그렇게 하려면 관
계의 어떤 절차를 건너뛰어야 했는데 그건 재서에게 익숙한 일도
재서가 잘하는 일도 아니었다. 그 사람을 찾는 데만 해도 얼마나
힘들었는지 몰라요, 영화에서 나오는 것처럼 간단하지 않더라고
요, 우리 같은 사람에겐 쉬운 일이 없어요. 미용이 재빨리 소리 죽
여 말했다. 재서는 말하고 싶었다. 우리 같은 사람들은 보통 그런
사람은 찾지 않는다고. 은행에는 음악이 없고 실내 온도가 터무니
없이 낮아서 춥다고 느껴질 정도였으며 아는 어른들의 기침소리,
음량을 한껏 올려둔 휴대전화 소리로 어수선했다. 게다가 행적 전
문가라니.

저기, 믿을 만한 데 맞는 겁니까?

재서는 노란색 라운드티를 입은 미용을 보곤 그 색이 받지 않는다고, 얼굴이 누렇게 떠 보인다고 생각하며 물었다.

믿을 만한 데가 어딨어요, 그런 데가.

미용이 고개를 수그리더니 픽 웃었다.

송금하면 되지, 왜 거기까지 직접 오라고 합니까?

저를 좀 봐야겠대요. 찾을 수 있다는 감이 오는지 안 오는지 보면 안다고.

……거기가, 어딥니까?

대기 번호가 바뀌자 미용이 자리에서 일어나 창구로 갔다. 미용은 운동화가 아니라 뒤축이 닳은 까만 고무 슬리퍼를 신고 있었다. 또 누군가 돈을 빌려달라는 사람이 생긴 건 아닐까. 미용과 한때 친구처럼 지내던 서너 살 어린 사람이 있었다. 어묵 공장에서 일할 때 만났다는 여자였다. 미용은 그녀가 빌린 돈을 갚지 않아서가 아니라 그녀가 미용에게 보낸 메시지 때문에 마음 아파했다. 언니, 언니 말대로 우린 아직 친구예요. 언니만큼은 환한 얼굴로 다시 만나고 싶어요. 빚 없는 사람이 되는 게 꿈이니까 제발 더는 연락하지 말아주세요. 지난겨울, 그 여자의 생일에 미용은 딸기 케이크를 들고 그녀 집 앞까지 갔다가 그냥 돌아온 적이 있다. 유일한 친구를 잃었다는 사실을 받아들이는 데 시간이 걸렸고, 미용은 아직도 그녀에게 종종 메시지를 보내곤 한다. 재서는 고개를 흔들었다. 아무리 그녀가 미용의 진가는 우엉 요리에 있다고 말해준 첫번째 사람이었다고 해도.

창구 앞 의자에 앉은 미용은 잘못을 비는 사람처럼 직원의 말에 연신 고개를 수그려가며 태블릿에 손가락으로 사인을 하고 있었다.

재서는 자리에서 일어나 바지 주머니에 손을 찌르며 생각했다. 미용이 한번 더 원고가 든 USB를 대학사 컴퓨터에 꽂아두고 가는 실수를 하더라도, 다신 읽지 않겠다고.

*

아버지가 일요일에 동네 점주들과 동물원에 갈 거라고 말했다. 운영과에 취직했다던 스터디카페 한사장네 아들이 입장권을 나누어준 모양이었다. 호랑이를 위한 무슨 행사를 연다고. 재서는 흘려들었다. 종종 그런 일들이 있었다. 누구네 자식이나 손자 손녀가 취직한 뷔페식당이나 콘도미니엄으로 우르르 몰려다니는. 재서가 대학의 우편취급국에 근무하던 시절에도 아버지가 어른들을 데리고 오는 바람에 하는 수 없이 교정을 구경시켜드린 적도 있었다. 이번에는 동물원인 모양이었다. 아버지는 간식은 김사장한테 주문했다는 말을 덧붙였다. 동물원에 가는데 무슨 간식이 필요하냐고 재서는 한소리 하려다, 김사장이요? 라고 물었다. 토요일 밤이었다.

뭐가 들었는지 알 수 없는 아이스박스 두 개를 김미용은 어깨에 메고 서 있었다. 약국 사장과 문방구 사장이 나오지 않아 한사장, 아버지, 꽃집 최사장, 미용과 재서, 이렇게 다섯 명이 대공원 입구에서 만났다. 우편번호가 같은 지역에 산다는 공통점을 가진 사람들이. 재서가 아이스박스 하나를 빼앗듯 가져가자 미용이 난처한 듯 아버지를 흘긋 돌아보며 오시는 줄 몰랐어요, 작은 소리로 말했다. 어차피 어디든 외부 음식 반입 금지라 먹지도 못할 텐데, 아침 일찍부터 어려운 사람들의 먹을거리를 준비한 탓인지 미용은 고단해 보였고 말짱히 서 있는데도 축 늘어져 보였다. 오후 세시에도 기온은 28도를 웃돌았다.

동물원 북문으로 올라가는 코끼리열차 안에서 아버지는 벌써 진땀을 흘리고 있었고 재서는 뒷자리에 따로 앉은 미용을 의식하지 않으려고 애썼다. 패키지 입장권이라 동물원 북문에서부터는 스카이리프트를 타고 맹수사까지 가면 되었다. 오늘의 목적지인 호랑이 우리까지 걸어서 한 시간쯤 걸리는데, 리프트를 타면 십오 분이면 갈 수 있다고 한사장이 말했다. 그런데 스카이리프트 입구 앞에서 아버지가 뜻밖의 말을 했다. 난, 이런 거 못 타. 높은 데 못 올라가거든. 그러고는 혼자 북문 입구로 걸어갔다. 다들 무슨 말을 해야 할지 모르는 눈으로 서로를 돌아봤고, 그러다 누군가 재서에게 어떻게 할 거냐? 물었다. 아버지가 높은 데 못 올라간다는 사실을 지금 처음으로 안 재서에게. 그럼 스카이리프트 타실 분들은 타고 가시고, 정사장님과 같이 걸어가실 분은 그렇게 하는 게 어떨까요? 미용이 조심스럽게 의견을 냈다. 같이 왔으면 같이 움직여야지. 이 더위에 스카이리프트를 못 타는 게 못내 아쉽다는 표정을 지우지 않으면서도 한사장이 그렇게 말하자, 그럼요, 같이 움직여야지, 하곤 꽃집 최사장이 아버지를 따라 북문으로 향했다.

한사장이 앞장서고 다들 그 뒤를 따랐다. 대충 보고 어디 시원한 데 가서 한잔해야지. 김사장이 애써 만든 음식들 상하면 안 되니까. 요즘은 아무데서나 돗자리 못 펼걸. 앉으면 거기가 자린 거지 뭘. 호랑이들한테 오늘 생닭을 준다더군. 원래 그게 먹이 아닌가? 냉동 닭이겠지. 오늘은 특별한 날이라잖습니까. 한사장이 아는 소리를 했다. 세계 호랑이의 날인가 뭔가 그렇대. 그래도 살아 있는 닭이라니. 보면 알겠죠. 사육사들이 그걸 수영장에 던져준대. 사육사들은 호랑이가 무섭지도 않은가. 그러게 말이야. 전 점심도 안 먹고 나와서 벌써 시장하네요. 그러다 우리 최여사님 쓰러지겠어. 그럼 정사장이 업고 말처럼 뛰면 되지.

호랑이길은 입구에서 시작해 제1아프리카관을 지나 제2, 제3아프리카관에까지 이르는 1.5킬로미터나 되는 길이었다. 리프트를 타지 못하는 아버지가 평소보다 큰 보폭으로 걷고 있었고, 아이스박스를 각각 하나씩 어깨에 멘 미용과 재서는 일행 맨 뒤에서 따라갔다. 선캡을 쓴 미용을 보자 검정 니트 복면이 떠올랐다. 확실히 지금은 그걸 쓰기엔 더울 때다. 재서는 미용에게 묻고 싶은 게 많다는 데 놀라 걸음을 멈추었다.

거긴, 갔다 오셨습니까?

두 번이나요.

왜요?

졸업 앨범이 필요하다고 해서요.

거기에 뭐가 있는데요?

사진요. 그리고 맨 뒤에 교직원들 주소가 있더라고요. 졸업생들 주소도.

한사장이 뒤를 돌아보며 안 오고 뭐하느냐는 손짓을 보냈다. 네, 가요! 미용은 명랑한 소리로 대답하곤 재게 걸었다. 그 시절만 해도 개인정보보호 같은 게 없었잖아요, 마지막 주소가 서교동으로 돼 있더라고요. 거기서부터 시작한댔어요, 그 사람들이. 무슨 말인지 알아듣긴 했는데 재서는 화가 나려고 했다. 아마도 막걸리 병들이 들었을 더 크고 무거워 보이는 미용의 아이스박스에도, 기껏 한여름 동물원에 와서 동물은 관심 밖이고 어디든 주저앉아서 먹고 마실 궁리부터 하는 어른들에도, 오라고 말한 사람도 없는데 여기 와버린 자신에게도. 삼십 년도 지난 일인데, 그 선생을 찾아서 대체 뭐할 겁니까? 재서는 그 말을 하려다 미용을 돌아보곤 목구멍으로 크게 삼켰다. 그러자 정말로 목 안쪽이 쓰라렸다. 걸으면서도 미용은 일요일 동물원으로 나들이를 나온 가족들을 곁눈질하고 있었다. 젊은 부모들, 아이들, 그 아이들의 할머니 할아버지들, 연인들. 미용은 가져보지 못했고 지금대로라면 앞으로도 갖기 어려울 관계들이었다.

미용은 자신의 의지와 상관없이 형제자매들과도 멀어졌다. 유일하게 가깝게 지냈던 둘째 언니마저 조카가 일곱 살이 됐을 때 오사카로 이민을 갔다. 일곱 살이 될 때까지 그 조카를 언니 집에서 키웠던 사람이 미용이었다. 미용은 조카를 보러 오사카에 한 번 가본 적이 있었다. 둘째 언니가 일하는 간이식당에서 먹었던 다코야키가 정말로 맛있었다고. 처음에 미용은 가게를 열 때 상호를 '작은 반찬'이라고 정하려고 했다. 이 세상에 자신을 위한 표현이 있다면 작다, 작은, 작아서가 전부인 듯해서. 그러다가 조카가 서운해할지 몰라 '이모 반찬'이라고 마음을 바꾸었다. 조카는 올해 대학생이 되었고 미용을 보러 오겠다는 약속을 했다. 그게 지난 2월이었다. 아무도 미용을 보러 오지 않을 것이다. 깊은 강이라는 뜻의 이름을 가진 그 조카도. 잘 알진 못하지만 미용이 동물원에 와본 게 오늘이 처음일지 모른다는 짐작이 들었다.

여기 버스가 있네. 아버지가 손등으로 이마의 땀을 훔치며 반색했다. 사자사 앞에서 동물원 순환버스를 타고 동양관을 지나 곰사에서 내리자 바로 옆에 맹수사가 보였다. 가장 관람객이 많은 데를 찾으면 거기가 호랑이 우리라는 말은 맞았다.

시베리아산 호랑이 네 마리가 생닭을 찾느라 첨벙거리며 전용 수영장 속으로 뛰어들었다. 생닭에는 공작 깃털이 꽂혀 있었다. 호랑이들이 생닭을 찾을 때마다 사람들이 손뼉을 쳤고 아이들은 호랑이가 닭을 먹는 게 무서운지 얼굴을 가리며 몸을 비틀기도 했다. 간혹 큰 소리로 먹어, 먹어, 라고 외치는 꼬맹이들도 있었다. 호랑이 행동 풍부화의 날이라고 했다. 동물원에 사는 동물들에게 원래의 터전과 유사한 환경을 만들어서 스트레스를 줄여주기 위해 만든 프로그램이라고. 아이스박스를 그제야 처음으로 바닥에 내려놓은 미용은 두 손으로 울타리 겸 데크 가림막을 꽉 붙잡곤 몸을 유리 가까이 기울여 호랑이들을 지켜보았다. 그녀는 즐거워 보였고 간헐적으로 웃음소리를 흘리기도 했다. 잠깐이나마 어떤 위해로부터 다 벗어난 사람처럼 보였다. 재서도 오후의 햇빛이 반사돼 눈이 부시는 유리를 통해서 호랑이들을 보았다. 성년이 돼 이렇게 가까운 데서 호랑이를 보는 건 처음이었고, 그것이 살아서 네발로 움직인다는 당연한 사실에 조금은 충격을 받았다. 호랑이들의 앞발이 저렇게나 넓적하고 크다는 데에도.

연못에 뛰어들었다가 먹이를 찾지 못하고 나온 호랑이 한 마리가 황갈색 줄무늬로 뒤덮인 몸통을 크게 흔들어대며 물방울을 튕겨냈다. 미용이 고개를 하늘 높이 치켜들며 말했다. 동물에게도 저런 걸 해준다니 사람은 참 좋은 거네요. 미용은 제 손으로 눈물을 닦았다.

음식물 반입 금지라는 걸 뒤늦게 깨달은 어른들은 맹수사 앞 푸

드코트의 가장 구석진 야외 테이블에 자리를 잡고 앉았다. 에어컨이 없어 더울 텐데도. 음식을 낭비하면 쓰나. 어른들은 식당에서 주문한 국수나 돈가스에 더해 미용이 솜씨를 부려 만든 네 종류도 넘는 주먹밥들, 과일과 떡을 무릎에 슬며시 올려두곤 막걸리 다섯 병과 같이 먹고 마셨다. 어른들이 음식을 먹는 동안 재서는 조금 초조한 마음으로 망을 서듯 테이블 뒤를 왔다갔다했다. 어른들은 취해서 조금만 쉬었다 가자고 했다. 그러고는 한 명씩 차례대로 세수하러 화장실에 다녀오거나 식당 바로 옆 편의점에서 냉커피를 사오거나 트림을 하고 큰 소리로 웃고 떠들었다. 테이블 의자 끝에 엉거주춤 앉은 재서는 그 모습을 한 눈으로 보고, 한 눈으로는 미용을 좇았다. 소풍날 혼자 화장실에 들어가 도시락을 먹곤 했던 여학생. 미용은 재서와 가까운 데 있었다. 재서는 혹시 미용이 지금 자신과 같은 기억을 떠올리지 않길 바라며 미용에게서 눈을 돌렸다. 아버지는 의자에 등을 기댄 채 꾸벅꾸벅 졸았다. 높은 데를 올라가지 못하는 아버지. 아버지는 오늘 멋을 내느라 주름을 세운 아이보리색 기지 바지에 흰색 피케 셔츠를 골라 입었다. 조여둔 벨트 위로 배가 쏟아질 것 같았다. 선글라스를 삐뚜름하게 코끝에 걸친 채 아버지는 두 팔과 두 다리를 무람없이 늘어뜨리고 한낮의 야외에서 자고 있었다. 태평하고 무심하고 부당해 보였다. 덮을 게 있다면 다 가려주고 싶은 몸이었다. 재서는 문득 고개를 끄덕일 뻔했다. 자신도 결국 아버지와 다를 바 없는 삶을 살아

갈 거라고. 날이 너무 더웠다. 네시 반이 넘었는데도 아직 찌는 듯
했다. 선캡을 벗어 이마를 훔치던 미용이 주위를 한 번 둘러보더
니 재서에게 소곤거렸다.

찾은 거 같아요, 그 선생님.

*

제주에서 실종된 고등학생은 집에서 직선으로 십이 킬로미터
정도 떨어진 표선해수욕장 앞바다에서 결국 사흘 만에 숨진 채 발
견되었다. 영주에서 실종된 여학생은 열흘째 흔적조차 찾지 못했
고 배수시설에서 점검 작업중 불어난 빗물에 실종됐던 작업자 두
명은 끝내 사망 상태로 발견됐다. 전국에 폭염특보가 확대되었으
며 서울 기온은 36도까지 치솟았다. 일요일에는 8호 태풍 프란시
스코가 한반도를 향해 북상해올 거라는 예보가 있었다. 더위와 태
풍과 사건 사고들. 여름을 정의하는 다른 말을 찾지 못한 재서는
불안을 달래느라 셔터를 내리고 밖으로 나갔다. 토요일 늦은 오후
였다. 가게들은 지난주부터 여름휴가에 들어갔고 행인들도 줄었
다. 카페들만이 손님들이 들어차 빈자리가 없어 보였다. 재서는
길을 건너 미용의 가게가 있는 아랫길로 내려가려다 말고 청금산
쪽으로 몸을 돌렸다. 오늘이야 휴무일이지만, 사나흘 전부터 '이
모 반찬'은 문을 닫았고 아무도 그 이유를 알지 못했다.

동물원에 다녀온 지 며칠 지났을 때 가게 밖에서 서성거리던 재서는 도로 맞은편의 미용을 보았다. 가게로 가는 길일 텐데 무슨 생각에 빠져 있는지 바닥을 보며 내처 걷다가 가로수에 이마를 부딪혔다. 한 손으로 이마를 문지르면서 미용은 어리둥절한 눈으로—재서가 보기에—주위를 휘둘러보다가 지나쳐온 길을 도로 내려가 자신의 가게로 들어갔다.

재서는 구청 청사와 동네에서 가장 오래된 콩나물해장국집을 지나 특성화고등학교 담장에 바싹 붙어 걸었다. 습한 바람이 담쟁이 이파리들과 화살나무 이파리를 흔들었다. 이 거리에 새로운 소문이 돌기 시작한 건 얼마 전부터였다. 검정 복면을 쓴 사람이 비틀거리며 걸어다니고 문 닫힌 가게들의 쇼윈도를 들여다보거나 바닥에 떨어진 뭔가를 봉투에 주워넣기도 하고 팔로 허공에 대고 삿대질하더란 말이 들렸다. 그 모습의 일부가 다른 가게 CCTV에도 찍혔다고 하는데 아버지는 그건 고장난 지 오래된 거라 믿을 만하진 않다고 말했다. 그래도 누가 보긴 본 모양이었다. 키 작은 사람이 이 열대야에 니트 복면을 쓰고 한밤중에 거리를 활보하는 모습을. 재서는 하릴없이 쇼핑몰에서 여름용 복면을 검색해보았다. 여름에도 복면을 쓰는 도둑들이 있을 텐데.

원고를 출력하고 미용이 USB를 그대로 대학사 컴퓨터에 꽂아두고 간 건 지난 5월의 일이었다. 처음에 재서는 그 파일 안에 든 글을 다 읽지 않았다. 한동네에서 같이 영업하는 처지여도 미용은

대학사를 드나드는 손님일 뿐이었고 평소에 눈길을 끄는 사람도
아니었으니까. 궁금한 게 없었다. 그러다가 달라졌다. 뭔가를 읽
는다는 일은 그랬다. 재서에 대해 쓴 글도 있었다. 그건 분명히 기
억했고 앞으로도 기억하는 게 좋을지 지금으로서는 알 수 없다.

  미용이 가게를 열고 얼마 후에 꽃집 최사장님이 주도해 박사장
님 노래방에 몇몇 점주들과 함께 간 적이 있었다. 재서가 간 건 대
학사 문을 닫은 후 아버지를 집으로 모셔가기 위해서였다. 아버지
와 동네 어른들이 재서를 끌어앉혔다. 미용은 두 손에 탬버린을
들고 구석에 앉아 흔들었고, 박자나 리듬에 상관없이 무조건 흔들
어대서 핀잔을 듣기도 했다. 재서에게 마이크가 건네졌다. 재서
는 친구들과도 동료들과도 노래방에 가는 사람이 아니었다. 아내
와도 그래본 적이 없었다. 사람들은 그런 말을 하면 믿을 수 없다
는 표정을 짓곤 했다. 재서는 아는 노래가 없었지만 외웠던 노래
는 있었다. 그게 자신이 졸업한 고등학교 교가였고 노래방에는 당
연히 음원이 없어서 그냥 불렀다. 비바람이 닥쳐도 젊은 우리는
삶의 주인이 되어 사랑과 배려의 마음으로 이 세상을 살아가리라,
청년이여, 맑게 흐르고 진리를 탐구하여 빛나는 사람이 되자, 뭐
그런 가사였다. 어른들은 제대로 듣는 것 같지 않았는데도 재서가
교가를 마치자 박수를 쳤다. 슬그머니 탬버린을 내려놓은 미용도.
그리고 그날 미용은 집에 돌아가서 「노래방에서 교가를 부르는 사
람」이란 글을 썼다. 살면서 고등학교 교가 가사를 기억하고 노래

방에서 부르기까지 하는 사람의 학창시절은 얼마나 좋은 시간이었을까, 라고. 재서는 그 원고에 이렇게 한 줄을 덧붙이고 싶었다. 그저 너무 평범했을 뿐입니다. 미용은 글에서 재서를 정수리에 숱이 적은 갈색 머리, 중키에 긴 입술, 무채색 옷차림, 두 손을 습관처럼 자신의 겨드랑이에 끼고 있는 사람, 사는 일에 분투를 접은 듯한 눈빛이라고 표현해놓았다. 썩 마음에 드는 표현이 아니었고 재서는 가능하면 팔짱을 끼는 습관을 고치려고 했다. 그래도 분투를 접은 듯한 눈빛이란 표현은 너무했지만. 아무튼 재서가 알기로 미용은 그후로 자신을 좀 다른 눈으로 보기 시작한 듯하다. 재서가 미용의 글을 읽고 그녀를 그 같은 눈으로 보게 된 것과 비슷한 것이었을까.

대학 부속 치과병원 건물을 지나 재서는 오른쪽 비탈길로 올라갔다. 생각이 많아질 땐 일단 자리에서 일어나, 그리고 장소를 옮기는 거야. 아내가 해준 말이었다. 대학 교정 안에 있는 미술관으로 가는 지름길이면서 인적이 드물고 나무들이 빽빽한 곳이었다. 햇빛이 비치는 틈새로 나무 가장 높은 곳의 가지들이 보이기도 했다. 서로의 가지를 건드리지 않기 위해서 움츠리거나 성장을 멈추는 곳. 아내는 그걸 수관기피 현상이라고 알려주었다. 밀집된 곳에서 서로 햇빛을 골고루 받기 위한 식물들의 생존 전략이라고. 아내가 한 말은 아내가 떠난 후에야 생생히 떠올랐고 재서는 이제야 그 목소리에 귀기울였다. 잠깐이지만 아내가 좋아했던 이 길을 지날 땐 울창한 숲을 통과하는 듯한 기분이 들기도 했다. 재서는 미술관 앞 넓은 처마 그늘이 진 벤치에 가서 앉았다.

　무단결근을 했던 사흘 동안 재서는 안국역 근처에 있는 4성급 호텔에 투숙했다. 충동적인 선택이었다. 조계사 경내가 내려다보이는 룸이었다. 루프탑에서 수영을 할 수 없는 게 아쉬웠지만, 호텔에서는 한 손으로 지내기에 불편한 게 없었다. 스테이크를 안주 삼아 와인을 마셨고 충분히 취하지 않으면 룸서비스를 시켜서 더 마셨다. 하마터면 죽을 뻔하다 살았다. 더 좋은 곳에서 지낼 수도 있고 한 번도 안 해본 일을 시도해볼 수도 있었다. 그러나 이틀째 밤에 재서는 다른 무엇이 아니라 누군가와 이야기하고 싶다는 충동을 느꼈다. 조용하고 단순한 이야기들. 중요하지 않지만 하고 나면 충일해지는 이야기들. 그건 평범한 감정이 아니었다. 무엇보다 그 순간에 미용이 떠오른 데 놀랐다. 미용에게도 그런 순간, 그런 밤이 있었다. 눈에 띄지 않게 늘 없는 사람처럼 조용히 살다보니 오십이 다 돼가도록 연락할 친구가 한 명도 없었다고. 일기 비슷한 자서自敍의 글을 읽을 때 재서는 믿지 않았다. 글에서 미용이 처음 자기 연민에 빠진 데가 바로 그 부분이라고 여길 만큼. 미용이 USB를 대학사에 두고 간 건 정말 실수였을까. 어쩌면 그녀는 자신의 이야기를 들려주고 싶은 사람을 찾고 있었을지도 모른다는 추측이 뒤늦게 들었다. 보기보다 용의주도하게 미용이 그 대상을 자신으로 선택한 건 아니었을까 하는 짐작과 함께. 사흘째 아침에 잠에서 깨어나 재서는 중얼거렸다. 뭔가를 이해하고 깨닫는 데 난 여전히 오래 걸리는 타입이군.

가게문까지 닫고 미용은 어딜 간 걸까. 아니 뭘 하려는 걸까. 지난 5월 이후로 재서는 미용이 무슨 글을 쓰는지 알지 못했다. 그래서 이제 아무도 없는 미술관 야외 벤치에서 턱을 괴고 상상하기 시작했다. 미용은 어떤 이유인가로 그 선생을 찾았다, 그것이 미용이 평생을 노력했으나 기대했던 것보다 만족스럽지 못한 자신의 삶을 보상하는 한 가지 방법이라고 여기고 싶어서. 모든 것의 처음이었던 부모는 이미 죽었다. 두 번 다 일반적인 죽음이라고 말하긴 어려웠다. 삶의 가운데가 아니라 늘 가장자리를 걷고 있었다는 걸 깨달을 때 사람은 자신을 한번 돌아보게 된다. 왜 자신은 이런 사람이 되었는지, 누가 자신을 이런 사람으로 만들었는지. 미용의 몸에서 조급하고 혼란스러운 감정이 흘러나왔다. 의사와 상관없이 늘 복종하고 순종하는 사람은 자신이 되고 싶었던 사람이 아니었다. 고치려고 해도 잘 되지 않았다. 중년이 되어 미용은 마음먹었다. 자기 자신을 죽이기로. 아니, 자기 자신만 죽이기로. 미용의 눈에서 눈물이 흘러내렸다. 눈 사이가 멀어서 다른 두 사람이 각자 흘리는 눈물처럼 보였을 것이다.

*

비탈에 지어진 오래된 다세대주택에 미용의 방이 있었다. 끝이 교회로 이어지는 백 개도 넘는 계단을 올라가야 했고 우편번호는 지하철역을 지나면서부터 달라졌다. 아침에 눈뜨면서부터 재서는 오늘은 꼭 미용을 보러 가야겠다고 마음먹었다. 대학사에서 뭘 만들지 결정했다면 종이부터 골라야 하는 것처럼. 다세대주택 일층에 공용 마당이 있었고, 미용은 거기 놓인 칠이 벗겨진 플라스틱 의자에 재서를 앉혔다. 그게 미용이 운동화를 말리는 방법인지 그녀의 색 바랜 운동화가 세워둔 빈 맥주병 주둥이에 걸쳐져 있었다. 물기가 잘 빠지도록 빨랫줄에 세모꼴로 널어둔 알록달록한 이불도 미용의 것이겠다는 짐작이 들었다. 높은 지대였다. 고가 쪽으로 휘어지는 순환로와 까치고개 일대가 한눈에 들어왔다.

가게문까지 닫고 그동안 뭘 하면서 지냈느냐는 말에 미용은 할 일이 좀 있었다고 대꾸했다. 미용은 재서의 짐작과는 달리 수척하지도 퀭하지도 않았다. 재서는 얼핏 자신이 했던 상상을 수정해야 할지도 모른다고 여겼고 안도감과 동시에 거기서 묻어나오는 부차적인 감정 사이에서 잠시 혼란을 느꼈다. 재서는 입을 다물고 미소 지었다. 미용을 보고 한 번도 순수하게 그래오지 않았다고 깨달은 사람처럼 어색하게. 카키색 헐렁한 치마를 입은 미용이 재서를 돌아보다 그동안 뭘 좀 썼다고 말했다. 뭘 쓰셨는데요? 그냥,

제 이야기요. 왜 그런 걸 쓰십니까? 미용은 입을 다물었다. 재서는 가만히 있다가 고개를 끄덕인 후 물었다. 혹시 그 선생님과 연관된 글인가 해서. 미용은 뜸을 들였다 대답했다. 그랬는데 다 쓰고 나니 결국 자신에 관한 이야기가 되었다고. 재서는 미용의 이야기가 듣고 싶어져서 그녀의 눈을 봤다. 미용의 눈이 반짝였고 운 흔적은 찾기 어려웠다. ……듣고 싶어요?

두 사람은 의자를 붙여 조금 가깝게 앉았다.

제목은 '교련 시간'이에요.

교실로 선생님이 들어왔다. 한 손에 출석부, 다른 손엔 지휘봉 같은 가늘고 긴 막대를 들고. 교련 선생님이 교실 미닫이문을 탁 닫을 때 '전체 속의 조화'라고 쓰인 급훈 액자가 미세하게 흔들렸다. 오십칠 명의 침묵과 긴장 때문에 교실이 팽팽해졌다. 화요일 4교시였다. 열일곱 살 여학생들은 책상에 삼각건과 압박붕대를 일렬로 반듯하게 꺼내놓았다. 출석을 다 부른 교련 선생님이 입을 꾹 다물고 학생들을 내려다봤다. 모두 고개를 숙였다. 교련 선생님은 사십대였고 굽이 낮은 정장 구두에 감색과 군청색 바지 정장을 즐겨 입었다. 국군간호사관학교 출신이라는 말도 있었지만 선생님에 대해 알려진 사실은 별로 없었다. 다른 과목 교사들과 말을 섞는 모습을 본 적도 없었다. 늘 고개를 치켜들고 복도를 지나다녔는데 짤막한 체형 때문인지 전체적으로 부자연스럽게 보였다. 선생님은 매시간 교련 수업의 목적을 상기시키는 걸 잊지 않았고 지금도 그 말을 하려고 입을 떼려는 순간이다. 제군들. 선생님은 학생들을 그렇게 불렀다. 천구백팔십칠년 사월이었다. 상계동 세입자 백여 명이 강제철거에 맞서 시위를 벌였고 현행 헌법에 의해 내년 정권교체를 위한 대통령 선거를 연내 실시한다고 대통령이 특별담화를 발표하던 때였다. 제군들, 이 수업의 목적을 알고 있나? 제군들을 일깨우고 단련시키기 위해서다. 단련이 무슨 뜻인 줄 아나? 몸과 마음을 굳세게 닦음이라는 뜻이다. 창가 쪽 맨 뒷자리에 앉은 여학생은 첫 수업에서 선생님이 교련의 원래 목적이 길들여진 신체를 만드는 거라고 말했을 때 느낀 서늘함을 잊지 못한다. 손재주가 없어서 '응급처치와 붕대법' 과정으로 들어가면서부터 매시간 애를 먹고 있는 터였다. 다음주 실기시험을 앞두고 오늘은 실습을 한다고 선생님이 말한다. 실시. 학생들은 일사불란하게 거즈 붕대를 손에 잡는다. 목청을 올리지도 않는데 교련 선생님의 목소리에는 채찍이 달린 것 같다. 옆자리 짝꿍과 순서를 바꿔가며 붕대 뭉치는 오른손으로, 붕대의 끝은 왼손으로 잡고 오른손으로 붕대를 굴려가며 환부를 단단하게 감되 부상자에게 불편이 느껴지지 않도록 강도를 조절한다. 앞서 감은 붕대의 폭을 이분의 일만큼 덮으면서 나선 모양으로 감는 나선대, 먼저 감은 붕대의 반 이상을 덮으며 촘촘히 감아나가는 환행대, 앞에 감은 붕대와 교차되도록 8자형으로 그려가듯 감는 맥아대 법까지. 숨소리 하나 들리지 않는다. 교련 선생님이 지나갈 때마다 심장이 멎을 것만 같다. 뒷자리 여학생은 붕대 뭉치를 자꾸만 손에서 놓치고 등에는 땀이 흐른다. 붕대가 바닥으로 굴러떨어지자 교련 선생님이 구두 소리를 크게 내며 뒷자리로 걸어온다. 선생님이 쥐의 분홍색 꼬리를 닮은 막대로 정신이 거기에 있다는 듯 뒷자리 여학생의 양쪽 어깨를 두 대 세게 친다. 이번에는 삼각건을 이용한 응급처치법이다. 실시. 학생들은 일사불란하게 삼각건을 펴고 1절 접기, 2절 접기, 3절 접기를 실시한다. 끝매기법 같은 간단한 매듭짓기도 뒷자리 여학생에게는 쉬운 일이 아니다. 긴장한 탓에 손이 더 떨리고 마음대로 움직이지 않는다. 흉부 손상, 실시. 선생님의 목소리가 약간 커진다. 짝꿍의 한쪽 가슴을 싸매서 고정하는 1번 삼각건법의 순서가 기억나지 않아 여학생은 두리번거린다. 다른 학생들은 벌써 삼각건법 2번을 실시중이다. 짝꿍은 무표정하게 앉았고 선생님이 다시 다가온다. 뒷자리 여학생은 구두 소리만으로도 호흡이 가빠진다. 이 주 전에 삼각건을 가져오지 않았다는 이유로 교련 선생님이 한 급우의 뺨을 치던 장면을 잊을 수 없다. 선생님은 뒷자리 여학생 옆까지 다 왔다. 손에 든 막대기로 짝꿍의 가슴을 묶은 삼각건을 건드린다. 탄탄하게 묶지 못한 삼각건이 맥없이 풀어지고 만다. 교련 선생님이 뒷자리 여학생의 이마를 막대기로 쿡 찌르며 말한다. 너 같은 것들. 여학생은 눈을 감는다. 단련되지 못한 것들. 모두가 자신을 보고 있을 것이다. 눈 떠.

선생님이 막대기로 뺨을 찌르며 나직이 지시한다. 눈을 뜨지 않는다. 그러기엔 너무 두렵다. 눈을 뜨지 않아도 이미 교실 안의 세상이 기울었다가 흐릿해졌다. 눈 뜨래도, 실시. 여학생은 생각한다. 자신이 한 실수와 잘못에 대해서. 교련 선생님이 이제 자신을 일으켜세우려는 모양이다. 선생님은 학생들에게 부드러운 목소리로 말한다. 의식 없는 환자 일으키는 3단계, 실시. 학생들이 책상을 치우는 소리가 들리고 뒷자리 여학생은 몇몇 손에 의해 끌려가다시피 교실 앞으로 나간다. 부축법, 업기법, 업치기법. 지난주 교련 시간에 배운 맨손 운반법이고 뒷자리 여학생을 의식 잃은 환자 삼아 학생들이 연습한다. 실시. 동작 그만. 선생님의 구령이 빨라진다. 실습 시간은 끝나지 않는다. 환자가 된 여학생은 후들거리는 자신의 다리가 자꾸만 예각으로 구부러진다고 느낀다. 누군가 갑자기 손을 놓으면 여학생은 진짜 응급처치가 필요한 사람처럼 몸을 가누지 못하며 쓰러진다. 다른 누군가는 업치기법으로 여학생을 등에 업었다가 바닥으로 팽개치듯 내려놓는다. 이런 분위기 다 너 때문이야. 팽개치는 힘이 그렇게 말한다. 이 교실의 무언가 휘발되었다. 실시. 목소리에 힘이 묻어난다. 뒷자리 여학생은 다시 교실 바닥에 쓰러진다. 치마가 위로 올라갔다. 여학생은 늘 교체되는 사람이었는데 지금은 누구와도 교체되지 않는다. 여학생은 자신이 이 교실에 속하지 않는 사람이라고 느낀다. 자신을 지키기 위한 방법이 떠오르지 않는다. 눈에 띄고 싶지 않다는 갈망뿐. 자신은 별명인 '복종하는 용' 말고도 다른 것일 수 있을 거란 생각을 버렸다. 여학생은 거듭 일으켜졌다 내팽개쳐진다. 실시. 빠르고 조용한 명령이 반복될수록. 가여워라. 아는 목소리가 들린다. 바닥에 뺨을 대고 쓰러진 채 뒷자리 여학생은 부어오른 눈을 가느스름하게 뜬다. 맞춤복만 입고 다닌다는 그 반 임원이었다. 선생님, 그만하세요, 가여워서 못 보겠으니깐. 그애가 나직하게 말한다. 아버지가 경찰청장이라는 말이 있었다. 학교의 모든 선생님이 그애 말에 귀기울였고 미소 지었다. 교련 선생님도 그랬다. 모두 제자리로, 실시. 뒷자리 여학생도 비칠거리며 일어난다. 어디로 가야 하지. 눈앞이 희뿌옜고 오십칠 명의 눈이 자신에게 꽂혔다. 두 손으로 다급히 얼굴을 가린다. 수업종이 울린다. 교련 시간이 끝났다. 가여운 김미용. 교련 선생님이 부드러운 음성으로 말하며 여느 때처럼 고개를 치켜든 채 교실을 걸어나갔다.

그런데 말이에요.
미용이 재서를 돌아보며 말했다.
내가 쓰고 싶은 건 이게 아니었어요.
그럼, 뭐였는데요?
교련 시간이 시작되기 전에 창가를 내다보고 있었거든요. 내 자리에서 바로 복사나무 한 그루가 보였어요.
나무요?

수령이 오래된 복사나무라 학교에서도 유명했어요. 꽃은 많이 졌지만 그날 거칠거칠한 수피에서 팔처럼 뻗어나온 가지에 새순이 길쭉하게 자라고 있었어요. 막 떨어지려는 꽃잎 사이로 꽃받침이랑 꽃술도 보였어요. 바람이 부니까 꽃술이 꼼지락거리는 듯했고 연연한 분홍 꽃잎 몇 장이 후르르 떨어지는데 그게 기가 막히게 평화로워 보였어요. 그게 갑자기 떠올랐어요. 그래서 지금 내가 왜 이런 생각을 하나 또 생각을 해야 했는데, 그 장면 말고도 있었더라고요. 기가 막히게 아름다웠던 순간들이, 저한테도 말예요.

미용은 담담하게 말했다. 한 사람은 말하고 한 사람은 가만히 듣고 있었다. 그 이야기에는 한 사람이 삶을 헤쳐나간 방식이 깃들어 있는 것 같았다. 미용에게 그런 글을 왜 쓰느냐고 묻지 않아도 알 것 같았다. 이야기는 아직 끝나지 않아 보였고 쓸 이야기가 더 남아 있는 듯했다. 재서는 기우는 태양 쪽으로 얼굴을 돌리며 상상했다. 그 선생님을 찾아서 미용은 자신이 죽지 않고 살아 있음을, 계속 자신으로 살아가고 있단 걸 똑똑히 보여주고 싶어했을 거라고. 이 짐작은 맞을지 모른다. 상기된 표정의 미용은 그사이 다른 데로 가 있는 사람 같았으니까. 자신의 이야기를 쓴 짧은 글들이 미용을 그 자리로 옮겨놓았다. 미용이 그동안 출력한 종이의 무게를 가늠하며 재서는 이 책에 나오는 내용은 모두 사실이지만 특정 인물의 이름과 지명은 모두 지은이가 지어낸 거란 문장은 본문이 아니라 맨 앞의 '일러두기'에 써두면 된다고 알려주었다.

일러두기라는 게 있었네요.

미용이 고개를 작게 끄덕였다.

맡은 일을 하느라 재서는 대학사에 들어온 수많은 책의 앞 장들을 넘겨보았다. 그저 감으로 판단하기에 진실해 보이는 책도 있었고 그렇지 않은 책도 있었지만 평범한 독자인 자신에게는 일러두기가 상세한 책일수록 친절하게 느껴졌다.

사람과 사람 사이에도 그런 게 있으면 좋겠네요.

왜요?

그러면 미리 이해를 구할 수도 있고 안내 같은 것도 할 수 있게 될 테니까요.

미용이 또 버릇처럼 양손을 뒤집어 손바닥이 보이게 무릎에 올려두었다. 그 손은 이제 무방비 상태처럼 보이지 않았다. 눈을 돌리며 재서는 미용이 읽어주었으면 싶은 자신의 일러두기에 대해 떠올리려고 해보았다. 긴 생각이 필요한 일일지 몰랐다. 잠자코 있는 미용에게 재서는 검지로 제 입을 가리키며 여긴 좀 어때요? 하고 물었다.

잘 씹고 잘 먹으려고 해요.

누구랑 말도 좀 하고 그래야 구강 운동이 되죠.

다시 문을 연, 사람들이 드나드는 '이모 반찬' 가게를 재서는 떠올렸다. 미용도 같은 생각을 하면 좋겠다고 여기며.

재서는 미용에게 아직 버리지 않은 한쪽 장롱에 대해 말했다.

받침대를 받쳐두었고, 그걸 볼 때마다 언제든 죽을 수 있다는 생각이 들어서 버리지 않기로 했다고. 미용은 말이 없었다. 뭔가를 묻지도 고개를 끄덕이지도 않았다. 그냥 거기에 있었다. 재서는 그런 미용에게 더 말하고 싶어져서 자리에서 일어났다. 여름은 아직 남았다. 먼지가 햇빛 속으로 내려앉았다. 이불도 운동화도 햇빛에 바싹 말라가고 있을 거였다. 재서는 계단에 발을 내렸다. 잠깐만요. 뒤를 돌아보자 미용이 주머니에서 복면을 꺼내 쓰더니 아랫단부터 이마 위까지 착착 접어 올리곤 한 손을 흔들었다. 복면을 접어 헬멧처럼 쓴 미용은 오후의 인광 때문인지 귀밑으로 짧은 머리카락을 휘날리는, 작지만 다부진, 높은 수위의 단계 하나를 막 통과한 사람 같아 보였다. 미용은 이제 밀치고 앞서가는 사람들 사이에 서 있지 않았다. 내려가는 계단에서 재서는 그 모습을 뚜렷하게 새겼다.

검은 개 흰말

나는 그날 한눈을 팔면서도 선배들이 하는 말에 귀기울이고 있었다. 저녁 시간에 여러 명이 술집에 모여 앉은 게 너무나 오랜만이어서 다른 사람을 구경하면서도 한 귀로는 다음 생엔 뭘 하는 사람으로 태어나고 싶은지에 대해 주고받는 대화를 들었다. 머리가 다들 희끗희끗해졌고 십 년 후면 정년을 앞둔 선배도 있는데 아직도 그런 이야기를 나눈다는 게 치기스럽기도 했지만 어떤 사람이 아니라 뭘 하는 사람으로 태어나고 싶은가, 하는 질문에는 흥미를 느꼈다. 그런 상상은 한 번도 해본 적이 없었다. 선배들은 여행하는 사람, 농사짓는 사람이라고 말했고 가장 나이 많은 선배가 노는 사람이 좋겠다고 하자 다들 떠들썩하게 잔을 부딪쳤다. 내가 옆 테이블에서 마주보고 앉아 두 손을 맞잡은 채 울고 있는 커플을 곁눈질하는 사이에 송선배가 내 어깨를 툭 치곤 서선생은 다음 생엔 공부 같은 거 하지 말고 집사나 하지 그래, 라고 무심히 말했다. 무슨 집사? 요즘은 집사도 종류가 많잖아. 선배들은 궁금해했지만 나는 대답하지 않았고 다행히 송선배도 더는 덧붙이지 않았다. 그때는 내가 강사 자리에서도 밀려난 걸 모두 알고 있어서였는지도 모른다.

송선배는 지난겨울에 내가 삼 주간 지내던 동숭동의 빌라에 와 본 적이 있었다.

입을 다문 채 나는 김이 빠진 맥주잔 손잡이를 잡고 이리저리 돌리는 송선배를 봤다. 공부 같은 거 하지 말고 집사나 하지 그러냐는 말은 나에게 몇 가지 상처를 남겼다. 내가 그들이 견고하게 속한 학계에서 살아남긴 불가능하다는 확언처럼 들린데다, 송선배에게 그동안 내 개인적인 이야기를 지나치게 많이 했다고 느끼게 만들었으니까. 가끔 동네 근처에서 만나는 송선배를 여러 사람과 함께 본 건 코로나 이후 그날이 처음이었다. 그 자리는 한 선배가 부모랑 오래 사는 사람이라고 대답한 후 더는 분위기가 회복되지 않아 흐지부지 파했다. 그러느라 송선배에게 정작 묻고 싶었던 질문을 꺼내지 못했다. 그렇게 지난봄의 그 모임이 송선배와의 마지막 만남이 되었다.

우선은 집 이야기를 먼저 해야 할 것 같다. 그렇다. 집은 내가 잘 아는 세계였다.

처음부터 그랬던 것은 아니고 정확하게는 2019년 여름 강사법 개정 이후부터였다. 나는 자연스러운 수순처럼 일자리를 잃었고 박사논문은 포기한 지 오래였으며 이미 마흔여섯 살이었다. 다시 학교로 돌아갈 수 있다고 믿어보려 해도 아무도 그렇게 말해주려는 사람이 없어서 그것은 그대로 결정되어버린, 불가능한 미래같이 느껴졌다. 어쩌면 나는 가르치는 일을 좋아하지도 않고 편하게 느낀 적도 없을지 모른다. 매번 강의실 앞문을 열고 들어갈 때마다 숨이 막힐 것만 같았다. 가끔 학생들은 대형 강의실의 전원 스위치를 네 개 중 두 개만 켜둘 때가 있었다. 강단이 있는 쪽만 켜져 있을 때는 머리 위로 당신은 부족하다, 라는 조명이 내리비치는 듯했고 학생들은 팔짱을 낀 채 어둑한 자리에 앉아 빤히 내 쪽을 쳐다보았다. 이런 생각은 강의를 나가던 때는 하지 못했는데 막상 자리를 잃자 돌연히 찾아왔다. 류원장의 말대로 나 스스로 심리적 충격을 방어하려는 기제가 내면에서 작동하고 있는지도 몰랐다. 하고 싶고 되고 싶은 일에서 밀려난 게 아니라 내키지 않은 일에서 멀어진 거라고, 그것뿐이라고. 한동네에서 자란 청소년 시절부터 대체로 나는 그의 말을 경청하는 편이었다. 어떤 면에서 그는 사려 깊고 따뜻한 사람이니까. 자신의 죽음에 관한 궁구한 집념만 제외하면.

나에게 가평의 한 저택을 소개해준 사람은 류원장이었고 그게 내가 집이라는 세계를 잘 알게 된 계기가 되었다. 정확하게는 남의 집이라고 해야 할 것이다.

류원장 치과 단골손님인데다 그의 아내 쪽 먼 친척인 퇴임 교수와 조각가 부부가 두 달 동안 집을 봐줄 교양 있고 점잖은 사람을 찾는 중이라고 했다. 여름에 한 번 집을 오래 비웠다가 정원과 그곳에 설치해둔 조각들이 크게 훼손당한 적이 있다고. 부부는 루마니아 주재원으로 가 있는 딸 집에서 여름을 보내고 올 예정이었다. 류원장은 '교양 있고 점잖은 사람'을 강조했다. 빈집을 관리하는 일과 그 수식어 간의 연관성에 대해 생각하는 동안 류원장은 내게 설득하는 어투로 말했다. 조용히 혼자 지내는 거 좋아하잖아, 거기 가서 마음도 좀 정리하고. 얼핏 나는 류원장의 표정에서 그가 식탁과 책상을 겸용으로 사용해야 하고 먼지가 얇게 쌓인 전공서들과 논문 뭉치들로 더 비좁아진 나의 열 평짜리 원룸을 떠올리고 있다는 걸 눈치챘다. 누구의 눈에도 성공했다고 말하긴 어려운. 처음 원룸에 와본 날 류원장은 그 비슷한 말은 하지 않았고 나는 그 점을 오래 기억했다. 책도 많아. 산책길도 좋고. 보수도 나쁘지 않을 거야. 류원장도 한번 가본 집 같았다.

그해 8월과 9월 두 달을 나는 가평의 그 집에서 보냈다. 두 달은 긴 시간이었고 어릴 적 수해를 입은 경험들 이후로 여름은 내가 일 년 중 가장 긴장하는 시기이기도 했다. 다행히 9월 첫째 주 태풍 링링이 왔을 때를 제외하곤—강수량이 적은 편이어서 피해가 크지 않았다—자연적인 재해를 크게 걱정하지 않아도 되었다.

나는 누가 지켜보고 있기라도 하듯 칠십 평쯤 되는 실내와 정원의 조각들을 거의 매일 쓸고 닦고, 교수 부부의 SUV를 타고 농협에 가서 정기적으로 장을 봐와 음식을 해먹었다. 그들의 요구는 까다롭기보다 현실적이었다. 보일러, 에어컨, 온습도 조절 장치, 스프링클러, 가스레인지를 매번 점검하고 사용할 것, 사람이 매일 지내는 것처럼 살아줄 것. 지금 생각해보면 현실적이라기보다는 추상적인 요구에 가깝게 느껴지기도 한다. 매일 그 집에 사람이 사는 것처럼 살아달라는 요구는.

장을 보거나 산책하러 나갔다 들어올 때 나는 가끔 집의 외관 사진을 찍어서 교수 부부에게 전송해주었다. 은은한 오렌지색 불이 들어온 저녁의 실내가 비치는 창문들, 소나기가 그친 후 둥글게 무지개가 뜬 마당, 혹은 동이 틀 때 외곽선이 분명하게 드러난 집의 사진을. 안에 있을 때는 몰라도 밖에서 찍은 사진을 보면 그 집은 여기가 아니라 어디 먼 데 속한 장소로 보이기도 했다. 그런 느낌은 집주인에게도 엇비슷한 듯했다. 어디 관광지 같아요, 우리 집이 아닌 것 같아요. 그들은 웃음 표시와 함께 그런 답장을 보내왔다. 가끔은 문을 열고 나가서 뒤로 돌아 내가 사는 곳을 확인할 필요가 있어 보였다.

때로는 누가 지켜보고 있으니 몸을 움직여야 한다는 강박이 도움이 되기도 한다는 걸 나는 그 기간의 경험으로 깨달았다. 나 자신을 해치는 종류의 일은 그 집에서 할 수가 없었고 집을 돌보는 책임을 완수해야 한다는 듯 규칙적으로 몸을 움직이면서 나를 돌보기도 했다. 머리를 쓰거나 두려움을 느끼거나 낙담을 하지 않아도 되는 일이 있고 그걸 해낼 수 있다는 사실에 어쩌면 작은 보람 비슷한 감정을 느꼈을 수도 있다. 그런 날에는 지금까지 내가 걸어온 모든 길이 사막 같았다는 걸 인정해야만 할 것 같기도 했지만 말이다. 그에 소극적인 저항을 하듯 나는 차츰 익숙해지는 집에서 잠을 잘 자려고 애썼고 체중도 불었다. 날마다 그랬던 건 아니지만 아직 그 이야기를 하기엔 이르다. 어쨌든 집주인들이 돌아오기 일주일 전에 오이지 반 접을 담아 냉장실에 넣어두고, 나의 모든 지문을 지우듯 집 안팎을 깨끗이 닦은 후 그곳을 떠났다. 약속한 대로 열쇠가 든 봉투를 우편함에 넣어두고.

그해 10월 초에 류원장 치과 앞 이탈리안 레스토랑에서 교수 부부와 류원장과 점심을 같이했다. 그리고 교수 부부는 나에게 다른 집―그들 지인의―을 좀 봐줄 수 있겠느냐는 제안을 해왔다. 이번에는 내가 사는 곳에서 멀지 않은, 한 사립대학 독일어 교수의 작업실이었다. 그때 이후 나는 코로나 상황이 극에 달했던 지난해 하반기를 제외하곤 열 군데 정도 되는 타인의 집들을 돌보고 관리하는 일을 했다. 가장 멀게는 서귀포까지. 보수는 내가 학기중에 받는 강사료를 웃돌았다. 좋은 집도 있었고 그렇지 않은 집도 있었지만, 이것은 내가 닷새 전, 이수교 앞의 동생 집에 오기 전까지의 이야기에 불과하다.

지난 수요일에 나는 이 집에 왔다. 7월 한 달 동안 서귀포에 있는 한 영화배우의 별장을 돌보는 일을 하다 내 집으로 돌아온 지 얼마 안 지난 때였다. 동생은 올봄부터 나에게 어떻게 될지 모르겠지만 8월 한 달만은 시간을 좀 비워달라고 당부했다. 8월이 시작되자 대기가 크게 불안정해지고 태풍들이 한반도 상공으로 접근하다 소멸하기를 반복했다. 8일 월요일에는 중부지방에 기록적인 폭우가 쏟아져 곳곳에 산사태가 났고 도림천이 범람해 한밤에 이웃들이 주민센터로 대피하는 일도 생겼다. 9일이 되자 비는 잦아들었으나 중랑천 수위가 계속 상승하고 산림청에서는 산사태 위기 경보 '경계' 단계를 발령. 코로나 신규 확진자 수까지 증가하던 때라 출발을 계속 망설여왔던 동생 부부는 그다음날 수요일 아침에서야 큰조카만 데리고 LA로 여행을 떠났다. 제부 직장에서 십 년에 한 번씩 부부 동반 무료 항공권이 제공되는데, 올해 안에 사용하지 않으면 무효가 되는데다가 내년에 큰애가 고등학교 2학년이 되면 가족여행이 더는 어렵겠다고 판단한 듯했다.

그러니까 이 넓은 주상복합형 아파트 이십층에 중학생인 둘째 조카와 나만 남게 된 셈이다. 아니, 이 표현은 정확하지 않다. 동생 부부는 열다섯 살짜리 딸을 돌봐달라고 나를 이 집으로 부른 것이다. 오빠가 입시를 마칠 때까지는 같이 해외여행을 떠나기 어렵다는 걸 이해한 실도 처음에는 용기를 내서 따라나서려고 했던 모양이었다. 서건도 동생 없이 부모만 따라나서기는 처음이라 내키지 않아했을 텐데. 참, 내가 둘째 조카 이름을 말했던가. 김영수라는 평범한 이름을 가진 제부는 딸 이름만큼은 특별하게 짓고 싶어했다. 실實. 이게 오늘까지 닷새째 나와 지내고 있는 조카의 이름이다.

조카들과는 칠 년이나 함께 산 적이 있어서 둘이 지내는 건 문제가 되지 않았다. 다만 날씨가 계속 좋지 않았고 텔레비전에서는 채널을 돌릴 때마다 수해로 인한 참사 장면이 보도되었고, 그럴 때마다 그애는 거기서 뭔가를 캐내려는 듯 화면을 뚫어져라 보았으며, 여행을 결심하던 때의 긴장에서 채 벗어나지 못했는지 줄곧 처져 있는 상태였다.

닷새는 무료하게, 때론 그렇지 않게 지나갔다. 나는 소개받은 다른 집에 갈 때처럼 내가 쓸 세면 타월 한 개와 슬리퍼, 얇은 시트, 위스키 한 병, 있는 재료로 김밥을 말아 끼니를 해결할 때 필요한 위생장갑 등은 챙겨 가지 않았지만 동생이 닫아두고 간 서랍들은 한 번도 열어보지 않았으며, 창틀의 먼지와 욕실 샤워부스의 배수구에 돌돌 뭉친 머리카락부터 제거하고 자주 환기를 시켰다. 어떤 날은 실과 새벽까지 영화를 보았고 어떤 날은 책상 앞에 앉아 고개를 숙인 채 컬러링 북을 색칠하는 실 곁에서 창밖을 내다보며 맥주를 마시기도 했다. 커다란 창으로 현충원을 둘러싼 어두운 숲 일부와 이수고가차도와 교차로 일대가 내려다보였는데, 풍

경을 위에서 보면 납작하게 접어버릴 수 있을 듯이 평면적이기도
해서 저 복잡한 세계는 나와 무관하다는 비현실적인 느낌마저 들
었다. 엘리베이터를 타고 내려가 건물 앞 횡단보도 하나만 건너면
나오는 거리에 불과할 뿐인데. 문득 고개를 돌리면 실이 그런 내
모습을 말끄러미 바라보고 있었고, 나는 그애 눈에 담긴 희미한
불안을 느끼곤 얼른 자리에서 일어나 불을 켜곤 했다.

류원장은 요 며칠 내가 치과 근처 동생 집에 와 있다는 사실을
알았다. 두 달 동안이나 어금니 신경치료를 하러 다녔던 제부가
여행을 떠나기 직전에 말한 듯했다. 류원장을 만나는 일을, 나는
언제부터인가 계속 미루고 있었다.

그렇게 오늘 8월 14일 일요일이 되었다. 동생네 가족은 광복절
이자 말복인 내일 오후에 집으로 돌아오고 그다음날인 화요일에
동생 부부는 출근을, 서건과 실은 2학기 개학을 맞아 등교를 한다.
동생네가 돌아오면 나는 내일 이 집을 떠나는 게 우리가 한 약속
이었다. 간단한 일이었다. 그러나 오늘 동생네는 출발 시간을 앞
두고 PCR 검사 결과가 나오지 않아서 아직까지 호텔 근처에서 마
음을 졸이며 기다리는 상황이라고 했다. 만약 세 사람 중 한 사람
이라도 확진 판정이 나면 다 함께 돌아올 수 없다. 서건이 혼자 확
진 판정을 받는다면 부부 중 한 명도 거기 남아야 할 테니까.

실은 내 옆에서 쿠션을 가슴팍에 받치고 소파에 엎드려서 과학
문제집을 펼쳐 보고 있었다. 혼합물의 분리, 좋은 볍씨 고르기. 볍

씨를 소금물에 담그면 쭉정이는 뜨고 잘 여문 볍씨는 가라앉는다. 실은 문제집을 소리 내 읽으며 '쭉정이<소금물<좋은 볍씨'라고 연습장에 서너 번 썼다. 좋은 볍씨를 고르는 일이 언젠가 실에게 도움이 될 수 있을까. 나는 진동 소리에 고개를 돌리곤 새로 들어온 안전 안내 문자를 확인했다. 이번 폭우로 우면산과 청계산 일부 등산로가 폐쇄되었으니 산행 및 산림 연접지 접근을 삼가라고 서초구청에서 보낸 메시지였다. 오후 다섯시가 다 돼가는 시간이었다. 어제와 달리 실종자를 찾는 안내 문자는 아직 없었다. 집을 떠나면서 동생은 집에 관해 몇 가지 주의 사항과 함께 당부를 전했고 그건 타인에게 집을 맡기는 모든 주인의 공통점이기도 해서 나는 새겨들었다. 실을 절대로 집에 혼자 두지 말라는 당부는, 동생이 하지 않았어도 마땅히 내가 그럴 거였다. 그러나 나는 어제 아침에도 실을 두고 밖에 몰래 나갔었다. 서울경찰청에서 이런 안전 안내 문자를 받았기 때문이었다.

서초구에서 실종된 임소례씨(여, 77세)를 찾습니다 −153cm,
44kg, 분홍재킷, 검정바지, 등굽음 ☎182

안전 안내 문자에는 마침표가 없다. 마치 안전 안내는 영원히 끝나지 않을 것처럼. 그리고 전화기 표시는 붉은색. 언제부터 휴대전화로 안전 안내 문자가 들어오기 시작했는지는 정확히 기억나지 않는다. 다만 내 휴대전화의 기록을 보면 코로나19가 무섭게 확산하던 때, 내가 사는 지역에서 두번째 확진자가 발생했다며 2020년 2월 26일 수요일 오후에 구청에서 보낸 게 첫 문자였는데, 다른 사람에겐 언제가 처음이었을까. 그후 거의 매일, 하루에도 서너 번씩 문자가 오기 시작했다.

모임을 자제하고 사회적 거리두기에 적극 동참해달라는, 마스크 구매는 5부제로 시행되며 1인 주 2매 구매 가능하고 신분증이 필요하다는, 관내 13번째 확진자의 동선 공개는 홈페이지와 SNS를 참고하라는, 아프면 퇴근하고 식사 시 마주보지 말고 퇴근 후 바로 귀가하라는 오늘의 직장인 행동 지침이 담긴, 모든 해외 입국 서울 거주자는 입국 당일 진단검사 후 14일간 자가격리 바란다는, "나 하나쯤이야" 하는 안일한 행동이 또다른 감염 확산으로 이어질 수 있다는, 진료 현장에서 헌신하는 의료진을 생각해서라도 방심은 금물이라는, 이태원 킹클럽 방문자는 증상 유무와 관계없이 검사 바란다는, 헌혈자가 감소하여 혈액 보유액이 주의 단계에 진입하였다는, 노인층 대상 일명 '떴다방' 등 집합 판매 장소 출입을 자제해달라는, 한강 수위 상승으로 잠수교 보행자를 통제한다는, 커피 매장 내 취식 금지라는, "올 추석은 고향 방문 대신 영상통화로 가족 간 정을 나누어보아요"라는, 마스크 착용이 의무화되었으니 "실내에선 항상 쓰GO, 집회 등 사람이 모이는 경우에도 쓰GO"를 실천하라는, 결빙 구간과 대설주의보 발효를 알리는, 5인 이상 사적 모임 금지라는, 백신접종을 사전에 예약하라는, 동작구에서 1327번째 확진자가 발생했다는, 온열질환 예방을 위해 물·그늘·휴식 수칙을 지키라는 메시지와 주의들과 더 많은 안내들.

그리고 처음 내 휴대전화로 이런 종류의 메시지가 온 것은 지난해 7월 23일 금요일부터였다.

경찰은 영등포구에서 배회중인 박은남군(남, 18세)을 찾고 있습니다 -160cm, 39kg, 검정반팔티, 반바지

그후로 꾸준히 사람을 찾는다는 서울경찰청의 안전 안내 문자들이 들어왔고, 나는 그것을 기다리기도 그러지 않기도 했다. 그러나 지금까지 무엇 하나 삭제해버릴 수는 없었다. 사라진 이에 대한 표현은 크게 세 가지로 나뉘었다. 실종된, 목격된, 배회중인.

나는 종이에 이렇게 써본 적도 있다.

동작구에서 실종된 이순명씨를 찾습니다.

서초구에서 목격된 이순명씨를 찾습니다.

영등포구에서 배회중인 이순명씨를 찾습니다.

참, 안전 안내 문자에는 마침표가 없으니 모두 지워야 할 것이다. 그리고 내 이름은 이순명도 아니다. 사람을 찾는다는 메시지는 어떤 날은 하루에도 두세 번씩, 어느 때는 일주일이 넘도록 오지 않을 때도 있었다. 연령대를 주의깊게 보다 찾는 이들 모두가 치매 노인들은 아닐 거라고 여겨버렸다. 같은 사람을 찾는다고 반복적으로 메시지가 들어오는 경우는 거의 없었다. 안전 안내 문자가 어느 정도 효과적이긴 한가보았다. 가끔은,

시민 여러분의 관심과 제보로 경찰은 실종된 박은남군을 안전하게 발견했습니다. 감사합니다.

이런 문자가 들어오기도 했다. 이때만은 마침표와 함께.

그런데 어제 아침 임소례씨의 경우만은 달랐다. 처음 임소례씨를 찾는다는 메시지가 온 건 오전 여덟시 반이었다. 등굽음. 나는 그 표현을 오래 들여다보았다. 정말 오래 들여다봐서 등굽음이 잘 아는 사람의 별명처럼 느껴질 정도로. 실종된 사람들의 특징은 대개 청색 점퍼, 검정 신발, 벙거지 모자 같은 옷차림에 관한 게 대부분이고 짐 많음, 손수레, 반백 단발머리 등의 세부적인 특징이 적혀 있는 경우는 드물었다. 그리고 한 시간 후 등이 굽었다는 임소례씨에 관한 똑같은 안내 문자가 두번째로 들어왔다. 오전 아홉시 반쯤. 실이 아직 제 방에서 자고 있을 때.

문제집을 풀던 실이 샤워를 해야겠다며 자리에서 일어났다. 실은 초등학교 5학년 때 이후로는 밤에 샤워도 못 하고 혼자 집에도 못 있는 청소년으로 커가고 있다. 그나마 혼자 학교를 오가는 게 어디냐고, 동생 부부는 안심하는 눈치였다. 방을 나가다 말고 실은 길고 가는 눈으로 나를 돌아보며 물었다.

이모는 왜 어디 갈 사람처럼 옷을 입고 있어?

……나는 가긴 어딜 가, 라는 말을 얼른 하지 못하고 우물거렸다. 실이 오빠와 제 방 옆 욕실로 걸어들어가면서 내가 거기 있는지 확인하려는 듯 뒤를 한 번 돌아보았다.

지난봄의 모임 이후 송선배가 확진 판정을 받았다. 이따금 오후에 동네 사립대학 앞에서 만나 시민공원을 한 바퀴 돈 후 교정 벤치나 야외 카페에서 커피를 마시거나 생선구이 전문 식당에서 정식 같은 걸 먹고 헤어지고는 했다. 송선배는 대학에 자리를 잡자마자 이혼을 했는데, 좋은 일이 있으면 항상 그렇지 않은 일도 있다는 말로만 그저 감정을 표현했다. 나와는 다섯 살 차이인데도 마흔 초반 때부터 고수해온 백발에 가까운 머리 때문에 더 어른스럽게 느껴지기도 했다. 선배와 가깝게 지냈던 건 아마도 그녀만의 어떤 솔직함을 내가 인정했기 때문일 것이다. 얼결에 속내를 드러내기보다는 하고 싶은 말을 분명하게 그 사람 앞에서 한다는 점도. 격리기간 끝나면 산책이나 하자, 서선생. 그러나 격리기간이 끝나고도 선배는 연락하지 않았다. 나는 5월에는 군산에서, 7월에는 서귀포의 집에서 일하고 있었다. 자주 보던 사람도 한번 만나지 않게 되면 자주 봤던 시절의 시간이 보잘것없게 느껴지곤 했다. 안 보고 살아도 됐고 안 보고 살아도 아무 일도 없다는 쓸쓸한 깨달음 때문인지. 선배와도 그랬다. 지난 월요일 중부지방에 기록적인 폭우가 쏟아졌을 때는 달랐다. 나와 이웃한 구에 사는 선배 집 앞에 도림천이 있었다. 도림천이 범람했고 주민들이 인근 초등학교, 주민센터로 대피해야 했다. 나는 그 소식을 뉴스보다 빨리, 열네 개의 안전 안내 문자로 알았다. 선배에게 몇 번이나 괜찮은지, 안전한지를 묻는 메시지를 보냈다. 다세대 주택 일층에 사는 선배는 날이 밝을 때까지 집주인과 함께 몇몇 거주자들이 양수기로 물을 퍼내는 작업을 도왔다고 했다. 그 호우로 인근 반지하 빌라가 침수돼 세 명의 이웃이 사망했다는 뉴스를 확인하기 전까지 선배는 괜찮은 것처럼 보였다. 나만 괜찮다고 괜찮아해도 되는 건지 잘 모르겠어, 라는 문자를 나에게 보낼 때까지만 해도.

그 월요일 이후 한 주 내내 흐리고 비가 오락가락했지만 금요일엔 모처럼 날이 갰고 토요일부터 다시 돌풍과 벼락을 동반한 호우가 쏟아진다는 예보가 믿기지 않을 만큼 오후에는 기온도 크게 올랐다. 걸어서 실을 과학 학원에 데려다준 뒤에 세 시간 동안 나는 인근을 좀 걸어다녔으나 동생 집에 머무는 여느 때처럼 반포천으로는 가지 못했다. 거리 곳곳의 입간판에는 지탱을 위해서 고여놓은 생수통들이 아직 그대로 있고 맨홀과 구분하기 위해서인지 화살표와 함께 도시가스라고 붉은 스프레이로 휘갈겨 쓴 흔적들이 보였다. 지난 월요일 밤엔 시간당 120밀리미터의 폭우가 퍼부었다. 인근 요양병원에서 모친을 보고 돌아가던 사십대 부부가 수압을 견디지 못하고 뚜껑이 열린 맨홀로 휩쓸려들어가버리고 말았다. 남편은 내가 동생네 왔던 수요일에 버스 정거장 부근에서, 그리고 몸집이 더 작고 가벼웠던 아내는 그다음날 동작교 상류 쪽

반포천에서 숨진 채 발견되었다.

얼굴이 쭈그러드는 기분으로 얼마쯤 인도를 걷다가 나는 학원 앞 카페로 들어갔다. 실을 기다리는 동안 동생이 보낸 멜로즈 거리 핑크월에서 찍은 여행 사진들을 몇 장 받아 보았다. 쨍한 핑크색 벽 앞에서 흰색 반팔 티를 입은 서건이 훌쩍 뛰어오르는 사진, 그리고 옆에 실이 있는 양 한쪽 팔을 뻗어 감싸는 자세로 찍은 사진들. 동생 부부와 나는 정확하게 실에게 일어났던 일에 대해 알지 못했다. 서건은 자신에게 책임이 있다고 느끼는 듯했다. 실이 자신을 기다리다가 그 개를 맞닥뜨린 거라 여기고 있으니까. 조카들이 다닌 초등학교와 중학교 건물은 나란히 붙어 있고 그 사이 공사가 진행되는 골목에는 가림막이 쳐져 있었다. 때때로 나는 실이 본 것, 실의 불안에 대해 필요 이상 깊이 생각한다고 스스로 알아차릴 때가 있다.

동생은 사진들을 더 보내왔다. 다들 너무 웃고 너무 환한 게 다행이면서도 묘하게 지금은 불편하기도 했다. 나는 휴대전화를 내려놓고 하릴없이 창밖을 내다보았다. 학원이 밀집된 지역이라 여름방학인데도 오고가는 청소년들이 눈에 자주 띄었다. 그중 서건의 또래로 보이는 남학생 한 명이 검정 백팩을 메고 걸어가고 있었다. 칠부 반바지에 흰 티셔츠를 입은 소년은 어디를 다녀오는 길인지 백팩 한가운데 대파 한 단을 수직으로 세워넣어서 머리 위로 대파가 삐죽 솟아나 보였다. 연한 초록 이파리들이. 소년이 지나갈 때까지 물끄러미 바라보다가 나는 화살촉 같은 통증이 스쳐 가는 것을 느꼈다. 어느 날 소년은 지금처럼 무심코 거리를 걸어가다 비 오는 날 맨홀에 빠지거나, 혹은 졸업여행을 가던 길에 생을 마치게 될 수도 있다. 나는 평범한 순간에도 이런 가정을 하는 내가 싫었고 그래서 운동화를 신은 왼쪽 발을 오른쪽 발로 지그시, 통증이 느껴질 때까지 밟고 있다가 송선배에게 메시지를 보냈다. 옆얼굴이 선하게 생긴 대파 소년을 봤어요, 저애는 어딜 다녀오는 길일까? 어째서인가 나는 초조하게 선배의 연락을 기다렸다. 불안하고 위험하고 대피해야 했던 한 주가 무사히 지나가고 있는데도 아무것도 안심이 되지 않았다. 엄마 심부름 다녀오는 길이겠지, 뭐. 선배가 그렇게 쿨하게 대꾸해주기를 기다렸다. 선배에게서는 연락이 없었고 나는 수업이 끝난 실의 손을 꼭 붙잡고 잰걸음으로 집으로 돌아왔다.

그날 저녁 식탁을 치우고 나서 송선배에게 전화를 걸었다. 선배가 전화를 받지 않아서 몇 번인가 더. 그리고 메시지도 여러 번 남겼다. 밤 열한시가 가까웠을 때 모르는 번호로 전화가 걸려왔다. 송선배의 큰오빠라고 했다. 송선배 모친상에서 인사를 나눈 적이 있었다. 그는 필요한 말만 하고 싶다는 듯 조금은 화가 난 것 같은 말투로 재빨리 말했다. 선배가 어제 오전에 산에 갔다가 추락 사고로 크게 골절상을 입었다고. 내가 어딜 얼마나 다쳤는지 물어볼 틈도 주지 않고 선배의 오빠는 전화를 끊었다. ……일부 등산로가 폐쇄되었고 지금은 지반이 약해졌다는 걸 선배도 잘 알고 있었을 텐데. 선배는 왜 그날 산에 가야 했을까. 잠을 이루지 못하다가 나는 문득 안전 안내 문자를 확인했다. 그 금요일에 들어온 안전 안내 문자는 한 건도 없었다.

송선배의 큰오빠는 긴 재활치료를 위해서 동생을 내일 자신이 근무하는 종합병원으로 이송하기로 했다. 자동차로 세 시간쯤 걸리는 거리, 246킬로미터. 그곳은 지금 너무 멀었다. 여길 떠나기 전에 선배를 보려면 오늘은 병원에 가야 하며 그것이 내가 하고 싶은 일이었다. 그러나 벌써 오후 다섯시가 다 되었고 나는 아침부터, 아니 사고 소식을 들었던 금요일 밤부터 나에게 묻고 있었다. 왜 서둘러 선배를 보러 가지 않는지에 대해서.

이모.

샤워하고 있을 텐데. 실이 나를 부르는 소리가 들렸다. 나는 서너 개의 메시지가 한꺼번에 들어오는 휴대전화를 들고 실이 사용하고 있는 욕실 쪽으로 갔다. 이 집에는 욕실이 두 개였다. 부부가 쓰는 방 앞, 그리고 서건과 실의 방 옆에.

실아?

욕실 문을 살짝 두드려보았다. 물소리가 나지 않았고, 실이 목이 콱 잠긴 소리로 대답했다.

이모, 내가 여기에 갇힌 것 같아.

나는 욕실 문을 얼른 밀어보았다. 덜컥거리기만 할 뿐 문은 열리지 않았다.

실아, 잠금장치를 풀어야지.

놀란 목소리를 감추느라 톤이 올라갔다.

난, 문을 안 잠그잖아.

풀기 없는 실의 목소리가 흘러나왔다. ……맞다. 그 일 이후 실은 그렇게 되었다.

그런데 왜 문이 잠겨?

일자 손잡이를 잡고 나는 계속 위아래로 거칠게 흔들어대면서, 상체에 힘을 실어 문을 힘껏 밀치며 실에게 물었다.

이모, 밀치지 마. 그런 소리가 더 힘들어.

실이 겁에 질린 소리로 말했다. 나는 완력을 쓰던 걸 멈췄지만 그러고 나자 와락 겁이 났다. 실이 저 좁은 데 갇힌 게, 실이 차츰 겁에 질리기 시작할 거라는 사실에.

실아, 어떡하지?

옷은 다 입었고 머리도 드라이기로 말렸어.

그래, 그래, 잘했어.

나는 내가 아무렇게나 말하고 있다는 걸 알았다. 아이가 집안에 있는데도 가슴이 진정되지 않았다. 욕실에는 에어컨이 없고, 환기 팬을 틀어놓아도 기온을 떨어뜨리는 데 도움이 되진 못할 거였다. 우선 내가 할 수 있는 일을 찾아야 하는데. 열쇠 수리 전문점부터 찾아야 했다. 오늘은 일요일이었다. 누구에게, 어디부터 전화를 걸어야 하는지 몰라 전화기를 붙들고 나는 허둥거리고 있었다.

초등학교 5학년 때 실은 거리에서 개 한 마리를 보았다고 했다. 목줄이 풀린 다리가 길고 한쪽 눈 옆에 흰 반점이 있는 커다란 검은 개를. 다만 그렇게만 말했고, 그게 시작이었다. 무질서하고 비합리적인 불안들이.

동생은 나와는 달리 빨리 결혼해서 가족을 만들고 싶어했다. 제 가족을 만들고 싶은 게 먼저인지 집을 떠나고 싶은 게 먼저인지는 몰라도 나는 동생을 이해했으나 그렇다고 서로 더 가까워지지는 않았다. 동생은 서른에 결혼하고 그해에 서건을, 다음해에 실을 낳았다. 맞벌이인 동생은 아버지와 나밖에 없는 친정에 아이를 맡겼다. 칠 년 동안, 주말을 제외하고 조카들은 우리집에서 컸다. 내가 학교에 나가 있는 동안엔 육아 도우미가 오는 방식으로. 집을 떠난 후 동생은 친정에 자주 오게 되었다. 서건과 달리 실은 걸음마도 말도 늦되었다. 어느 여름에 동생과 식탁에서 복숭아를 먹고 있을 때였다. 십칠 개월 된 실이 엉금엉금 기다시피 하며 방을 나와 식탁 다리를 붙잡더니 몸을 길게 쭉 폈다. 그러곤 한순간에 말했다. 복숭아가 참 예쁘다. 정확하게 그렇게 말했다, 환하게 웃는 얼굴로. 복숭아가 참 예쁘다고. 동생이 안도의 탄성을 내지르며 그애를 덥석 안아올리는 짧은 순간에 나는 눈물이 솟는 것을 느꼈다. 아이답지 않게 갈라지고 허스키하기까지 한 그애의 목소리를 처음 들었기 때문일까. 아니면 완벽한 그 한 문장 때문이었을까. 그애가 처음 발화한 문장이 뭔가를 예찬하는 종류여서? 잘 설명할 수는 없지만 그 순간에 어떤 축복의 말을 들은 듯한 감정이 내 안에 가득 차올랐다. 그애가 내 아이가 아니어서 얼마든지 믿고 사랑할 수 있다는 이기적인 감정을 숨기느라 나는 재빨리 두 손으로 얼굴을 문질렀다.

실이 검은 개 이야기를 한 얼마 후 나는 다른 사람에게는 하지 못한 이야기를 그애에게 했다. 책에 있는 가름끈, 그것이 나를 두렵게 만든다고. 그러면서 나는 아마 피식 웃었을 것이다. 실은 진지한 소리로 되받았다. 이모가 얼마나 힘들지 상상이 가.

언제부터 그런 증상이 시작되었는지 정확하게 기억할 수 없다. 책을 펼치면 책 표지나 헤드밴드 색깔에 따라서 노란색 파란색 갈색 붉은색 검은색의 가름끈이 길게, 혹은 휘어진 채 책 사이에 끼워져 있는데 어느 때는 가느다란 실뱀처럼, 어느 때는 올가미, 어느 때는 밧줄 같아 보였고, 내가 이성적으로 호흡을 고르지 못할 때는 그 가느다란 가름끈이 나에게 달려들어 목을 옥죌 것만 같았다. 전공서를 포함해 가진 책들의 모든 가름끈을 가위로 싹둑 잘랐고 새 책이 배송돼 와도 우선 가름끈부터 자르고 봤다. 그런데도 책을 펼칠 때마다 가름끈들은 어디선가 불쑥불쑥 예기치 않게 나타나곤 했다. 이모, 가름끈이 없는 책들도 있잖아. 나는 고개를 끄덕였다. 그렇긴 하지, 라고 헛되이 중얼거리면서.

나를 흔들어 깨우듯 생경한 소리와 함께 메시지가 도착했다. 언니, 집에 별일 없지? 공항으로 출발할 시간이 다 돼가는데 아직도 PCR 결과가 안 나와서 미치겠어. 실이 약 좀 제때 챙겨주고.

나는 문을 몇 번 더 두드리며 이모 여기 있어, 아무데도 안 가, 하곤 욕실 문 앞에 무릎을 모으고 앉았다. 점심 먹은 후에 실이 약을 먹는 건 확인했다. 벤조디아제핀과 알프라졸람과 프로작이 섞인 항불안 약물들.

이모, 양지 이모.

실이 다시 나를 불렀다. 수건을 깔고 변기 위에 앉아 있다더니 문 앞 바닥으로 자리를 옮긴 모양이었다. 공명하던 목소리가 가깝게, 속삭이는 것처럼 들려왔다. 다행히 실은 차분해지고 있는 듯했다.

그래, 류원장 아저씨한테 연락했어. 열쇠 수리하는 사람 알아보고 있대. 조금만 기다리면 돼, 실아.

나는 빠른 속도로 말했지만 다 말하지는 않았다. 류원장은 아까 내가 찍어 보낸 욕실 문손잡이 사진을 여러 군데 전달한 모양이었다. 어떤 기사는 신용카드같이 얇고 딱딱한 것을 문틈 사이로 집어넣어 아래에서 위로 밀어보라고, 또다른 기사는 손잡이 옆에 난 작은 잠금장치 구멍에 클립이나 철사를 찔러넣어보라고 알려줬다고 했다. 안에서 일부러 잠근 게 아니면 열릴 수도 있다고. 시도해봤느냐고 묻는 류원장의 메시지에 나는 해보지도 않고 소용이 없다고, 문은 열리지 않는다고 답장을 보냈다. 이러는 나 자신에 대해 잘 설명할 수는 없지만 무언가가 나를 가로막고 있다고 느꼈다.

실아, 괜찮아? 거기 너무 덥지?

찬물이 있으니까 괜찮아.

나는 고개를 끄덕였다. 실이 방에 틀어놓은 에어컨 바람이 복도까지 충분하게 미치지 않아서, 아직도 욕실 문을 열지 못한 나는 땀을 흘리고 있었다.

이모.

응.

그런데 어제 아침에 나 잘 때 어디 갔다 온 거야?

……깨어 있었니?

그 비슷한 거.

실은 말을 아꼈다. 혼자 빈집에 있을 수도 있는 거였구나. 나는 고개를 주억거렸다. 언제나 검은 개를 보고 떠올리는 건 아닐 테니까.

어떤 할머니가 이 근처에서 실종됐대서, 혹시나 해서.

어떤 할머니?

실이 욕실 문에 몸을 바짝 붙이는 기척이 났다.

등이 굽었다는 임소례씨를 찾는 안전 안내 문자가 두번째로 들어왔을 때, 나는 실이 잠들어 있는 걸 확인한 후 휴대전화만 든 채 밖으로 나갔다. 이 근처, 현충근린공원이나 동작역으로 이어지는 충효길을 산책할 때마다 노인들이 혼자서 서성이거나 하염없이 앉아 있는 모습을 자주 보았다. 반포천을 따라 길게 이어지는 허밍웨이길에는 사람이 많아서 실종자가 있다면 쉽게 발견될 거라는 판단하에 나는 길을 건너 근린공원으로 올라갔다. 진입로까지 자갈과 흙탕물이 흘러넘쳐 있어 입구를 붉은 띠로 막아놓았다. 대로변 사잇길에서 시작하는 충효길은 가파른 나무계단을 올라가야 했지만 한적하고 누군가 고의로 숨어 있겠다면 적당한 장소일지 몰랐다. 153센티미터에 44킬로그램, 분홍 재킷과 검정 바지를 입은 77세의 여성. 나는 이미 그녀를 아는 것 같았고, 그래서 아직도 지반이 약할 게 분명한 나무계단을 서둘러 올라갔다. 후드득 약한 비까지 떨어졌다. 그렇잖아도 미끄럽고 낙차가 있는 나무계단이 비에 젖었다. 내 뒤에서 치마를 입고 우산을 쓴 한 여성이 올라오고 있을 뿐, 폭우가 지나간 지 며칠 안 돼서 그런지 산책하는 사람들이 없었다. 실이 잠에서 깨어나기 전에, 이따금 눈앞에 검은 개가 나타날 적마다 새된 비명을 지르며 정신을 잃기 전에 나는 집으로 돌아가야 했다. 임소례씨는 보이지 않았다. 임소례씨 비슷한 사람도, 비슷하다고 우기고 싶은 노인도 없었다. 나는 진땀을 흘리며 동작역 방면의 계단으로 내려갔다. 미끄러지지 않으려고 힘을 주느라 다리가 후들거렸다. 이 길은 임소례씨가 올라오기에는 무리일지 몰라. 긴 산책길을 다 내려온 후에야 나는 변명하듯 중얼거렸다. 내가 아는, 누군가 배회중일 법한 길은 이제 현충원 주변과 허밍웨이길만 남았고 나는 뛰다시피 집으로 돌아왔다. 그리고 나갈 때와 같은 모습으로 잠들어 있는 실을 보고 안도했었는데.

그 할머니를 왜 찾고 싶었는지 이모가 말해주면 좋겠어.

실은 이 이야기에 흥미를 느끼는 모양이었다. 그러나 나는 말할 수 없다.

그냥, 길을 잃거나 집을 잃은 걸지도 모르니까.

아니지, 이모. 그 할머니는 일부러 집을 나갔을 수도 있잖아.

이럴 때, 나는 실이 그만 싫어지고 만다. 내가 이렇게 입을 다물고 있을 때, 실도 엇비슷한 감정을 느낄지 모르고 그렇다고 해도 어쩔 수 없는 일이다. 우리는 침묵했다. 류원장에게 열쇠 수리공을 찾았다는 메시지가 오지 않아서 나는 다시 열쇠, 욕실 문 고장 같은 키워드로 검색을 하기 시작했다.

……이모?

이모 여기 있어.

수납장에 먹다 만 엠앤엠즈 초콜릿 봉지가 있어.

건이가 몰래 숨겨뒀겠지, 엄마가 못 먹게 하니까.

오빠가 좋아하는 연두색만 잔뜩.

실이 약하게 웃는 소리, 초콜릿을 깨물어 먹는 소리가 들렸다.

벌써 여섯시가 다 돼갔다. 실이 얼마나 저 안에서 버틸 수 있을까. 송선배에게 오늘중으로 갈 수 없게 될지도 몰랐다. 송선배에게 꼭 물어보고 싶은 말이 있는데. 머리가 지끈거리고 목이 말랐다. 겨우 욕실 문 하나를 열지 못해서 그 앞에 쭈그려앉아 있기밖에 할 수 없는 사실이 나의 무능을 드러내는 것만 같았다. 우울감에 빨려들어가지 않도록 나는 고개를 치켜들어 실의 방으로 눈을 돌렸다. 창문 너머 하늘 한쪽에서 바람이 강한 힘으로 밀어낸 듯 먹구름이 켜켜이 몰려와 쌓인 게 보였다. 어제 아침 이후로도 임소례씨를 찾는다는 문자는 저녁 일곱시 반까지 네 번이나 더 들어왔다. 시민의 관심과 도움으로 그녀를 발견했다는 메시지는 없었다. 집을 잃어버린 게 아니라 실의 말대로 임소례씨도 어디를 가고 싶었던 것일까. 이순명씨도 등이 굽었었다. 분홍색 옷을 입지는 않았지만 키도 작았고 체중도 적게 나간 편이었다. 삼십 년 전에 사라진 이순명씨를 지금 다시 실종신고 해야 한다면 흰 반팔 니트에 통이 넓은 감색 바지를 입은 77세의 여성을 찾는다고 설명해야 할 것이다. 그때도 여름이었고 동생이 열일곱, 내가 열아홉 살 때였다. 그리고 나는—아마도 동생도—알게 되었다. 고통은 잊히지도 고여 있지도 않고 아주 작은 자극에도 언제나 울려퍼진다는 것을. 감정과 육체가 커다란 녹슨 종이 돼버린 것처럼.

실이 좋아하는 백도를 사들고 류원장이 현관으로 들어섰다.
너무 늦게 왔지.
스니커즈를 벗고 거실로 들어선 그는 잠을 못 잤는지 눈 밑이 손으로 꾹 누른 듯 꺼지고 거무스름해 보였다. 올 초에 어금니 하나를 크라운으로 씌우는 치료를 받느라 치과에서 봤을 뿐 개인적으로 얼굴을 보기는 올 들어 처음이었다. 나는 백도가 든 봉지를 받아들고 실이 갇힌 욕실 쪽을 눈으로 가리키며 물었다.

수리하는 사람은 언제 온대?

류원장은 그대로 나를 지나쳐 욕실 앞으로 가선 조심스럽게 문을 두드리며 실을 불렀다.

실아, 아저씨 왔어. 문 금방 열어줄게.

여름 재킷을 벗어 바닥에 내려놓은 채 류원장은 욕실 문을 밀고 잡아당겨보았다. 문은 꼼짝도 하지 않았다. 안에서 일부러 잠그고 열어주지 않는 것처럼. 류원장은 잠시 뭔가를 짚어보는 듯하다가 나에게 공구함이 어디 있는지 아느냐고 물었다. 찾아봤는데 없고, 실이 그런 소음을 힘들어할 거라고 말했다.

다 쉬는 날이라. 한 삼십 분은 더 있다가 올 텐데.

욕실 문에 등을 기댄 채 류원장이 눈썹을 모으고 난감해했다. 욕실 안쪽에서 똑똑, 노크 소리가 들렸다.

아저씨, 저 아직 괜찮아요.

어쩐지 실의 목소리는 이제 태연하게 들리기까지 해서 나는 실에게 잠깐 주방에 좀 갔다 오겠다고, 여긴 아저씨가 있을 거라고 알려주었다.

물 한잔 줄까?

나는 돌아서기 전에 류원장 눈을 마주보지 않고 물었다.

얼음 잔뜩 넣어서.

무뚝뚝한 소리로 대답하고는, 류원장은 내가 그랬던 것처럼 소리 나지 않게 문손잡이를 쥔 손에 힘을 주고 몇 번 더 밀어보고 잡아당겨보다가 바닥에 앉았다. 나는 부부의 침실 앞 욕실에 가서 참았던 소변을 보았다. 손을 씻다 말고 욕실 문을 안에서 잠가보았다. 못의 머리같이 튀어나온 걸 누르면 잠기는 장치였다. 부부 욕실은 넓었다. 널찍한 욕조에 샤워부스도 따로 있고 세면대는 불필요해 보일 만큼 컸고 수납장도 그랬다. 실이 있는 욕실은 샤워부스와 세면대, 그리고 사이에 놓인 변기와 거울 겸용 수납장이 전부인데다 서너 걸음 딛을 공간밖에 되지 않았다. 실은 그 안에서 지금 한 시간 가까이 나오지 못하고 있다. 밖에는 이제 어른들이 두 명이나 있는데.

나는 주방으로 가면서 실의 방 쪽 복도에 앉아서 휴대전화를 확인하고 있는 류원장을 흘긋 봤다. 그의 치과는 조카들이 졸업한 초등학교에서 한 블록 떨어진 골목에 있었다. 진료를 마치고 바로 온 모양이었다. 특별한 환자들은 휴진하는 날 따로 온다고 했다. 다른 환자들과 마주치지 않도록. 보철 전문인 류원장이 대학병원에 몇 년 근무하던 때 모두가 알 만한 대기업의 모 여사가 진료를 받은 적이 있다고 했다. 치료가 마음에 들었는지 류원장이 개원한 치과에 일요일에 따로 진료를 받으러 왔다고. 치료가 다 끝났는데도 진료 의자에 누워서, 입 모양만 둥글게 뚫린 녹색 소공포로 얼굴을 덮은 채 두 시간 가까이 더 누워 있었다고 했다. 출입구가 잠긴 걸 다시 확인한 수행원들과 류원장과 치주 전문인 그의 아내, 실장과 간호사들은 모두 일층에서 소리를 내지 않도록 주의하면서 기다렸다. 류원장은 그때 아무 소음이 들리지 않는 치과가 너무 낯설었고, 그 낯섦을 인식한 순간 이후로 자신의 일터를 더 이해하게 되었다는 말도 덧붙였다. 그건 이상한 말처럼 들렸지만 타인들의 집에 머물던 경험으로 나는 그게 무슨 뜻인지 조금은 알 것 같았다. 아무튼 그렇게 두 번쯤 더 와서 치료를 받고 혼자 누워 있다가 천천히 구두 소리를 내며 계단을 내려왔다는 이야기를 전하며, 류원장은 덧붙였다. 어느 땐 얼굴에 눈물자국이 남아 있기도 했다고. 어느 땐 정말로 깊은 잠을 자고 난 후의 개운한 얼굴이었다는 말도. 뉴스에서 지금은 그 대기업의 회장직을 승계한 아들과 그녀가 나오면 가정집을 개조한, 큰 창에 달린 블라인드 사이로 오후의 햇살이 비스듬히 비치는 진료 의자 위, 얼굴에 천을 덮은 채 누워 있는 모습이 저절로 떠올랐고, 그 때문인지 나는 종결되지 못한 슬픔은 누구에게나 있는 것일까, 하는 생각을 하곤 했다.

나는 냉장고에서 캔맥주를 꺼내 단숨에 마셨다. 류원장이 오자 얼결에 그에게 제일 먼저 연락해 욕실 문에 문제가 생겼다는 말을 한 게 명백한 실수같이 느껴졌다.

2018년 10월 넷째 주에 류원장과 나는 강북의 한 레지던스에

투숙했다. 초강력 태풍 위투가 사이판섬을 강타해 이재민과 고립된 한국인 관광객이 속출하고, 공사 가림막이 무너져서 인도를 걷던 일가족 네 명이 깔려 다치고 갑자기 쌀쌀해진 날씨에도 국화꽃 축제와 억새꽃을 보러 많은 사람이 나들이를 나섰던 금요일이었다. 나는 막 사십오 세가 되었고 류원장은 곧 그렇게 될 거였다. 그가 나에게 미치는 영향이 내가 나 자신에게 미치는 것보다 커질까봐 주의했으나 죽음에 관해서만은 그러기 어려웠다. 그건 내 의지로 결정하기보다는 열아홉 살 이후 생이 나에게 보낸 신호, 삶에서 영원히 한 발짝 옆으로 밀려나게 되었다는 뚜렷한 기호를 저항 끝에 따라가는 일과 비슷했다. 지쳐 있었고 불가해한 슬픔은 날마다 차올라 몸이 터져버릴 것만 같았다. 한갓진 방이었다. 우리는 준비를 마친 후 나란히 누워 죽음의 순간을 기다리고 있었다. 나는 중간고사 기간이 끝나면 나에게 메일로 대체 과제를 제출할 학생들을 잠깐 떠올렸고 강사 휴게실로 찾아와 임신 사실을 털어놓으며 울던 여학생을 기억했다. 이 죽음이 알려지면 여학생은 상담 상대를 잘못 골랐다는 것을 알아차리곤 소스라치게 놀랄지도 몰랐다. 내가 그런 생각에 빠져 있는 동안 류원장은 말이 없었다. 지구地區 대회를 앞두고 합창부에서 〈고향의 노래〉라는 가곡을 연습할 때 가사 속 무서리, 싸리울 같은 단어를 이해하지 못하는 단원들 앞에서 일일이 설명해주던 지휘자 소년이 평생 죽음의 충동에 시달릴 줄은 아무도 몰랐을 것이다. 그럼 꽃등불은 무

슨 뜻인지 아느냐고 물었던, 알토 담당이었던 여자아이 옆에서 그
는 이미 관에 들어간 사람처럼 반듯하게 누워 두 팔을 배에 포개
어 올려놓은 채 조도 낮은 샹들리에를 올려다보고 있었다. 나는
눈을 반만 뜨고 있었는데도 다 보였고 충분히 보였다. 문득 내가
웃었던 것도 같다. 머릿속이 뿌예지면서 내 이름조차 생각나지 않
아서였나. 끽끽, 유릿조각을 칠판에 문질러대는 소리처럼 들렸다.
한 손으로 입을 틀어막고 나는 자꾸만 웃었고 내 고막을 두드리는
생경한 웃음소리 때문에 그동안 어떤 측면에서는 내가 이미 죽은
사람에 가깝게 살고 있었다는 것을 깨달았는지도 모른다. 류원장
은 차갑게, 말없이, 부리부리한 눈을 더 부리부리하게 뜨고 누워
있다가 어느 순간에 벽을 세우듯 몸을 팩 돌렸고 우리는 다음날
아침에 일어나 그 방을 나왔다. 어째서인가 나는 다음번엔 류원장
이 나를 제외하고 혼자서 그 일을 다시 실행할 거라는, 그때는 나
에게 어떤 언질도 주지 않으리라는 잠정적인 결론에 이끌리고 싶
었다.

다 마신 맥주캔을 아일랜드 테이블에 내려놓고 서초구에 강한
바람이 불기 시작해 간판이나 창문 파손 위험이 있으며 하천과 공
사장 등 위험지역의 접근과 야외 활동을 자제하라는 안전 안내 문
자를 확인하고 있을 때 류원장이 욕실 쪽에서 큰 소리로 나를 불
렀다.

이리 좀 와봐!

내 눈에 정말 동생 집은 필요 이상으로 넓었다. 나는 생수병을 들고 뛰듯이 거실을 지나 욕실 앞으로 갔다.

실이가 울어.

실이 방 에어컨 바람이 미약한데다 습도까지 올라서 그런지 자리에서 일어나 있는 류원장의 관자놀이에서 턱으로 땀방울이 흘렀다.

왜? 뭐라 그랬는데?

수리하는 사람 금방 올 거라고, 조금만 참으라고 했는데.

등에 '퀵 수리'라고 새겨진 망사 조끼를 입은 수리공이 고개를 갸우뚱하며 손잡이를 돌렸다. 래치가 안에서 걸려 있었나? 슬쩍 문을 밀었을 뿐인데 고여 있던 습하고 찐득할 만큼 무더운 열기가 밖으로 훅 끼쳐나왔다. 문이 열렸다는 사실에 안도한 나는 실아, 높은 소리로 아이의 이름을 부르곤 문을 힘껏 밀어젖혔다. 긴 머리를 틀어올리고 반팔 티와 반바지를 입은 150센티미터의 실은 내게 말한 대로 변기 뚜껑에 수건을 깔고 앉아 밖을, 그러니까 문이 열린 입구를 바라보았다. 욕실 안으로 들어가려다 말고 나는 주춤거렸다. 진청색, 흰색 세면 타월들을 번갈아가며 깔아놓은 욕실 바닥은 공들여 색을 맞춰 깔아둔 직사각형의 러그 같았고, 실은 그 위에 수납장에서 찾아냈을 물건들을 반듯하게 늘어놓았다. 치약, 칫솔, 화장솜, 면도기, 속옷, 생리대, 손바닥만한 만화책, 언제 적 것인지 모를 2G폰, 엠앤엠즈 초콜릿, 작은 빗이나 안대, 핸드크림 등이 들었을 항공사 어메니티 파우치, 헤어드라이어, 양말, 비상약들, 오십 개들이 마스크 상자, 때밀이 수건, 나사못, 머리핀, 손톱깎이 세트, 볼펜 한 자루와 포스트잇…… 각을 맞추기도 어려운 그런 물건들을 실은 두 줄로 반듯하고 나란히 늘어놓아서 그것은 내 눈에 꼭 주인이 찾아가기를 기다리는 유실물들을 연상시켰다. 그러나 나는 틀리게 보았을 것이다. 실은 그것들이 자신에게 필요한, 자신이 거기에 계속 머무는 데 유효하고 도움이 되는 생필품이라고 여겼을 게 틀림없었다. 그리고 거기에 없는, 더 필요한 품목들을 적어보기도 했을 터였다. 그랬으리라고 깨닫자 나는 돌연한 분노, 어디서 발원하는지도 모를 급작스러운 화를 느꼈고, 그 물건들을 내 발로 거칠게 밟고 들어가 아이가 늘어놓은 작은 질서들을 헤집고 그 안에서 아이를 끌어내오고 싶었다. 순간 뒤에서 류원장이 내 한쪽 팔을 가만히 잡아끌었다.

잠깐, 시간이 필요할 거 같은데.

나는 뒤로 물러났다. 내 얼굴도 땀으로 번들거리는 게 느껴졌다. 문이 열렸는데도, 두 시간 가까이 이 덥고 습하고 좁은 데 갇혀 있었는데도 실은 두 팔을 허벅지에 올려둔 채 여전히 무감동한 표정을 짓고 있었다. 아니, 지금 어떤 표정을 지어야 하는지 혼란스러워하는 것 같아 보였으나 나가고 싶지 않다는 태도만은 분명해 보였다. 나는 문을 열지 못했을 때처럼 욕실 앞에 다시 주저앉았다. 그애의 무연한 표정 위로 지나가는, 실이 입구 쪽의 나를 바라보며 지금 우물거리듯 반쯤 삼킨 말을 나는 알아들은 것 같았다. 처음 실이 목줄이 풀린 검은 개를 맞닥뜨렸고 자신은 그것으로부터 평생 도망갈 수 없을 거라는 고백을 내게 털어놓았을 때 아무 설명 없이도 내가 이해했던 것처럼.

이모, 여기엔 검은 개는 없어. 그러니까 이 안에서 나는 안전해.

등뒤에서 류원장이 수리공에게 수리비를 내는 소리, 인사를 주고받는 소리가 들렸다.

지난겨울에 나는 동숭동에 있는 한 빌라의 이층집에서 삼 주 정도를 지냈다. 번잡하고 유동인구가 많은 대학로 한가운데 그런 오래되고 고풍스러운 빌라촌이 있을 줄 몰랐다. 한번 입주하면 나가는 사람이 없어서 매물도 시세도 없다는 곳이었다. 내가 맡은 집은 대형 로펌의 변호사인 육십대 부부가 사는 곳이었다. 십팔 년 된 왕관앵무새들의 먹이와 물을 챙겨주고 새장을 청소해주는 게 가장 중요한 일이었다. 의외로 다른 가족이 없거나 있어도 집을 맡길 만큼 가까운 가족이 마땅치 않은 사람들이 많다는 데 매번 놀라던 때였다. 거기가 대학로라서 그랬는지, 연극을 좋아하는 송선배가 떠올랐던 건지 나는 내가 여기서 일하고 있다고, 송선배에게 근처에서 만나 저녁이나 먹자고 연락을 했다. 송선배는 함께 연극을 본 후배 한 명과 약속 장소로 왔고 결국 나는 그들을 빌라로 데리고 왔다. 후배가 여기 사느냐고 물어서 지금은 그렇다는 부정확한 말을 했다. 잠시 머무는 집이라고 대답하지 못하고. 다른 사람 집을 봐주면서 누군가를 데리고 온 것이 사실 처음은 아니었다. 집을 정성껏 돌보는 일과 때때로 집주인과의 약속을 어기는 일은 달랐고 나는 내가 선명하게 느끼는 그런 죄의식, 무책임함을 통감하는 일에 어떤 쾌락까지 느끼고 있었을지 모른다. 아무리 좋아도 살고 싶거나 애착을 느낀 집은 없는데 흔적 없이 사라지기 좋은 집들은 있었다. 혼자 지내는 밤은 그 점을 외면하기에 너무 길었고, 밤은 낮보다 비바람에 대한 대처 능력이 떨어질 수밖에 없듯 나는 더 흔들렸다. 가끔 두고 온 내 방을 떠올릴 때가 있었지만 이미 치워진 듯 나의 상상 속에서 거기엔 아무것도 남아 있지 않았다. 그날, 실내를 여기저기 둘러본 송선배가 이 집은 원래 이렇게 깨끗하고 잘 정돈되어 있어? 아니면 서선생이 가꿔서 이런 거야?라고 물어서 나는 피식 웃었다. 가꾼다는 표현 때문이었는지 아니면 제대로 해내는 일을 보여줬다는 기분 때문이었는지. 우리는 기다란 팔 인용 식탁에 앉아서 새벽까지 술을 마셨다. 후배가 화장실에 간 사이에 송선배가 상체를 내 쪽으로 기울이곤 소리 낮춰 말했다. 이렇게 사는 것도 나쁘지 않겠다, 서선생. 이상한 생각 같은 거 하지 말고. 나는 과장된 포즈로 잔을 입으로 가져가며 냉랭한 눈으로 선배를 봤다. 류원장 외에 누군가의 눈에도 내가 그렇게 비칠 수 있다는 걸 처음 안 듯이. 밤 내내 나는 앉아서도 비틀거렸고 그걸 숨기지도 않았다. 그러다 문득 송선배 목소리가 귀에 들어왔다. 끝이 안 좋을 거야.

나는 그 말을 잊은 적이 없었고 선배에게 그 말에 관해 물어볼 기회를 계속 놓치고 있었다. 무엇의 끝이, 누구의 끝이 안 좋을 거라는 말인지.

실이 욕실에 갇힌 순간부터 내가 줄곧 두려워하던 게 무엇인지 이제 알 것 같았다. 나는 이 사고의 끝을 생각했고 그것은 어쩌면 짐작과는 다른 방향으로 흘러가 아주 불행한 쪽으로 쏠려갈지 모른다는, 실이 저 안에서 다른 일을 벌일지도 모른다는 상상. 깨끗이 떠나고 싶다고 느꼈던 욕구들.

나는 자리에서 일어나 위로 말려 올라간 셔츠를 두 손으로 내려 편편하게 쓰다듬었다. 실은 세상엔 동반자살을 기도하는 어른들이 있다는 것을, 그것도 제 곁에 있다는 것을, 검은 개보다도 더 외현적으로 보이는 두려움에서 헤어나지 못하는 어른들이 있다는 사실을 알지 못할 것이다. 그러나 지금 나는 해야 할 일을 해야 했다. 욕실로 조심스럽게 들어가 실이 늘어놓은 물건들을 밟지 않도록 주의하면서, 칫솔과 헤어드라이어 사이를 까치발로 지나 실 앞으로 다가갔다. 실은 깍지 긴 손을 앞으로 모은 채 고개를 푹 수그리고 있었다. 실이 이 안에서 견뎠을 두 시간을 나는 알 것 같았지만 그렇게 말할 수도 없었다.

실아, 기억하지?

무릎을 구부리고 나는 실에게 웃어 보였다. 실은 고개를 끄덕였다. 천천히 한 번, 그리고 한번 더.

검은 개와 흰말.

그것은 우리의 암호 같은 것이었다. 때로는 위로로 때로는 가벼운 농담으로 건네는. 불안은 언제나 발밑이나 허공, 어디에서 튀어나올지 모르는 삶의 파편들처럼 예기치 않게 찾아오며 그래서 타인을 이해하기도 이해를 구하기도 어려운 데가 있다. 실에게는 다른 것이 필요했다. 두려움을 완화시켜주거나 다른 대상이 떠오르게 돕는 치환적인 행동 같은 것. 검은 개를 보는 감정을 돌려세우는 일. 그래서 나는 실에게 말했다. 목줄이 풀린 크고 검은 개를 보면 그게 흰말이라고 생각하자. 갈기도 희고 늠름하며 장애물을 뛰어넘을 수 있게도 해주는, 눈부신 흰말.

실의 손을 잡고 나는 욕실을 나왔다. 실의 몸에서 시큼한 땀냄새와 열기가 느껴졌고 그애가 복도에서 이모, 손이 너무 아파, 라고 말할 때까지 손을 놓지 않았다.

나는 그 손을 놓고 싶지 않았다. 내가 그제 새벽 동작역 상류 쪽의 반포천 앞에 가서 느꼈던 감정이 뭔지 말하고 싶었다. 욕실 문이 열리고 너를 보았을 때 느꼈던 감정도. 그러나 나는 내가 아직 살아 있다는 이 충격을, 헛것 같은 삶도 안전을 위협받는 삶도 아직은 살아 있다는, 이 보편적인 기적의 순간을 어떻게 설명해야 할지 몰랐고 이것이 맞는 감정인지도 알 수 없어서 눈을 휘둥그레 뜬 채 서 있기만 했다. 끝이 안 좋을 거란 말, 그게 선배가 스스로에게 한 말이라는 거, 무슨 뜻인지 묻고 싶은 게 아니라 송선배에게 가서 어서 일어나 같이 걷자는 말을 하고 싶었단 소리는 누구에게 해야 할까.

여름을 두려워했던 건 수해가 아니라 빈번하고 무수한 죽음들 때문이었어. 알림 소리에 내 읊조림은 묻혔고 류원장은 휴대전화를 열어보느라 고개를 숙였다. 내 휴대전화. 동생네는 무사히 탑승했을까? 주방 테이블에 놔둔 내 휴대전화에도 확인하지 못한, 확인을 기다리는 메시지들이 도착해 있을지 몰랐다. *시민들의 관심과 제보로 실종된 임소례씨를 안전하게 발견했습니다.*

그리고 다른 문장들.

더 많은 문장들.

수많은 순간, 나는 이런 문장에 사로잡혀 있었다.

*동작구에서 실종된 서양지씨(여, 49세)를 찾습니다 −161cm,
50kg, 흰셔츠, 검정바지, 흰말을찾는 ☎182*

이제 괜찮아, 이모.

실이 한 손으로 내 눈물을 닦아주었다.

욕실 밖에는 실과 내가, 몇 걸음 떨어진 현관 앞에는 류원장이, 그리고 운동화를 다 신고도 아직 가지 않은 수리공 남자가 서 있었다. 아직 애가 나온 걸 확인하지 못해서요. 현관에서 고개를 내밀며 얼굴이 까맣게 탄 젊은 수리공이 안심했다는 어투로 말했다.

지금 몇시지?

나도 모르게 큰 소리로 물었다.

저녁이지, 아직 저녁이야.

뭔가 개운하다는 소리로 대답하곤 류원장이 두 팔을 허공에 휘저었다.

배가 고파요.

실이 쑥스러워하며 말했다. 그러곤 어쩌면 각자의 이유로 아직 어른이 되지 못한 미완의 성인들을 반짝이는 눈으로 둘러봤다.

그들

1

종소는 양파를 물에 담가두고 뒤를 돌아다봤다. 어머니는 식탁 앞에 앉아 돋보기를 끼고 조간신문을 읽고 있어야 했다. 싱크대에서 식탁까지 겨우 네 걸음, 그 정도의 거리에서 분명히 어머니를 보고 있어도 가슴이 무거워질 때가 있는데. 지금 어머니는 방에 있다. 어머니가 닫은 방문을, 종소는 물기 묻은 손을 앞치마에 문지르곤 걸어가서 다시 한 뼘쯤 열어두고 왔다. 그런데도 어머니가 도로 문을 닫을까봐 신경이 쓰였다. 후배에게 돌아가신 어머니 이야기를 들어서만은 아니어도 그 영향이 크기는 했다.

일주일에 두 번, 오늘같이 강의가 없는 월요일과 금요일이면 종

소는 후배의 출판사에 가서 일을 도왔다. 지난달, 출판사 사정이
힘들어졌다는 말을 후배가 어렵게 꺼내기 전까지는. 그날 후배와
출판사 앞 중식당에서 술을 마셨고 자리가 길어졌다. 후배가 어머
니 이야기를 꺼냈을 때 종소는 술이 다 깨는 기분이었다. 지난해
장례식장에서 들었던 사인과는 달랐다. 후배는 주먹으로 눈가를
꾹 누르며 말했다. 선배, 어머니를 방에 혼자 두지 마. 종소는 후
회했다. 후배가 그런 이야기를 할 줄 알았다면 그 자리에 나가지
않았을지 모른다. 사람들은 마흔아홉의 아들이 노인 우울증 진단
을 받은 어머니와 단둘이 사는 삶을 잘 알지 못해서인지, 하고 싶
은 말들을 거리낌없이 해버리는 경향이 있었다. 후배가 털어놓은
고백은 종소에게는 조금도 도움이 되지 않는 이야기에 속했다. 그
러나 무슨 이유에선가 종소는 고개를 끄덕이고 말았다. 자신에게
도 그런 가슴 아픈 일이 생긴다면 누군가에게 말하고 싶어질지도
몰라서.

어머니는 종소에게 채소를 손질하기 전 물에 오 분쯤 담가놓으
라고 가르쳤다. 오 분이 지나자 종소는 양파를 체망에 건져내곤
수도꼭지를 틀었다. 너무 세지 않게. 물소리. 종소는 그 소리를 외
면하고는 양파를 깨끗하게 씻는 데 마음을 쏟으려고 했다. 희고
둥글고 싱싱한 것을 만지고 있는데도 기분이 달라지지는 않았다.
후배의 이야기가 종소가 가진 두려움을 부추기는 것 같았다.

종소가 서른다섯 살 되던 해에 아버지가 돌아가시고 어머니와

둘이 산 지 십사 년이 되었다. 십사 년. 그사이 종소는 실연을 한 번 했고 중년이 되었으며 전립선 때문에 수술을 했고 임용에 실패했고 할 줄 아는 요리가 늘었으며 어머니가 싫어하는 것과 좋아하는 것을 제대로 구분하게 되었다. 그런 사람이 되는 데만 해도 그만큼이나 시간이 걸렸다는 게 믿기지 않는 밤도 있었다. 어머니가 좋아하는 것 중 하나는 거실 창을 열고 햇빛이 들어오는 이 인용 소파에 앉아 해를 쬐는 일이었다. 얼마 전까지는. 이제 그 자리는 거추장스러울 정도로 커다란 난 화분이 차지하게 되었고 어머니는 마땅한 자리를 찾지 못한 사람처럼 좁은 거실을 서성거리다 방으로 들어가버렸다.

이 주 전 어머니의 팔순 생일 때 일찍이 집을 떠나 뉴질랜드에 정착해 사는 누나가 화분을 배송시켰다. 그렇게 큰 화분을 받기는 처음이었다. 택배 기사가 간신히 내려놓고 간 화분을 종소는 좀 어이없는 눈으로 보다가 줄자로 키를 재보기까지 했다. 커다랗고 흰나비 같은 꽃송이들이 주렁주렁 달린 호접란이었는데 화분 받침부터 맨 위에 핀 꽃까지 구십오 센티미터나 되었다. 화분 앞쪽에 난을 키우는 방법이 적힌 메모가 붙어 있었다. 바람과 햇빛이 잘 통하는 장소에 놓아두어야 한다는. 어머니가 창가 소파에서 일어났고, 종소는 화분을 소파에 앉으면 발이 닿는 위치에 밀어 두었다. 누나에게서 연락이 왔다. 결제할 때 원화를 헷갈려 사이즈를 잘못 시켰다고, 이왕 이렇게 된 거 잘 키워보라고. 누나는 아버지 장례식 이후 집에 한 번밖에 오지 않았다. 멀리 떨어져 사는 자식은 막상 집에 무엇이 필요한지, 부모가 무엇을 필요로 하는지 잘 모른다. 종소는 말을 하려다 말았다. 누나, 어머니가 좋아하는 건 이런 게 아니고 소금이야, 간수가 잘 빠진 천일염.

화분이 빛을 가려 아침에 현관 앞쪽으로 밀어두었는데 조금 전 점심을 먹고 소파에 가 앉으려던 어머니는 우두커니 서선 화분을 창가로 옮기는 게 좋겠다, 하며 종소를 봤다. 종소가 가만히 있자 한마디 더 했다. 우리집 같은 데 두긴 너무 크고 아까운 화분이구나.

어머니는 지금 방에 계신다. 자꾸 뒤를 돌아다봐야 화랑이나 회사 로비 같은 데 어울릴 법한 희고 커다란 호접란 화분만 보일 뿐이었다. 금요일의 어머니가 그 화분으로 변신이라도 한 것처럼. 오늘 아침 일찍 어머니는 햇양파 한 망과 청양고추 한 봉지를 사왔다. 장아찌를 담그고 싶다는 말이었다. 양파장아찌를 좋아한 사람은 아버지가 아니라 어머니였나. 종소는 그런 일에 소질이 있었다. 어머니와 둘이 먹을 반찬들을 만들어 사각 유리통에 담아 냉장고에 차곡차곡 넣어두는 일. 어머니는 당신의 외아들이 더 나은 사람이 되리라고 믿은 적이 있겠지만. 누군가의 기대에, 스스로의 기대에 못 미치게 사는 일에도 종소는 자신이 소질이 있다고 여겼다.

방에서 어머니는 혼자 무슨 생각을 하는 걸까. 더는 상담도 받지 않고 약도 먹지 않겠다고 결정한 어머니는. 아버지의 죽음이 늙어가는 어머니의 우울증을 유발했다고 종소는 확신하고 있었다.

어머니가 알려준 대로 계량한 간장과 원당, 고추씨, 생수와 매실액을 냄비에 넣고 불을 켰다. 방문을 닫는 소리가 들린 것 같았다. 아직 일어나지 않은 일에 대한 불안들이 늘 공기처럼 따라다녔다. 종소는 어머니 방 앞으로 가서 귀를 기울였다. 잠을 주무시려는 걸까. 아무 소리도 들리지 않았다. 방문을 열기가 겁이 났다. 언제부터인가 그랬다. 양쪽 귀가 거의 들리지 않았던 후배의 어머니가 내린 마지막 결정을 내 어머니도 할 수 있다고 상상하면 숨이 막히는 듯했다.

장아찌를 담가놓고 어머니와 주민센터 옆 놀이터까지 산책하고 올 생각이었다. 그뒤 어머니를 집으로 다시 모셔놓곤 페트병과 맥주 캔을 챙겨 회수로봇이 있는 데에 다녀오려고 했다. 이것이 오늘, 4월 셋째 주 금요일에 할 일이었다. 이런 자잘한 계획을 세워놓으면 불안이 조금 잦아들곤 했으니까.

검은 간장 물이 부글부글 끓어올랐다. 어떤 사람들이 불안 없이 살까, 두려움 없이 사는 사람도 있을까, 그런 사람에게는 자신에게 부족한 무엇이 있을까. 열여덟 평 집안이 간장 냄새로 가득찼고 그 쿰쿰한 냄새가 생각을 멈추게 하려는 듯해서 종소는 입술을 꽉 다물었다. 한 사람이 떠올랐다. 잊고 있었던 건 아니었다. 내가 이선생을 선택하지 않은 것뿐입니다, 라고 종소에게 통보하듯 말했던 사람. 종소는 자신의 감정에 인과가 없다고 알아차려도 수정할 마음이 들지 않았다. 감정은 뜻밖의 방향으로 튀었고 종소는 그걸 가만히 지켜보았다. 지난 삼 년간 이런 때를 기다려왔는지도 몰랐다.

나는 누군가에게 두려움을 느끼게 할 수 있는 사람이다.

종소는 그 말을 확인하듯 읊조렸고 그런 자신을 타이르지도 않았다. 그가 한 말을 잊을 수가 없고 평생 그러리란 걸 알았다. 너무 짠 맛은 얼마나 쓰디쓴가. 식초를 넣기 전에 간을 본 종소는 간장 물을 냄비째 개수대에 쏟아버리며 생각했다. 아무래도 그를 찾아가야겠다고.

2

영주가 보기에 남편은 무슨 말을 하든 중심을 피해 가려는 버릇이 있었다. 정확하게 짚어야 하는 중요한 문제에 직면하는 순간에도. 상현의 학교에 불려갈 때도 남편은 그랬다. 나보다는 당신이 사람들에게 더 편하다는 인상을 주니까. 학교에 영주가 가면 좋겠다는 말을 그런 식으로 전하는 남편에게 영주는 이번엔 고개를 흔들었다. 그 일만은 하고 싶지 않았다. 상현을 조금이나마 이해하고 싶지도, 변명해주고 싶지도 않았다. 영주가 한 번 거절하면 남편은 금방 알아들었다. 그것도 예전과 달라지지 않은 점이었다. 된밥을 좋아하지 않는 식성도. 전기밥솥에 문제가 생겼는지 한동안 밥이 되거나 설익은 채로 완성되다 어느 때는 괜찮아졌다. 패킹이 헐거워졌나본데. 남편이 우물거리며 식탁에서 일어났다.

　일요일 여섯시였다. 남편은 저녁을 일찍 먹는 편이었고 영주는 그렇지 않았다. 일 인분의 상을 치우는데 남편이 말했다. 같이 가면 어떨까. 학원에 간 상현을 데리러 나서려던 참이었다. 일요일마다 하는 일이었다. 영주는 싱크대 앞에서 남편을 돌아봤다. 처음 만났던 이십대 때부터 쓰기 시작한 굵고 검은 뿔테안경과 각이 진 조금 큰 얼굴 때문인지 남편은 전체적으로 무뚝뚝해 보이는 인상이었다. 영주가 한때 마음에 들어했으며 무뚝뚝한 게 아니라 우직하게 보였던. 상현을 저 사람과 낳았다. 자신을 또다른 시험에 든 것처럼 느껴지게 하는 아들을. 상현이 무슨 일을 저질러도 남편은 어떻게든 그애를 보호할 테고 만약 상현에게 이 세상에서 너를 제일 아끼는 사람이 누구일까? 라고 묻는다면 일 초도 망설이지 않고 아빠, 라고 말하리라. 남편은 그런 아빠였고 부자가 그런 관계라는 점은, 영주에겐 한걸음 물러나 바라볼 수 있는 그 적당한 거리에 자신을 안전하게 내려놓을 수 있게 했다. 담임선생에게서 전화가 걸려왔을 땐 그 거리를 두 배쯤, 아니 할 수 있다면 닿을 수 없을 만큼 늘리고 싶다고 원하게 만들었고.

남편에게 고개를 저어 보이며 영주는 손을 씻었다. 세탁소도 가야 하고. 그다음 말은 잇지 않았다. 남편은 어쩐지 영주의 생각을 봐버린 듯 고개를 끄덕이더니 상체가 발달한 몸을 재게 움직여 현관 밖으로 나갔다.

엘리베이터 내려가는 소리가 멈출 때까지 현관 안쪽에서 기다렸다가 영주는 소파에 앉았다. 잠시 후 끝자리로 옮겨 앉았다. 오늘은 카페 휴무일이다. 며칠 전부터 밖에 혼자 나가는 일도 겁이 나고 카페 문이 열릴 때마다 조용히 놀라고는 했다. 영주는 소파에서 등을 떼고 휴대전화를 열어보았다. 어머니에게서도, 다른 아는 사람에게서도 새로 온 메시지는 없었다. '알았어'. 낯선 사람이 그런 메시지를 보냈다. 알았어.

영주는 선생님에게 긴 메시지를 썼다. 십 년 전의 전화번호로. 십 년 동안 선생님을 잊다시피 했고 오십대로 막 접어들었고 교수 부인으로 불리며 살았고 상현을 키웠고 카페 주인이 되었고 선생님이 새로 낸 책에 관한 기사를 신문에서 보았다. 카페는 주로 오후에 나가지만 아르바이트생의 사정에 따라 오픈을 맡아야 할 때도 있었다. 출근 시간이 지나면 손님이 한 사람도 없을 때가 있기도 했다. 그럴 때면 여행을 온 것처럼 평소에는 하지 않던 일이 하고 싶어졌고 잊고 살았던 사람들이 떠올랐다. 남편에게도 친구들에게도 보여줄 수 없는 마음이 솟구치는 시간도 그런 때였다. 그런 마음을 너무 눌러놓으면 언젠가 크게, 너무 크게 터져버려 수

174

습할 수 없어질 거라는, 지금껏 지켜온 생활이 모두 무너져버릴 거란 불안이 들었다. 영주는 길고도 긴 이야기를 선생님에게 썼다. 글자 수가 많아 전송에 실패해 두 번에 걸쳐서 나누어 보냈다. 십 년 동안의 이야기를.

전화번호가 바뀌었을지도 모르겠다고 짐작한 건 그날 저녁이 다 돼서였다. 영주가 기억하는 선생님이라면 답장을 하지 않을 리가 없었다. 바쁘신 걸 거야. 영주는 에스프레소를 내리고 아이스크림을 컵에 담고 쿠키를 정리했다. 손님들이 많았다. 밤 아홉시쯤 선생님 번호로 답장이 왔다. 알았어. 그건 선생님의 말투가 아니었다. 마침표도 없었다. 순간적으로 얼굴이 달아오르고 등에 땀이 났다. 영주가 보낸 메시지엔 선생님의 책 제목과 카페 상호도 있었다. 문맥을 보면 남편이 모르는 관계라는 점도 짐작할 터였다. 선생님과 자신의 개인정보가 온전히 드러나 있는 내용이었다. 가슴이 쿵쾅거렸다. 상대방은 무슨 뜻으로 알았어, 라는 단답형의 문자를 보냈을까.

알았어. 그 묘한 반말투에서 영주는 두려움을 느꼈고 거기에 사로잡혔다. 순식간에 이런 상상에 빠져들었다. 알았어, 내가 너란 여자 얼굴 한번 보러 갈게. 알았어, 너 그렇게 외롭다고? 알았어, 네 인생이 너무 허무한 거 같다고? 알았어, 그만 징징거려, 이런 배부른 소리.

카페 문이 열릴 때마다 영주는 남의 눈에 띄지 않게 자신이 비틀거린다고 느꼈다. 흉기를 든 누군가 씩 웃으며 당신이 그 여자지? 하고 달려들 것 같았다. 험악한 사건들이 발생할 때마다 영주는 기사에서 보고 저장해둔 흉기 난동시 행동 요령을 외웠다. 그냥 서 있으면 표적이 될 가능성이 크므로 주변 물건을 휘둘러 안전거리를 확보해야 하고 소리쳐 도움을 요청하는 게 최선이라는.

영주는 에코백을 둘둘 말아 머리를 받치고 소파에 누웠다. 아무 소리도 들리지 않는 집이 낯설었다. 몸을 웅크리며 돌아눕다가 영주는 깨달았다.

선생님이 전화번호를 바꾸었고 선생님의 새 전화번호를 모른다는 상실감은 그 알았어, 라는 단문 사이로 완전히 사라지고 말았다고.

3

오래된 사층짜리 건물 일층에 있는 카페는 테이블과 의자를 제외하곤 인테리어라고 할 만한 게 없어서 한편으로는 주인이 너무 신경쓰지 않는다는 느낌마저 들었다. 상호도 그저 그랬다. 직사각형 내부에 이 인용과 사 인용 테이블이 각각 넓은 간격으로 두 개씩 벽에 붙어 있고 맞은편 카운터 벽면으로는 벽을 바라보고 앉는 긴 테이블을 놓았다. 그리고 출입구 왼쪽에는 창가 자리가 하나 있었다. 안에서는 실내 전체를 보기 어려운 구조였다. 멀리서 보면 모두가 한눈에 들어오는 단순하고 길쭉한 형태였지만. 종소는 미리 점찍어둔 자리에 가서 앉았다. 드나드는 누구라도 자신을 알아볼 수 있는, 가장 트여 있는 자리였다. 테이블들을 치우고 책장만 들이면 카페는 작은 작업실 같을 거라고 상상했다. 옆자리엔 교복 차림을 한 여학생 둘이 노트북으로 인강을 듣고 있었다. 종소도 노트북을 꺼내 중간고사 채점을 하거나 책을 꺼내 읽을 수도 있었다. 보통 다른 카페에서 그러듯. 오늘은 아니었다. 오늘의 목적은 그게 아니었고 종소는 가능하면 이 카페에 자주 와서 앉아 있을 작정이었다. 아무것도 하지 않으면서. 가능하면 최교수를 오래 두렵게 만드는 방식으로.

사장으로 보이는 사람이 다가와 테이블에 커피를 내려놓았다. 그럴 생각이 아니었는데 종소는 고개를 들어 그 사람을 올려다봤다. 소매를 걷어올린 흰 셔츠에 하늘색 앞치마를 둘렀고 왼쪽 눈 밑에 점이 두드러졌다. 부스스한 파마머리를 하나로 헐렁하게 묶은 사장이 예의상 조금 웃는 눈으로 이렇게 말하는 듯했다. 우리 카페에 처음 오신 분이네요. 쟁반을 마치 방패처럼 가슴 앞으로 올린 채.

종소가 잔을 들어올리자 사장이 카운터로 돌아갔다. 카페 출입구 왼쪽 작은 화단에 심어놓은 고추, 가지, 상추 모종, 나팔꽃 들이 눈에 들어왔다. 보통은 입간판을 세워두는 위치인데 구태여 땅을 파내고 우격다짐으로 모종을 심어놓은 것처럼 보였다. 커피에서 초콜릿맛과 오렌지향이 났다. 한 번, 이 카페에 와볼 기회도 있었다. 입시 채점을 일찍 마치고 최교수를 포함해 몇몇 인문대 교수들, 조교들과 독문학과 양교수 연구실에서 와인을 마시다가 학교 앞 식당으로 자리를 옮겨 모두 만취한 날. 종소가 알기론 최교수 부인이 카페를 개업한 지 얼마 안 됐을 시기였다. 일행들은 편의점에서 와인을 사서 카페로 몰려갔고 그날 아버지 제사가 아니었다면 종소도 갔을지 몰랐다.

며칠 전에 종소는 이 카페 사장을 본 적이 있었다.

일요일, 어머니가 초저녁잠이 든 걸 확인한 후 종소는 장승배기로 가는 버스를 탔다. 집에서부터 삼십여 분쯤 걸리는 곳이었다. 처음 가서 어정쩡한 모습을 보여주는 게 내키지 않아 마스크를 쓰고 카페 앞까지 가볼 계획이었다. 검색했을 때 카페는 일요일 휴무라고 나와 있었다. 버스 정류장에 내려서부터는 주택가 골목의 언덕을 지나야 했는데, 언덕이라기보다는 아주 좁은 골목이었고 경사가 심했다. 아래에서 긴 치마를 입은 한 여자가 올라오는 게 보였다. 오른손에 뭔가를 들곤 입에 댔다가 떼어내길 반복하면서. 손동작을 보니 걸으면서 담배를 피우는 것 같았다. 그것도 좁은 골목에서. 종소가 싫어하는 유의 사람이었다. 종소는 인상을 썼다. 여자와 거리가 가까워졌을 때 종소는 눈을 얼른 내려뜨리고 고개를 숙여버렸다. 여자가 손에 들고 있는 건 담배가 아니라 아

이스크림이었다. 여자가 종소 옆을 지날 때 녹은 아이스크림 바에
서 몇 방울이 떨어졌다.

　길을 제대로 찾은 건 그 여자가 지나가고 삼십 분이 더 지난 뒤
였다. 불이 꺼진 카페에서 아까 그 아이스크림 여자가 테이블에
턱을 괴고 앉은 모습을 몰래 보듯 보게 된 것도. 여자는 추워서 그
러는 듯 한 손을 목뒤로 넘겨 등에 늘어진 긴 머리를 모아 잡더니
셔츠 안으로 집어넣었다. 어깨를 웅크린 여자는 우는 사람처럼 보
였다. 조금 떨어진 데서 보면 사람들은 외롭거나 슬퍼 보였다. 그
렇게 보이는 건 자신에게 문제가 있어서라고 종소는 여겼다.

　사장이 커피를 테이블에 내려놓을 때 종소는 그래서 가슴이 조
금 뛰었다.

4

　저 사람, 언제부터 우리 카페에 왔어?

　영주가 창가 자리에 앉자마자 남편이 물었다. 목소리가 갈라져
있었다.

　당신, 아는 사람이구나.

　우리 학과에 겸임으로 있다 나간 이선생이야.

　아이스크림 가게에 재즈가 흘러나왔다. 아이스크림과 재즈. 그

건 유치원에서 고전영화를 틀어주는 것과 같을지 모른다고 잠깐 생각했지만 영주는 그 조합에 몰두할 수 없었다. 남자는 키도 작고 체구도 왜소한 사람이었다. 여러 명이 벽에 밀치면 그대로 힘없이 압박당하고 말 것처럼. 영주는 고개를 몇 번 흔들다가 물었다.

저 사람이 뭘 잘못한 거야?

남편은 양손을 들어올려 안경다리를 만지작거렸다. 그 작은 손으로. 영주는 얼른 시선을 돌렸다. 결혼을 결정한 건 남편의 작은 손 때문이라는 걸 아는 사람은 선생님밖에 없었다. 아버지의 크고 두꺼운 손을 두려워했으니까. 굵은 팔뚝에 비하면 균형이 맞지 않을 정도로 작고 가는 남편의 손을 잡으면 안심이 되었다. 그 손을 잡은 지 너무 오래되었지만. 남편은 말이 없었다.

그 남자. 남편이 이선생이라고 말한 남자는 지금 카페에 꼼짝하지도 않은 채 앉아 있고 두 사람은 카페를 나와 맞은편 아이스크림 가게 창가에 나란히 앉아 있었다. 그건 영주가 원한 방식이 아니었지만 남편은 조금 전 카페 문을 열곤, 그 남자를 한 번 보곤, 제대로 본 게 맞는지 다시 확인하는 듯하다가, 뭔가를 피하려는 사람같이 도로 밖으로 나가더니 영주에게 메시지를 보냈다. 잠깐 얘기 좀 하자고.

남자는 4월 마지막 주에만 카페에 세 번이나 왔다. 대략 오후 다섯시에. 그는 커피를 마시고 이따금 창밖으로 눈을 돌릴 뿐 아무것도 하지 않고 자리에 앉아 있기만 했다. 두어 번 화장실에 가는 걸 제외하곤. 처음에 영주는 그가 알았어, 라고 메시지를 보낸 사람이라고 짐작해서 비상벨을 설치해둔 카운터 근처를 떠나지 않았다. 단골손님들은 빤했다. 건물 사람이나 근처 특성화고등학교 학생들. 영주는 손님들 얼굴을 기억했다. 얼굴이라기보다는 특징을. 쉬지 않고 다리를 떠는 사람, 매번 물티슈를 서너 개씩 달라고 해서 챙겨 가는 사람, 캡 모자와 마스크로 한사코 얼굴을 가리는 사람, 통화하면서 나 지금 인천공항인데, 라고 말하는 사람, 교복을 입고 나란히 앉아 꼬물거리듯 서로의 팔과 허리를 만지는 여학생들, 텀블러에 음료를 담아달라고 하는 사람들. 그리고 남자는, 남자에게는 아무런 특징이 없었다. 그냥 같은 자리에 앉아만 있을 뿐.

저 사람을 여기서 내보내야 해. 가까이 가면 위험할 거야. 영주가 그렇게 여긴 건 사실이었다.

그러나 남자는 영주에게 관심이 없어 보였고 실은 다른 무엇에도 관심이 없는 흐릿하고 의욕 없는 눈으로 두어 시간 자리를 차지하고 있다가 나가곤 했다. 저녁이 되어 조명을 밝히면 남자의 숱이 빽빽한 잿빛 머리카락이 은발로 보였다. 누굴 기다리는 것 같기도 했는데, 그런 사람치고는 초조해 보이는 기색도 없었다. 남자는 보통 일곱시가 되면 스르르 자리에서 일어났다.

영주는 팔짱을 끼며 고개를 끄덕였다. 그는 남편을 기다리고 있

있으며 그 때문에 어떤 목적을 갖고 카페에 왔다는 사실에.

남편이 다 녹은 녹차아이스크림을 종이 스푼으로 휘저으며 말했다.

못 오게 해야겠지.

영주는 남편을 돌아보지 않았다. 그 말이 당신이 말 좀 해봐, 라는 뜻으로 들려서. 영주는 남편에게 묻고 싶어졌다. 그 남자가 학교를 나간 게 아니라 당신이 내보낸 거 아니냐고. 영주는 고개를 홱 돌려 남편을 보았다. 남편의 오른쪽 귓구멍에 흰 털 몇 개가 비어져나와 있고 소맷단에 모교 고등학교 개교 53주년 기념이라는 문구가 새겨진 빛바랜 반소매 셔츠를 입고 있었다. 입을 다물고 영주는 다시 창밖을 보았다. 깃털 구름이 전선줄에 걸려 있었다. 줄을 잘못 그어놓은 것 같았다. 사 차선 도로에서 건널목만 건너면 자신의 카페였다. 가까웠고, 어렵지 않게 느껴졌고, 할 수 있을 것 같았다. 가족에게는 두 개의 배역이 있었다. 원래 맡은 배역과 문제가 생기면 그때그때 주어지는 일시적인 배역. 지금 영주는 새 역할을 떠맡은 기분이었다. 정류장 표지판에 앉아 있던 까마귀 한 마리가 허공을 탁 치듯 날아갔다.

내가 말할게, 더는 오지 말라고.

영주가 담담하게 말했다.

같이 가서 말하는 게 낫겠지.

아냐, 당신은 집에 가.

혼자 괜찮겠어?

이상한 사람은 아니잖아?

저건 이미 이상한 거지.

남편의 휴대전화 진동이 울렸다. 조교야. 전화기를 들고 남편은
잠시만, 하는 눈으로 영주를 보고 밖으로 나갔다. 영주는 유리 하
나 너머로 남편의 뒷모습을 보았다. 조교에게서 온 전화를 밖으로
나가서 받는 남편. 영주는 아까 남편이 한 말을 정정해주고 싶어
졌다. 우리 카페가 아니라 내 카페라고.

5

종소는 가르치는 일을 좋아했다. 강의실에 있을 때 자신에게 조
금 나은 부분이 열린다는 느낌이 들었고, 텍스트를 바탕으로 지식
과 경험을 해석해 들려주는 일이 스스로에게 가장 자연스러운 일
처럼 느껴졌다. 그건 학생들을 좋아한다는 말과는 조금 달랐다.
학생들이 교재를 읽거나 글쓰는 일에 몰두하느라 자신을 바라보
지 않는 순간이면 얼마든지 강의실이라는 공간에 머물 수 있을 듯
한 기분까지 들었다. 작은 연구실에서 책을 읽고 연구하고 강의실
에서 탐구심으로 가득찬 학생들을 가르치는 일. 그 고지식한 이상
이 이룰 수 없는 꿈이 됐다는 걸 이제는 알았다. 문제는 그게 종소

가 아는 유일한 삶이었다는 데 있었다.

최교수와의 일이 있고 난 후 아는 교수들이 더러 강의를 소개해 주었다. 지난 학기까지 KTX를 타고 군산, 부산, 광주로 강의를 하러 다녔다. 이번 학기엔 독문학과 양교수의 소개로 세 시간짜리 강의를 갑자기 맡게 되었다. 담당 강사가 3월부터 지방대학에 임용이 되었다고. 집에서 가까운 대학이었다. 영화학과 학생들에게 스토리텔링을 가르치는 일. 긴 강사생활 동안 전공과 무관한 강의를 자주 맡아왔고 어떻게든 해냈다. 이러다가 나중엔 시 창작까지 가르칠 수 있겠어. 후배들 앞에서 종소는 그런 말을 한 적도 있었지만 정말로 제의가 들어온다면 두말없이 하겠다고 나설 자신의 모습이 그려져 씁쓸해지기는 마찬가지였다.

이번 학기에 맡은 과목은 '서사 연구(1)'이었고 2학기 때도 수업을 맡을 수 있을지는 몰랐다. 다음 학기 시간표를 짜야 할 시기였다. 늦어도 6월 종강 전에는 과사무실에서 연락이 와야 했다.

학생들은 오십이 다 돼가는, 자리를 잡지 못한 게 뻔해 보이며 네이버에 검색해도 프로필이 나오지 않는 중년 남자 강사의 수업에 그다지 흥미를 갖지 않을 거였다. 종소는 오늘 다른 때보다 친절하게 수업했고 밀어붙이는 느낌이 들지 않도록 조심하면서 열 명의 학생들에게 '인물과 상황'이라는 주제로 짧은 이야기 만들기를 시켰다. 십오 분. 그 시간에도 학생들이 무언가를 떠올리고 만들어내는 게 매번 놀라웠다. 그리고 학생들이 주제에 몰두해 있는 그 십오 분 동안은 마음먹기에 따라 강의실에서 혼자가 될 수도 있고 딴생각에 빠질 수도 있었다. 이 B105호 대형 강의실에 처음 들어온 순간부터 종소는 이곳이 마음에 들었다. 교단 옆 왼쪽 창문의 붉은 커튼 두 쪽을 누군가 각각 케이블로 묶어둔 걸 보았을 때부터. 그걸 본래와는 다른 용도로도 쓸 수 있다는 게 새롭게 느껴지는 동시에, 때때로 어머니보다 먼저 사라져버리고 싶을 때가 있고 보통 수준 이상으로 죽음에 집착하는 종소에겐 그 줄의 쓰임새가 상징적으로 다가왔다. 아무튼 어쩔 수 없이 배정되었는지 열 명 정원인 강의를 대형 강의실에서 하고 있었다. 토론하기에 적합한 형식으로 배치한 책상들 뒤쪽의 계단식 공간은 오래전 종소의 모교 강의실을 떠올리게도 했다. 출입구 쪽 벽에 붙은 '화재 대응 매뉴얼'을 물끄러미 보다가, 그럴 마음은 없지만 시간이 남으니까, 하는 태도로 발소리가 나지 않게 강의실 가장자리를 걸어다녔고 붉은 커튼으로 가려놓은 가짜 창문에 반쯤 비친 자신의 모습—간절기 재킷에 면바지를 입은, 특징이라고는 하나도 없어 보이는—을 남을 보듯 바라보기도 했다.

학생들은 고개를 숙이고 인물과 상황에 관해 쓰고 있었다.

종소는 가장 위쪽 계단까지 걸어올라갔다. 강의실이 있는 건물은 지대가 높아 일층처럼 보이는 입구가 지상 삼층이었다. 그래서 이 강의실은 B105호로 돼 있으나 건물 현관에서 시작하면 지하 삼층이고 가짜 창문을 열면 사람 하나가 들어갈 수 있는 정도의 검고 어두운 통로 같은 공간이 내려다보였다. 종소는 창문을 열어보았다. 쿰쿰하고 오래된 먼지 냄새가 어두운 밑바닥에서부터 훅 끼쳐왔다. 학생 중 누군가 나를 창문 아래로 밀어뜨려버리고 창문을 잠그고 강의실을 나간다면. 종소는 상상하곤 했다. 그럼 비명을 질러야 할까, 기어올라와 유리창을 깨야 할까, 누군가에게 구조될 때까지 기다려야 할까, 희박한 공기에 질식할 때까지…… 종소는 그 가짜 창문 아래의 기이하고 어두운 공간에 매료되었다는 걸 학생들에게 들키고 싶지 않았다.

들키고 싶지 않은 것이 또하나 생기긴 했다. 종소는 삼 주 연속 같은 요일에 같은 카페에 갔고 앞으로도 그럴 예정이었다. 최교수를 맞닥뜨린 건 지난 수요일 한 번밖에 없었다. 기다린 일이었는데도 뜻밖에 종소는 너무 빨리 목적에 가까워졌다고 느꼈다. 게다가 최교수는 예상보다 더 놀란 것 같아 보였으니까. 다음번 최교수와 부딪치게 되는 상황은 더 미뤄졌으면 했다. 그런 마음이 막상 마주친 수요일 이후에 생긴 게 좀 의아하기는 했지만. 달리 설명할 수 없는 것들도 있었다. 그러니까 카페에 가서 사장이 내려주는 드립커피를 마시며 아무것도 하지 않는 시간, 어머니 걱정도, 다음 학기 걱정도 하지 않고 멍하게 창밖을 보거나 눈을 뜨고 있어도 아무것도 보지 않으며 앉아 있는 시간에 종소는 일종의 짧은 평온을 느꼈다. 평소에는 없던 시간이었다. 있었어도 그렇다는 걸 발견하지 못하고 살았거나. 종소는 카페에 가고 싶어졌고 사장이 자신을 의심과 불안과 약간의 호기심이 어린 눈으로 흘긋 스칠 때의 순간을 감각하고 초콜릿맛과 오렌지향이 나는 커피를 마시고 싶어졌다. 일주일에 세 번 가는 횟수를 더 늘려야 할까. 종소는 자신을 속이고 싶어졌다. 살다보면 별수없는 일들이 늘 일어난다고, 지금 나에게 그런 일이 조용히 벌어지고 있는지도 모른다는 짐작을 잠시, 잠시 하려고 했다.

교수님.

종소는 얼른 돌아섰다. 계단 밑, 평평한 자리에 디귿자로 모여 앉은 여학생 중 한 명이 못마땅하다는 투로 말했다. 이십 분이나 지났는데요.

6

가끔은 에코백을 거꾸로 들고 쏟아 안에 든 내용물 전부를 보여주고 싶다는 충동이 들 때가 있었다. 선생님에게 보낸 메시지에 그런 내용도 썼다. 영주는 거의 언제나 그 에코백—어깨에 멜 수도 있고 손으로 들었을 때 땅에 끌리지 않을 정도의 길이감인, 초록색 손잡이가 달렸고 튼튼한 무지 천으로 만들어진, 단순하고 안에 주머니도 하나 달린—을 들고 다녔다. 손수건, 카드지갑, 수첩, 반창고, 여행용 반진고리, 경량 양산, 발목 양말, 볼펜, 목도장, 롤 빗, 작은 화장품 파우치. 그게 전부였고 그건 별게 아니어서 시시때때로 그런 충동에 휩싸인다는 게 스스로 자조적으로 느껴질 때도 있지만.

영주는 맞은편에 앉은 남자의 시선을 느끼며 에코백에서 반짇고리를 꺼내 실 색깔을 골랐다. 남편이 이선생이라고 말했던 이 손님의 간절기 재킷은 옅은 군청색. 같은 색이 없어서 조금 짙은 하늘색을 골라 안경을 쓰곤 바늘에 끼웠다. 밤 열시 반이었고 카페가 문을 닫는 열시 이후에도 계속 앉아 있는 남자, 아니 이선생에게 나가란 말을 못 했다. 영주는 지난번 남편과 나눈 대화를 분명하게 기억했고 자신의 역할을 잊어버린 것도 아니었다. 그러나 그에게 이제 나가달라는 말도, 그만 와주었으면 좋겠다는 말도 꺼내지 못했다. 그는 아무 짓도 하지 않았고 수상쩍은 눈길을 보낸 적도 없고 흉할 정도로 다리를 벌리고 앉지도 않았고 여기만큼 편한 데가 없다는 표정으로, 잠시 주어진 고요를 받아들이듯 커피를 마시며 밖을 내다보는 게 다였다. 간혹 누군가에게 메시지를 보내고 화장실을 좀 자주 다녀오는 것 말고는.

카페 조명을 하나 끄고 나서야 눈치챈 듯 그가 황급하게 자리에서 일어났다. 그가 출입구로 가는 몇 걸음 사이에 뭔가 바닥으로 떨어지는 소리가 났다. 작은 쇠붙이가 스톤 마감재로 떨어지는 소리. 흘려들을 수도 있었을 텐데 카운터 안쪽에서 지켜보던 영주에게 일종의 신호같이 들린 소리. 그가 허리 숙여 열쇠를 줍고 이상하다는 듯 주머니에 다시 손을 집어넣는 것을 영주는 보았다.

거기 잠깐 앉아보세요, 시간 괜찮으시면.

남자들이란. 영주는 팔을 크게 움직여 에코백을 움켜쥐고 테이블로 다가갔다. 그는 좀 머쓱한 표정으로, 거절하려는 듯 문 앞에 서 있었다.

주머니에 구멍이 난 거죠.

그런 것 같네요.

지금 안 꿰매면 더 중요한 걸 잃어버리게 될 거예요.

영주는 고개를 조금 숙인 채 에코백 입구를 벌렸다. 그러지 않으셔도 되는데요, 그가 우물우물하는 것 같더니 바스락 소리가 나는 얇은 재킷을 천천히 벗어서 테이블 위에 올려두었다.

집 열쇠인가봐요.

영주는 실이 바늘귀에 한 번에 들어간 게 조금 아쉬워져서 살짝 빼내며 물었다.

도어록 소리가 커서. 어머니 잠귀가 밝으시거든요.

그가 느릿느릿 말했다. 체구와 달리 굵은 저음의 목소리였다.

영주가 바늘귀에 실을 한 번에 꿰지 않으려는 사이, 그가 검은 면티 앞섶에 붙은 먼지를 떼어내는 사이 정적이 지나갔고 그래서였는지 불쑥 그가 말했다.

어머니가 자주 우십니다, 소리 내서요.

영주는 휘딱 그의 재킷을 뒤집어 오른쪽 주머니를 살피는 시늉을 하다 말했다.

제 어머니는 지금도 자주 맞아요, 팔순 넘은 아버지에게요.

그들은 침묵했다.

영주는 안경을 고쳐 썼고 터진 주머니에 바늘을 찔러넣었다. 그는 자신의 두 손이 자신을 해칠 두려운 무기라도 되는 듯, 주머니 깊이 손을 찔러넣는 버릇이 있었다. 앉아서도 종종 그랬고 카운터에서는 그런 그의 옆모습이 너무나 잘 보였다. 주머니를 튼튼하게 꿰매야 했다. 영주의 머릿속이 복잡해졌다. 감침질을 할까 휘갑치기를 할까 시침질을 할까 홈질을 할까, 어떤 말을 할까, 어떤 말이 하고 싶은가.

지난해 11월에 상현의 담임선생에게서 전화가 왔다. 상현을 비롯한 아홉 명이 점심시간에 반에서 체구가 작은 아이를 후미진 곳으로 데리고 가 벽에 밀쳐놓고 압박했다고 했다. 압박당한 아이가 바닥으로 쓰러지자 놀이를 주도한 애들이 그 위로 엎어지고 다시 엎어지면서 장난으로 비명을 지르고 119에 전화하는 시늉도 했다고. 숨막혀요, 진짜라니까요, 숨막혀 죽을 거 같아요, 빨리 여기로 와주세요. 아이들은 웃고 까부느라 맨 아래에 깔린 아이가 기절한 걸 몰랐고 그애를 살피려고 하지도 않았다. 그게 처음도 아니었다. 그 무렵 아이들은 '압사 놀이'에 빠져 있었다. 가장 체구가 작은 애, 그다음 작은 애, 남은 애들 중 작은 애, 그런 식으로 상현이 낀 무리는 반 아이들을 차례로 선택했다. 제일 작은 아이가 숨이 넘어가는 걸 보면서 옆에서 오줌을 누고 담배를 피우고 손뼉을 쳤다. 마지막 놀이가 된 그날 아이들이 몸을 뗐을 때 압박당한 아이는 입에 거품을 흘리며 혼절해 있었다. 아이들은 그제야 당황했다. 그 놀이를 주도한 상현은 이렇게 말했다고 했다. 영상에서 본 참사 사건을 흉내내보고 싶었는데 겨우 그 정도로 사람이 쓰러질 줄은 몰랐다고.

남편은 학교에 가서 담임선생을 만났고, 피해를 당한 아이의 부모를 만나러 갔다. 아이는 이틀 만에 퇴원했고 부모는 징계 처리를 원했다. 남편은 다른 아이들의 부모와 함께 그 부모를 설득하기 위해서 지치지도 않고 거의 매일 찾아갔다.

영주는 상현을 데리고 심리 상담을 받으러 갔다. 딱 한 번만. 상현이 거절했기 때문이기도 했지만 상담사는 영주를 따로 만나고 싶어했다. 노란 스웨터를 입어 영주의 눈에 너무나 낙관적으로 보였던 상담사는 이런 말을 했다. 식물이 살아가는 데는 아이들처럼 반드시 빛과 물과 공기가 필요한데 식물마다 개화하는 낮의 길이가 다르다고, 카네이션, 양귀비 같은 장일식물들은 낮이 길어질 때, 코스모스, 국화 같은 단일식물들은 낮이 짧아질 때, 그리고 민들레나 토마토 같은 중일식물들은 일정한 시간 이상만 햇빛을 받을 수 있으면 꽃을 피운다고. 영주는 울음을 터뜨리고 싶은 걸 참고 상담사를 노려보듯 바라보았다. 그다음 말은 뭔가? 애가, 그러니까 열일곱 살이나 되는 덩치 큰 놈이 아직 제 낮의 길이를 알지

못하는 식물의 상태와 같다는 건가? 아니요, 선생님. 영주는 고개
를 내저었다. 내저었고 계속 내저었다. 상현은 그런 상태가 아니
라고. 그애는 식물이 아니고 고통이 뭔지, 불안이 뭔지, 준비도 안
됐는데 덜컥 엄마가 되는 게 어떤 기분인지 모르는 단순하고 괴팍
한 동물에 가깝다고.

상현에게 끝난 그 일이 영주에게는 아직 끝나지 않은 일로 남았
다. 이따금 영주는 자신이 누군가를 압박하는 나쁜 꿈을 꾸었다.
상현이 자기 아들이 아니라 남편의 아들이기만을 바라게 된 것도
그때부터였을 것이다.

촘촘히 휘갑치기한 주머니 가장자리가 작은 흉터처럼 보였다.
주머니를 튼튼하게 꿰매기에는 옷감이 너무 얇았다. 영주는 이제
카페의 모든 불을 끄고, 집을 나가는 상상을 부추기는 데 늘 도움
이 되었던 에코백을 무심하게 멘 채 집으로 돌아가야 할 시간이
라는 걸 알았다. 계속 아무 말도 없이 이야기를 들어만 준 낯선 남
자, 남편이 출입을 금지하고 싶어하는 새 단골손님에게 영주는 도
로 뒤집은 재킷을 내밀었다.

7

교직원 셔틀버스를 타고 왕복 네 시간이 걸리는 학교로 강의하

러 가는 목요일 전날 밤이면 종소는 일기예보를 확인했다. 어제는 온종일 가는 비가 내리더니 밤부터 다시 기온이 올라갔다. 날씨 기사에서 오늘 이른 시간에는 짙은 안개를, 오후에는 때 이른 더위와 자외선과 오존을 주의해달라고 했다. 짙은 안개와 자외선과 오존. 다음달이면 아마 장마, 태풍, 습도에 주의해야 할 거였고 여름은 그런 식으로 종소에게는 주의해야 할 것과 불가피한 것들이 늘어나는 계절이기도 했다. 달리 말하면 여름은 종소의 계절이 아니었다. 아버지가 돌아가신 해의 기록적인 폭염도, 태풍 때문에 교통 통제나 단수로 고생했던 경험도, 지난해 연립주택 지하에 물이 차 인근 초등학교 강당으로 대피해야 했던 일도 모두 여름이 남긴 상처들이었다. 혼자 겪어도 쉽지 않은 일이 늙고 우울한 어머니가 있으면 작은 재앙으로 변했다. 기온이 올라가고 습도가 높아질수록 종소는 막연한 두려움 또한 그만큼 자신에게 번져든다는 걸 알았다. 그게 여름이 오기 때문인지 어머니 때문인지 혼란스러울 때도 있지만.

세 시간짜리 강의를 마치고 종소는 고속버스터미널에서 내려 지하철을 갈아타고 여기에 왔다. 목요일 저녁에 이 카페에 오기는 처음이었다. 목요일은 강의를 마치고 집에 가면 저녁 여섯시. 종소가 학교에 다녀오는 날엔 어머니가 저녁밥을 지었다. 표고버섯을 넣은 솥밥이나 콩나물밥 같은 한 그릇 음식에 김치나 장아찌 하나를 두고 어머니와 둘이 먹었다. 어머니가 온종일 천천히 움직여서 만든 미지근한 저녁밥을. 시대를 고려해도 어머니는 아버지와 나이 차가 좀 나는 편이었는데, 아버지 택시에 손님으로 탔다가 만났다고 들었다. 아버지는 구자춘 시장 때 개인택시 면허를 받은 몇 남지 않은 택시 기사였고 돌아가시기 전까지 그 점을 자랑스러워했다. 아버지는 삶에 확신이 있는 사람이었다.

화장실이 하나 있는 열여덟 평 연립주택에서 부모와 살았다. 아버지는 택시를 몰고 종소는 공부를 하고 어머니는 살림을 맡으며. 아버지가 심장마비로 돌아가신 후 어머니는 아버지의 사인도 죽음도 인정하려고 들지 않았다. 시간이 더 지나서야 마지못해 아버지 없는 삶으로 얼음판에 발을 디디듯 조심스럽게 한 발 내딛는 것처럼 보였다. 그러곤 우울증 치료를 중단하고 약도 더는 먹지 않겠다고 선언했다. 무슨 결심을 한 듯, 어머니는 종결이라는 표현을 썼다. 선배는 어머니 없이는 선배 삶의 중요한 지점에 가닿을 수 없는 사람처럼 보여요, 라는 말을 후배에게 들은 적도 있었다. 어머니 때문에 다른 관계를 제대로 이어가기 어려웠다. 어머니가 요구한 삶은 아니었는데도 그랬다. 어머니 없는 생활을 이제 종소는 상상하기 힘들었고 아버지 대신 어머니에게 신뢰할 수 있는 동반자 역할을 하기가 장기적인 목표가 되었을 것이다. 오늘 어머니는 숙부네에 간다고 했다.

목요일의 카페는 다른 요일보다 손님이 많았다. 사장은—종소는 사장을 사모라고 불러야 하나 가끔 망설이는 자신이 낯설었다—주문을 받고 머신으로 커피를 내리고 조각 케이크와 쿠키를 포장하느라 분주해 보였다. 아르바이트생은 여덟시에 돌아갈 텐데, 오늘 카페는 여섯시 반인 지금부터 한창일 듯한 분위기였다. 주머니 속에서 종소는 손을 쥐었다 폈다 했다. 주머니는 완전히 봉합된 것 같았다. 그러다 종소는 얼른 주머니에서 손을 빼곤 뒷머리를 재빨리 한번 매만졌다. 두 시간 동안 교직원 셔틀에서 좌석 등받이에 기대고 앉아 있느라 뒷머리가 눌렸을 거란 생각이 뒤늦게 들어서. 어색한 기분이 지나갔다. 처음 목요일에 와봐서인지, 아니면 이 카페에서는 별로 하지 않았던 어머니 생각을 해서인지, 그게 아니면. 종소는 주위를 둘러보았다. 무언가를 분주히 하는 손님들의 말소리, 볼륨을 낮춘 음악소리, 키보드 두드리는 소리, 에스프레소머신 소리, 원두를 분쇄하는 소리. 혼자 테이블을 차지하고 앉아 있는 사람은 자신밖에 없었다. 커피 한 잔만 시켜놓고.

사장은 종소가 카페가 들어섰을 때 묵례만 한 번 해 보였을 뿐이었다. 모르는 사람에게 하듯. 종소는 좀 일찍 자리에서 일어나야겠다고 마음먹었다. 오늘은 이 카페가 낯선 게 마음에 들지 않았다. 손님이 많은 것도, 오늘따라 공기가 답답하게 느껴지는 것도. 종소는 살짝 도리질을 했다. 자신이 무엇을 기다리는지 모른다는 걸 발견한 듯. 지금 이 순간도 최교수를 기다리고 있다는 확신이 들지 않았고 그건 이해할 수 없는 일이었다. 최교수가 두려움을 느끼게 만들겠다는 계획은 어쩌면 실패에 가까워진 걸까. 종소는 비판적으로 살펴보려고 했다. 여기까지 오게 된 자신에 대해서. 그러나 그러기에는 배가 너무 고팠다. 종소는 주름이 져 쭈글쭈글한 면바지를 추어올리며 자리에서 일어나 화장실로 갔다. 여느 때처럼 화장실 문을 밀었다. 안쪽에서 둔탁한 소리와 함께 짧은 비명이 들렸다. 종소는 열린 문틈으로 누군가 머리를 손으로 감싸며 바닥으로 주저앉는 것을 보았다.

8

영주는 화장실로 뛰어갔다. 안쪽에 쭈그려앉아 두 손으로 머리를 감싸쥔 손님 앞에서 어쩔 줄 몰라 하는 얼굴로 서 있던 남자가 영주를 보고 더듬거렸다.

제가, 문을, 문을 너무 세게 밀었나봐요.

손님, 괜찮으세요?

영주는 허리를 굽히곤 손님에게 물었다. 영주가 알기로 맞은편 건물 법학원에 다니는 젊은 남자였다. 카페에 자주 와서는 한겨울에도 아이스아메리카노만 주문하는 사람. 올 때마다 그는 영주에게만 한마디씩 했다. 깨끗한 얼음을 쓰는 거 맞나요? 커피가 너무 싱거운데 다시 만들어주시면 안 되나요? 요 아래 카페보다 커피값

이 삼백원 더 비싼 이유가 있나요? 오늘은 커피가 너무 쓰기만 한
데 쿠키 하나 서비스로 주시면 안 되나요?

그 손님이었다. 영주는 순간적으로 생각했다. 자신의 카페에서
손님이 머리를 다쳤다는 것보다, 남자가 다치게 한 손님이 하필
그 젊은 남자라는 사실이 문제라고.

손님이 여전히 쭈그려앉은 채, 이제 이마께를 두 손으로 받치듯
만지며 신음을 참는 듯한 소리로 말했다.

아무래도 뇌진탕 같아요, 뇌진탕이 틀림없어요.

남자가 영주를, 영주가 남자를 보았다. 두 사람은 서 있었고 손
님은 앉아 있어서 두 사람이 눈을 마주치고 있다는 걸 아는 다른
사람은 없었다. 그 눈에 당혹감과 불안과 그리고 이성적으로 제어
할 수 없는 어떤 두려움과 무모한 감정이 섞여 있다는 걸 아는 사
람도. 큰일난 거죠. 네, 큰일난 거예요, 우리. 두 사람은 서로에게
집중했다. 그 눈에서 무슨 표시를 찾듯.

머리가 쪼개지는 것같이 아파요.

손님이 다시 화장실 바닥에 드러누우려고 했다.

영주의 냉정한 면은 뇌진탕이라면 손님은 의식을 잃었을 거예
요, 라고 말하고 싶었고 남자 입장의 영주는 이분은 그저 문을 밀
었을 뿐이에요, 라고 말하고 싶었지만 사장으로서의 영주는 다급
한 소리로 이렇게 말했다.

손님, 그럼 119를 부를까요?

영주는 손님 앞에 쭈그려앉았다. 세 사람이 있기에 화장실은 좁았다. 카페를 리모델링할 때 신경을 가장 많이 쓴 데가 화장실이었다. 남녀 공용이지만 칸을 두 개로 구분하고 손 세정제, 종이 타월, 방향제, 면봉과 머리빗까지 비치했고 틈틈이 들어가 세면대의 물기를 닦았다. 가능한 한 자신이 다른 카페에 갔을 때 사용하고 싶을 만한 화장실처럼 만들려고. 문에 관해 생각한 적은 한 번도 없었다. 누군가 문을 밀 때, 같은 순간 안에서 문을 당기는 사람이 있어 다칠 위험에 대해서도.

무슨 일이야?

영주는 뒤돌아봤다. 남편이 처음 보는 표정으로 화장실 밖에 서 있다가 들어왔다. 남자가 주춤거리며 벽으로 붙어 섰고 영주도 세면대에 허리가 닿도록 뒤로 물러섰다. 어휴, 정말 죄송합니다, 손님. 남편이 거의 무릎을 꿇듯 손님 옆에 앉았다. 일어서실 수 있겠어요? 제가 부축하겠습니다. 손님이 머리에서 손을 떼지 않은 채 인상을 쓰며 비칠비칠 자리에서 일어나자 남편이 밖으로 데리고 나가며 말했다.

당신은 이선생님 좀 챙겨.

남편과 손님이 먼저, 그리고 영주가 화장실을 나왔다. 마지막으로 남자가 느리게, 지금부터는 도무지 무얼 해야 할지 모르겠다는 듯한 태도로 화장실에서 나와 우두커니 서 있었다. 집에 갈 수도 도로 자리에 앉을 수도 없다는 얼굴로. 무슨 사고가 났나봐, 웅

198

성거리던 손님들도 몇몇을 제외하곤 다시 제자리로 돌아가 할일들을 하고 있었다. 영주는 남자의 재킷 소매를 약간 잡아끌며 말했다.

그만 가보시는 게 좋겠어요.

남자가 영주를 봤다. 자신에 대한 실망감, 당혹감. 눈에 담긴 건 그보다 많아 보였다. 그럴 수는 없어요, 라고 움찔거리는 듯한 입술도. 남자는 원래 앉아 있던 테이블로 걸어가 신중히 몸을 접는 것처럼 움직여 자리에 앉더니 영주의 남편과 손님 쪽으로 고개를 돌렸다.

영주는 남자를 보내고 싶었다. 남편이 왔으니까. 남편은 손님을 달래거나 치료하거나 요구를 들어줄 것이다. 남편은 그런 일에 유능했다. 요즘도 아버지와 싸울 때면 어머니는 최교수 좀 오라 그래, 네 아버지 좀 말려보라 그래, 소리 죽여 울며 끈질기게 매달렸다. 부끄러운 줄도 모르고. 영주는 어머니에게 쏘아붙이는 대신 아무도 없는 데서 흐느꼈다.

아까 남자가 카페에 들어왔을 때부터 희미한 불안이 느껴졌다. 오늘은 남자가 오는 요일이 아니었고 원두가 들어오는 목요일은 저녁부터 남편이 와서 자루를 옮기고 카페 일을 돕는 날이었다. 이선생, 아직도 카페에 와? 남편이 물었을 때 영주는 글쎄, 내가 있을 땐 못 봤어, 라고 대답했다. 그랬는데도 남편은 높낮이가 없는 어조로 말했다. 한번 더 카페에서 마주치면 경찰에 신고할 거라고. 그게 이틀 전이었다. 어쩌면 남편은 자신의 말을 믿지 않고 남자가 오는지 오지 않는지 먼 데서 카페를 지켜보고 있었을지도 몰랐다. 신중하고 자기 외에는 쉽게 믿지 않고 끈질긴 데가 있는 사람이니까.

영주는 두 손을 늘어뜨린 채 테이블 사이에 그대로 서서 남편과 다친 손님을, 남자의 옆얼굴을 동시에 바라보았다. 남자는 화가 나 보였다. 가책을 느끼는 얼굴이었다. 손을 주머니에 깊이 찌르고 있었고 가능하면 그걸 꺼내 자신을 한 대 치고 싶어하는 표정. 영주는 이렇게 보았다. 화가 난 게 아니라 남자는 지금 눈물을 꾹 참고 있는 거라고.

남편과 손님은 출입구 옆 창가 자리에 나란히 앉아 있었다. 영주는 남자가 그만 카페를 나가는 것을 보고 싶었다. 앞치마를 벗어 착착 접어놓고 따라 나가고 싶었다. 영주는 카운터로 돌아가 물 세 잔을 따라 남자 앞에 그리고 손님과 남편 앞에 차례로 내려놓았다.

아무래도 CT를 찍어봐야겠어요.

손님이 영주를 비스듬히 올려다보곤 남편에게 말했다.

그러세요, 그러세요.

남편이 손님 쪽으로 몸을 돌려 앉은 채 연신 고개를 끄덕였다.

머릿속이 계속 쾅쾅 울려요, 조짐이 정말 나빠요.

손님이 말했고 남편이 의자를 밀고 일어나 말했다.

지금 가십시다.

그들이 자리에서 일어나는 걸 보고, 그들에게 눈을 떼지 않고 있던 남자가 일어났다. 그들을 따라나서려는 듯 테이블을 돌아 나왔다. 출입문을 잡고 있던 남편이 걸어와 남자에게 말했다.

걱정하지 말고 그만 돌아가세요, 이선생님.

9

5월 마지막 주 토요일이었다. 부처님오신날이라 아침 일찍 숙모와 절에 다녀온 어머니는 종소가 그사이 외출했다 돌아왔다는 사실을 알은체하지 않았다. 화분에 대해서도 아무 말도 하지 않았고. 종소는 대형 부직포 가방에 빈 생수 페트병과 맥주 캔들을 세어 삼십 개씩 담았다. 재활용품을 들고 집을 나서려는 종소에게 어머니는 소금이 떨어졌다고 말했다. 아, 그 생각을 미처 못했다. 장아찌를 담그느라 천일염을 다 써버렸고 아직 오이지도 담그지 못했는데. 사올게요. 종소는 온순하게 고개를 끄덕였다. 소금. 어머니가 여름에 가장 필요로 하는 것은 소금이었다. 어머니는 어떤 한시적인 어려움이 생겨도 먹는 일에 관해서는 소금만 있으면 겪어낼 수 있다고 믿었고 종소에게 여름은 소금만으로는 부족한 계절이었다. 제습기, 공기청정기, 에어컨을 꺼내 청소해야 했고 날이 쨍해지는 대로 어머니의 침구도 새로 세탁하고 말려야 했다. 그러고 보니 할일이 많았다. 종소는 재래시장 앞 대로변에 있는 회수로봇을 찾아 복개천 방향으로 걸으며 소금에 관해, 아니 어머니에 관해 생각했다. 그러니까 어머니는 올여름을 무사히 나실 모양인가보다고. 십 킬로그램짜리 천일염을 몇 포대쯤 사놓으면 어머니가 계속 살아가고 싶어할까.

좁은 복개도로에서 건널목을 건너면 대로가 나왔다. 종소는 신호에 걸려 있던 낯익은 번호의 버스가 막 지나가는 것을 보았다. 팔 년 동안 겸임교수로 있던 학교에 다닐 때 타던 버스였다. 마지막 방학이 된 여름방학을 앞두고 최교수가 넌지시 이력서와 지난 십 년 동안의 경력을 정리해서 보내달라고 했다. 일 년 후에 전임을 뽑을 거라고 해서, 시기가 늦춰진 줄로만 알았다. 그러나 그 가을에 바로 공고가 났고 그 사실을 종소만 알지 못하는 일이 벌어졌다. 독문학과 양교수가 둘이 저녁을 먹자고 해서 나간 자리에서 다음날이 공고 마감이라는 걸 알게 되었다. 최교수가 다른 대학의 전임인 모교 후배이자 박사과정 제자를 뽑을 예정이라고 귀띔하면서 양교수는 조언했다. 작정하고 시작한 일이라 더 얽히지 않는 게 좋겠어요, 이선생.

앞차 때문에 주춤거리는 듯하던 버스가 속도를 내 고개 방향으로 달려갔다. 종소는 그해 2학기까지 수업을 마쳤다. 최교수에게서는 아무 연락이 없었고 마주칠 일도 연락을 주고받아야 할 일도 없었다. 그게 마지막 학기라고 말해준 사람도 없었지만 종소가 학교를 그만두어야 하는 건 수순 같아 보였다. 새 전임이 맡을 전공 과목이 종소가 지난 팔 년 동안 맡아온 그 과목이었다. 자신은 수업을 더 할 권리가 있다고 주장하고 싸우기에 종소는 지쳤고, 그건 종소가 살아온 방식도 아니었다. 종강하던 날, 종소는 학생들이 모두 떠난 강의실에 오래도록 혼자 앉아 있었다. 강의실 창밖으로 학교를 상징하는 백룡 조각상이 보였는데 삼층에서 내려다보니 기백이 느껴진다기보다는 발버둥치며 하늘로 올라가고 싶어 하는 지친 인간의 몸짓처럼 보였다.

중앙난방을 꺼버렸는지 시간이 갈수록 강의실엔 냉기가 돌았다. 밤 아홉시 반쯤 경비가 강의실 뒷문을 한 번 열었다. 정리할 게 좀 있어서요. 종소의 얼굴을 아는 경비는 교수님 나가실 때 불 좀 꺼주세요, 하곤 문을 닫았다. 종소는 조금 더 기다렸다. 경비가 오래된 건물 사층을 돌아보고 일층으로 내려갈 때까지. 종소는 꼼꼼히 목도리를 두르고 출석부와 교재가 든 납작한 가방을 챙겨 사층으로 올라갔다. 복도는 소등돼 있었고 인기척도 없었다. 구름다리를 건너 다른 건물로 가야 도서관이며 로비가 나왔다. 이 건물엔 층마다 여자, 남자 화장실이 하나씩 있었다. 남자 화장실에 가려면 여자 화장실을 지나쳐야 해서 좀 불편했다. 여럿이서 양교수 방에 모여 물잔에다 와인을 따라 마신 날이었던가, 자리를 정리하고 식당으로 가기 전에 종소는 화장실에 가다가 여자 화장실에서 조교가 물잔을 씻으며 씨발 것들이 연구실에서 술이나 처마시고, 하는 소리에 어깨를 움츠리며 그 앞을 지나간 적이 있었다. 지금은 어깨를 움츠리지도 주위를 두리번거리지도 않았다. 강의동은 텅 빈 듯했고 지금까지 남아 있는 사람은 자신과 경비밖에 없을 것이었다. 남자 화장실에는 세면대가 두 개, 그래서 수도꼭지도 두 개씩 있었다. 종소는 화장실에 들어가 수도꼭지를 다 틀었다. 너무 세게 틀지는 않았다. 누군가 금방 알아차리지 못하도록. 삼층 화장실로 내려갔고, 같은 일을 했다. 일층 화장실까지, 팔 년 동안 강의했고 이제는 나가야 하는, 더러 잊을 수 없는 학생들을 만나기도 했던, 다시는 돌아오지 못할 사층 건물의 수도꼭지 여덟 개를 모두 틀어놓고, 잠시 물 흐르는 소리를 듣다가 종소는 천천히 건물을 나왔다.

그것으로 되었을지도 몰랐다. 그 학교에서의 팔 년. 벚꽃이 한창일 때는 교정에 어머니를 모시고 가기도 했다. 아버지가 너를 참 자랑스러워하셨을 거다, 라는 말을 하며 모처럼 웃는 어머니의 얼굴을 보기도 했다. 양교수 연구실에서 전망이 좋다고 감탄할 때면 양교수가 웃으며 그럼 나 정년 후에 이선생이 쓰면 되겠다고 농담하던 순간들. 어쩌면 좋은 시절이었을 것이다. 가져볼 수 없는 것을 꿈꿀 수도 있었던. 종소는 고개를 주억거리곤 대로변으로 걸음을 돌려 커다란 직사각형 상자처럼 생긴 '순환자원 회수로봇' 앞으로 다가갔다. 시작하기 버튼을 누르고 구멍에다 페트병을 하나씩 하나씩 넣었다. 페트병이 떨어지는 소리, 기계 안에서 찌그러지는 소리가 경쾌하고 생동감 있게 들렸다.

아침 일찍 종소는 택시를 불러 호접란 화분을 뒷좌석에 어렵게 실었다. 화분이 어찌나 큰지 조심했는데도 좌석에 실을 때 꽃대가 몇 개 꺾였다. 화분을 카페 안으로 들여놓고 그냥 나올까 하다가, 요의가 느껴진 것도 아니었는데 아르바이트생에게 양해를 구하곤 화장실에 들렀다. 문의 눈높이쯤에 못 보던 노란색 안내문이 붙어 있었다.

반대편사람주의

문뒤에누가있을수있습니다

종소는 안내문을 다시 읽었다. 그러곤 한번 더 읽었다. 화장실 문 앞에서 얼굴이 붉어지는 게 이상하게 보일 것 같아 주머니에서 한 손을 빼곤 목덜미를 문지르며 아르바이트생에게 인사한 뒤 카페를 나왔다. 반대편사랑주의. 종소에게는 얼핏 그렇게 보였고 그런 식의 자발적 오독이 얼마나 미성숙하고 유치하기까지 한지, 지금은 짚어보고 싶지 않았다. 취약한 여름이 오고 있어서인지도 몰랐다. 다시 와서는 안 되는 장소라고 깨달아서인지도. 카페 사장의 말처럼 사람들은 이상한 짓을 하고 이상한 상상을 하고 가끔 정말 바보 같은 짓을 저질러버리기도 하니까. 종소는 카페 앞에 잠깐 서 있었다. 땅을 파내서 화단을 만들기 전까지 거기는 야외 테이블을 놓는 자리였다고 했다. 그런데 카페 문을 닫을 때마다 밤사이 누가 훔쳐가지 못하게 의자와 테이블을 사슬 같은 쇠줄로 둘둘 감는 일이 너무나 끔찍했다고, 사장은 말했다. 주머니를 꿰매주던 밤에. 종소는 여길 처음 온 지난달 말보다 상추와 고추 모종이 눈에 띄게 자랐다는 걸 알아차렸다. 아침의 나팔꽃은 환하게 벌어져 있었다. 종소는 그 자리에 쓰레기가 있는지 확인하려는 듯 허리 숙여 들여다보면서, 주머니에 손을 찔러넣었다. 그 사람 이름. 한 장 남은 카페 영수증이 주머니에 잘 들어 있었다. 종소는 그곳으로부터 멀어졌다.

페트병 찌그러지는 소리가 다시 종소를 일깨웠다.

남은 페트병과 맥주 캔을 모두 회수로봇에다 집어넣었다. 페트병 하나에 십 포인트, 하루에 삼십 개만 가능했다. 그럼 삼백원. 삼십 일 한 달이면 구천원만큼의 포인트가 적립되었다. 종소는 휴대전화 번호를 누르고 포인트를 확인했다. 그건 분주했던 오늘 한 일에 대한 증명처럼 보였고 종소는 빈 부직포 가방을 접어 손에 쥐고 마트로 가기 위해 건널목으로 갔다. 소금 사는 걸 잊어서는 안 돼. 가로수 사이로 떨어져내리는 얼룩덜룩한 빛 속에 종소는 자신을 세워두곤 신호를 기다렸다.

10

영주가 고장난 전기밥솥의 내솥과 겉면을 마른행주로 한 번 닦은 후 보자기에 싸는 동안 남편은 양치를 마치고 셔츠를 갈아입었다. 육 인용 전기밥솥의 무게는 육 킬로그램쯤 될 것 같았다. 수리 센터는 자동차를 타고 가기에는 가깝고 그 무게를 들고 걸어가기에는 애매한 거리였다. 남편이 버스 정류장까지 같이 가자고 말했다. 오늘도 남편은 학원에 간 상현을 데리러 가는 모양이었다. 어제 남편은 술에 취해서 들어왔고 차는 학교에 세워두고 왔을 거였다. 어제 학교에서 무슨 일이 있었어? 영주는 무심한 투로 들리지 않도록 조심하며 물었다. 남편이 학교에서 무슨 일을 하는지, 정확히는 무슨 문제가 있는지 무엇 때문에 편안해 보이지 않는지 물어본 적이 별로 없었다. 그랬다는 걸 영주는 이제야 깨달았다. 최근 남편과 뜻밖에 대화를 자주 하게 되면서. 카페 화장실에서 머리를 다친 손님 때문에.

남편은 그 손님을 데리고 카페 앞 사거리에 있는 병원, 그리고 더 큰 대학병원에까지 다니며 CT를 찍고 결과를 확인했다. 병원 시간과 맞지 않아 수업도 휴강했다고 했다. 아무 이상이 없는데도 손님은 머리가 계속 울리고 정확히 이마 쪽—손님은 전두엽이라는 표현을 썼다—에 지독한 통증이 느껴진다고 했다. 남편이 세 번째 병원을 알아보겠다고 하자 손님이 자신이 한 수 접어준다는 듯한 목소리로 제안했다. 앞으로 모든 음료를 무료로 해주면 없던 일로 하겠다고. 남편이 영주에게 그 말을 전하며 씁쓸하게 웃었다. 영주는 웃지 않았고 남편이 보지 않는다면 손으로 가슴을 쓸어내리고 싶은 심정이었다. 그보다 나쁜 상태가 될 수도 있었으니까. 모두에게. 이선생에게.

학교에는 항상 여러 가지 문제가 있지. 남편은 가벼운 투로 말하곤 식탁 위 보자기에 싸인 밥솥을 들어올렸다.

버스 정류장 의자에 두 사람은 나란히 앉았다. 남편은 밥솥을 다리 위에 올려두고 끌어안는 것처럼 팔을 둘렀다. 안내기에 남편이 타야 할 버스는 오 분 후에 도착한다는 정보가 떴다. 벌써 한여름처럼 무덥고 습했다. 황금연휴가 시작되는 토요일 오후라서 그런지 정류장에 다른 사람은 없었다. 구름 밑으로 뿌옇게 해가 비쳤다. 수리 센터는 다섯시에 문을 닫는다. 지금은 네시. 영주에게는 시간이 있는 것처럼 느껴져서

여보, 하고 남편을 보지 않고 불쑥 불렀다.

상현이 말이야. 내가 좋은 엄마가 되지 못할지도 모른다는 거 그애 태어나자마자 알았어. 나도 당신도 서툴렀지만 그래도 난 엄마였는데. 탯줄이 완전히 떨어지기 전엔 잘린 탯줄을 물이 담긴 통에 넣어두고, 배꼽을 씻겨주지 말라고 배웠는데도 내가 그렇게 했잖아. 그래서 거기가 물러져선 감염이 됐잖아. 당신이 상현이 배꼽에 고인 고름을 거즈로 닦아줬잖아. 결국 항생제를 쓰고 수술

용 실로 묶어서 지혈하고 다시 떼어내는 치료를 받느라 갓 태어난 그애가 병원에 있을 때, 별거 아닌 일이라고들 했지만 그때부터 나 알아버렸어. 내가 좋은 엄마가 되기엔 부족한 사람이라는 거. 그게 그애와 나의 시작이었어.

남편이 타야 할 버스가 도착했다. 남편은 타지 않았다. 남편은 말이 없었다. 이제 그런 생각이 들었다. 상현의 상담사가 한 식물 이야기는 자신을 향한 말이었을지 모른다고. 반평생을 살아가고 있는데도 자신의 낮의 길이에 대해서, 자기 자신에 대해서 알지 못하고 들여다보지 않았다는 말을 그렇게 한 것 같다고. 영주는 남편의 옆얼굴을 보았다. 잘못을 바로잡지 못한 일들이 마치 거기에 쓰여 있기라도 한 듯.

다시 버스가 왔다. 남편이 밥솥이 든 보자기를 영주에게 내밀며 말했다. 여보, 가서 상현이 데리고 올게. 영주는 일어서는 남편의 작은 손을 보았다. 그리고 그 손이 움켜쥐듯 잡고 있던 그들의 고장난 밥솥을.

버스가 정류장을 떠날 때까지 기다렸다가 영주는 수리 센터 쪽으로 방향을 잡았다. 다들 꽃이 피는 곳을 찾아 간 것인지 거리에도 사람이 많지 않았다. 연휴가 시작된다는 사실도 알지 못했다. 영주는 카페에 전화해서 아르바이트생에게 일찍 문 닫고 들어가라고 해야겠다고 생각했다. 수리 센터에 들렀다가 집으로 돌아가기 전에 빈 카페에 잠깐 앉아 있을 수도 있었다. 거긴 혼자 있는 시간이 가장 좋았고, 가장 불안했다. 알았어, 라는 메시지를 보낸 낯선 이가 불쑥 출입문을 열고 들어올 수도 있고, 머리를 다친 손님이 아무때나 찾아와 얼음이 깨끗한지를 확인하며 아이스아메리카노를 요구할 수도 있고, 잠깐 테이블에 엎드려 잠든 사이 자신이 강한 힘으로 누군가를 밀치는 진저리쳐지는 꿈을, 얼굴이 안 보이는 여러 명과 함께 누군가를 벽으로 밀고 압박하는 나쁜 꿈을 또 꾸게 될지도 모르고, 꽃을 좋아하느냐고 물었던 사람이 가져온 흰 꽃들이 줄줄이 매달린 커다란 화분이 들어올지도 모른다. 그리고 잠시 그랬던 것처럼, 아무도 모르는 작은 광채 하나가 그 문으로 들어왔다 나간 거라고, 미처 알아차릴 틈도 없이. 영주는 고개를 끄덕였다. 에코백을 잊고 왔다는 걸 이제야 안 것처럼. 살아갈 수 없을 것 같은 일들은 아직 일어나지 않았고 지금은 밥솥이 너무 무거워져서 영주는 그걸 가슴 앞으로, 자신의 두 손으로 떠받치듯 들고 걸었다.

빗방울 하나 마른잎을 두드리네

양지는 열흘 전에 하양에 왔다. 7월 1일 월요일에 와야 했지만 일기예보를 주시하다가 KTX 표를 바꾸었다. 토요일부터 전국에 장마가 시작되고 서울에는 천둥 번개에 돌풍까지 분다고 했다. 학기를 마친 현선배는 일주일 전에 집을 비우면서 아파트 이름과 207호 현관 비밀번호를 보내주었다. 기차를 탄 금요일에는 아직 장마의 기색이 없었지만 목적지에 가까워질수록 기차 안에서도 습도가 높아지는 게 느껴졌다. 시작부터 약속을 어긴 셈이지만, 폭우가 쏟아지는 때 안 가본 도시로 출발하는 일은 망설여졌고 더 불안정해지는 자신을 믿기도 어려웠다. 누구에게나 취약한 계절이 있는지 항상 궁금했는데 막상 물어보게 되지는 않았다. 올여름에는 일을 쉬려고 했다. 현선배에게 연락이 오기 전까지는.

　강사 자리를 얻지 못한 양지가 남의 집 돌봐주는 일을 한다는 건 학교 사람들에게도 알려진 모양이었다. 그 사실에 대해 양지는 별생각을 하지 않으려고 했다. 잘 되지는 않았지만. 원한다고 해서 모두가 대학에 자리를 잡을 수는 없었고 어떻게든 생활은 꾸려나가야 했다. 어떤 후배들처럼 그냥 책 읽고 공부하고 학생들을 가르칠 수 있는 것만으로 만족하면 좋았을 텐데 양지는 그렇지도 않았다. 아는 걸 전달하는 일에도, 마음을 닫아건 듯한 학생들이 모인 강의실에 들어가는 일에도 매번 용기를 끌어모아야 했다. 다른 길을 선택하기에는 늦었을지 모르고 인생에 일어나는 거의 모든 일을 양지는 뒤늦게, 그것도 일부만 깨닫곤 했다.

　집을 돌보는 일은 조금 달랐다. 양지는 타인의 빈집을 돌보고 관리하는 데 자신도 알지 못했던 작은 재능이 있다고, 그 재능이라는 건 빈집에서도 누군가 자신을 지켜보고 있다는 일종의 강박에서 생겨난 보잘것없는 태도에서 나온다고 느꼈다. 사 년이 넘었다. '교양 있고 점잖은 사람'이 자신의 집을 관리해주길 바라는 사람은 의외로 많았는데 그동안 두 번 가게 된 집도 생겼다. 집을 비우고 떠나는 사정은 다 달랐다. 현선배 집을 봐주는 일은 계획에 없었다. 당분간은 좁은 원룸과 조카들이 있는 동생 집만 오가며 밥을 해주고 밥을 해먹으며 지내고 싶었다. 그동안 모은 돈을 일 년 만기 일시지급식 예금에 넣어두었다. 크루즈로 유럽을 두 번 돌면 사라지는 액수였다. 양지는 지난 1월에 쉰한 살 생일을 맞았다. 잠시 멈춰 생각할 시간이 필요했다. 7월 한 달만이라도.

그러나 양지는 경산시 하양읍에 왔다.

현선배는 집을 맡기면서 몇 통의 짧은 메일을 보냈다. 저층이고 앞에 천이 있어 시원하며, 밤에도 안전한 산책길도 있으니 좋아하게 될 거라고. 그간의 경험으로 양지는 집주인이 집에 대해 한 말보다 하지 않은 부분에 더 주목하게 되었다. 집주인을 믿지 못해서는 아니었다. 사람들은 자신의 집을 가족구성원처럼 여기는 경향이 있어 허물에 대해서는 대체로 말하기를 꺼렸다. 어쨌든 저층이라 시원하겠지만 천이 있으니 습한 바람이 집안으로 불어들 테고 산책길은 사실 어디나 비슷하다. 괜찮은 집, 좋은 집들은 안과 밖에 두 가지를 갖고 있었다. 여러 사람이 앉을 수 있는 커다란 테이블과 포장이 잘된 산책로. 그 모든 집들이 텅 빈 채—황금앵무새 같은 반려동물은 제외하고—양지처럼 누군가 그 안에서 쓸고 닦고 불을 켜며 생활해주길 기다렸다. 집주인이 집에 대해 말하지 않은 것들과 마주치고 가슴이 덜컥 내려앉을 때도 있었다. 현선배의 집에도 그런 게 있을 거라곤 예상하지 못했지만.

아는 사람 집에 거주하며 일하긴 처음이었고, 모르는 사람의 집을 돌보는 일과는 다른 경험이 될 것 같았다. 도착한 첫날 아파트 현관에 들어서면서부터 양지는 그렇게 느꼈다. 가족사진 같은 걸 떼어낸 듯 몇 군데 남아 있는 못자국은 그렇다고 쳐도 거실 책장에 자신의 전공 서적들을 꽂아둔 집은 처음이었으니까.

다음날인 토요일 저녁부터 집중호우가 쏟아지기 시작했다. 하천 주변의 산책로나 지하차도에의 접근을 자제해달라는 안전 안내 문자가 하루에도 몇 번이나 들어왔다. 이틀 전 밤에도 산사태 위험이 크니 마을회관이나 학교 등 안전한 곳으로 대피해달라는 안내 문자를 보면서 아직 오지 않은 재난에 대해 상상하느라 불안이 커져 숨이 막히는 것 같았다. 그런 밤이면 뻣뻣한 모시 이불을 홱 치우고 일어나 철 수세미로 크기가 다른 냄비들을 반짝반짝해질 때까지 닦았다. 구멍나고 올 풀린 니트를 수선하는 유튜브 영상을 보았고 자주 이용하는 쇼핑몰에 좋아하는 단어들, 겨울, 스웨터, 학교 등을 검색해보았다.

현선배는 괜찮은 고용인이라면 으레 그래야 한다는 듯 자주 연락하지 않았고 간혹 와이파이는 이제 문제없지? 라거나 블루투스 스피커 기종을 알려주는 짧은 메시지만 보낼 뿐이었다.

비가 잠깐 그치고 거짓말처럼 햇살이 쏟아져내리는 순간이 하루에 몇 차례 있기도 했다. 그러면 채비를 마치고 밖을 내다보고 있다가 기다렸다는 듯 나가 이 근방 사람들이 그러듯 천을 따라 걸었고, 습기와 땀에 흠뻑 젖어 들어오곤 했다.

9일 화요일 오후에 양지는 후배로부터 문자메시지 한 통을 받았다.

선배 거기서 괜찮아요?

뒤를 한번 돌아보곤 양지는 헝클어진 머리를 쓸어내렸다. 늦은 점심을 먹고 난 후였다. 비가 곧 그칠 듯해 나가서 후문 쪽 산책로를 걷다 식자재 마트에서 새 식도를 사올까, 망설이던 참이었다. 어제 대청소를 해서 오늘은 바닥만 청소포로 문질러도 됐다. 반려묘가 이 년 전에 죽었다는데도 어디선가 털이 끊임없이 묻어나왔다. 욕실 청소는 저녁에 할 거고, 이 집에는 베란다의 화분 몇 개를 제외하곤 돌봐야 할 것도 없었다.

양지는 폭이 좁은 아일랜드 식탁 앞에 의자를 끌어당겨 앉곤 후배의 메시지에 담긴 걸 거듭 읽었다. 후배는 양지가 지금 여기, 현 선배 집에 있다는 걸 알고 있다. 그런데 뭐가 괜찮냐는 거지? 후배는 경솔한 사람도, 아무때나 메시지를 보내는 사람도 아니었다. 그를 그냥 후배라고 여기게 된, 자신만 통과해온 시간을 돌아보느라 조금 늦게 답장을 보냈는데 그러면서도 거기에 어떤 의도가 담겼다고 느낄까봐 신경이 쓰였다.

오랜만. 그런데 뭐가?

그쪽에 폭우로 사십대 여성이 실종됐다고 해서. 저도 가까이 있어요. 됐어요, 그냥 안부.

종소가 이렇게 문자를 길게 쓰기도 하나. 얼굴에 열감이 느껴져 거실 창 한 면을 활짝 열어놓곤 메시지를 물끄러미 들여다봤다. 양지도 방금 전 기사를 보았다. 새벽에 부기천 부근에서 실종된 여성을 수색중이라는. 종소는 그 기사를 보고 여기 현선배네 있는 양지를 떠올린 모양이었다. 그사이에 오십대가 된 것도 모르고.

종소도 비슷한 나이가 되었을 것이다. 동갑이라는데 재수를 해선 생일이 빠른 양지와는 두 학번이나 차이가 났다. 어째서인지 종소는 다른 후배들처럼 술기운이나 장난으로라도 양지를 누나라고 부르거나 말을 놓은 적이 없었다. 종소에게도 마음이 쓰인 기사였나보았다. 어쩌면 아무도 보지 않는 데서 울었을지도 모른다. 종소는 남자치고는 이상할 정도로 눈물이 많았다. 그 점이 처음에는 괜찮았다가 나중에는 그렇지 않게 되었다.

양지는 다른 이유로 그 기사를 읽고 또 읽었다. 여름의 경험으로 비춰볼 때 그 사고는 원치 않는 결말을 가져올 거고, 그래서 너무나도 희박하지만 수색이 성공해 생존해 있다는 소식을 기다리느라. 그런데 종소가 여기 가까이 있다니. 어디에? 양지는 물었다. 경주에요. 경주. 현선배는 이 집의 장점에 대해 더 말했다. 경주가 가까워서 아무때나 휙 하고 나갔다가 선덕여왕릉이나 남산 불상 바위들을 찾아보고 돌아올 수 있다고. 아파트에서 하양역까지 걸어서 십오 분, 하양역에서 동대구역으로 급행열차를 타고 이십 분, 거기서 고속열차를 타면 이십 분 안에 경주역에 도착한다.

경주에는 왜?라고 썼다가 양지는 지웠다.

일 분 후에 다시 쓰곤 보냈다.

일이 있어서요.

아직 양지가 아는 종소라면 이 말을 하고 싶은 건지도 몰랐다. 오랜만에 얼굴이나 볼까요. 확신할 순 없었다. 양지는 침대방으로

218

갔다. 누가 있지도 않은데 옷을 갈아입을 때는 꼭 방으로 들어가게 되었다. 실내복 바지를 헐렁한 나일론 바지로 바꿔 입었다. 종소는 그런 말을 먼저 하는 타입이 아니었다. 원래 말이 없었고 그래서 학교 사람들은 그를 자기 식대로 편하게 여겨 결과적으로는 좋지 않은 소리가 들릴 때도 있었다. 지난해 겨울, 양지는 종소도 와야 하는—아직 자신처럼 임용을 포기한 게 아니라면 더욱—자리에 나갔는데 종소는 오지 않았다. 선배들 말로는 어머니 때문에 못 나간다고 했단다. 빌라 앞에서 골목까지 경사가 가파른 긴 계단이 있는데 눈이 쌓이면 사고가 나기 쉽다고. 폭설이 내린 다음 날이었다. 자신이 나가면 어머니가 불안해해서 안 된다고. 걔는 아직도 그러고 사냐. 그럼 별수 있나, 노모 말 들어야지. 그 정도면 어머니 우울증이 심각한 거 아닌가. 종소는 약속을 취소하면서 이런 말도 덧붙였다고 했다. 부모와 사는 자식은 갑자기 선약을 취소해도 이해해줘야 한다고. 한 선배가 동의했다. 외아들인 자기가 이렇게 밖에서 늦게까지 술을 마실 수 있게 된 건 아버지가 돌아가신 이후부터라고. 혼자서 오래 아버지를 모셔온 선배였고 선배 아버지는 구순이 지난 다음날 주무시다 돌아가셨다. 쇠약해진 부모와 산다는 게 어떤 일인지 모르는 사람도 있었다. 양지도 몰랐다. 어두운 독일식 호프집 좌석 등받이에 몸을 기댄 채 양지는 눈 쌓인 계단을 내려가야 할 자식 걱정에 외출을 말리는 어머니와 결국 그 말을 듣는 오십 된 아들을 떠올리고 있었다. 못 들으면 좋았을 이야기같이 느껴졌다. 아주 깊이 밀어둔 데서 엄마 생각이 불시에 떠올랐다. 가족을 두고 집을 나가버린 사람. 그 사람의 실체가 테이블 위에 어떤 형태로 자리잡는 것 같았다. 사람들은 엄마 생각이 날 때 어떻게 할까. 양지는 거기에 다리가 있다고 상상했고, 눈앞에 나타나려고 하는 그걸 집어서 밑으로 떨어뜨렸다. 그러지 않으려고 했는데 술을 마셨고 꽤 많이 마셨다. 그날 들은 종소에 관한 소문은 그때까지 들은 것 중 가장 심했고 입에 담을 수도 없었다.

나가서 걷자. 아무 생각 하지 말자. 양지는 에코백을 들고 계단을 한 층 내려가 출입구 오른편 우편함 쪽으로 다가갔다. 아무것도 없는데 허리를 숙이곤 207호 우편함에 손을 넣었다. 거기에 일시적으로 무얼 넣어두고 싶은 사람처럼. 그럼, 여기 왔다 가. 이런 메시지를.

올봄에 양지는 사당역 11번 출구 앞 버스 정거장에서 이수교 쪽으로 가는 버스를 기다리고 있었다. 두 달 만에 조카들을 보러 동생네 가는 길이었다. 두 달 동안 양지는 울산에 있는 노 변호사 부부의 단독주택을 돌봐주다가 올라왔다. 조카들에게 그 집에서 겪었던 해프닝을 말해줄 요량이었다. 고등학생 된 작은조카는 더 말이 없어졌고 자신이 겪고 있는 불안이 다른 사람, 선생님이나 일부 어른에게는 실체가 없게 느껴지며 때론 투정이나 관심을 끌기 위한 행동으로 보일 수 있다는 걸 눈치챈 듯싶었다. 그런 작은조카는 양지가 하는 일과 그 경험에는 관심을 보였다.

울산 집에서 머무는 동안 하루는 정전이 되었다. 저녁 여섯시경이었는데 2월이어서 어둑했고 이층집을 아무리 뒤져도―남의집 서랍을 불필요하게 뒤지는 건 평소엔 하지 않는 일이었다―성냥 한 갑, 라이터 하나도 찾을 수 없었다. 집에 양초를 상비해두는 집은 드물었다. 양지는 가져온 방수천 가방에서 캔들 하나를 꺼냈다. 타인의 집으로 떠날 때 필요한 물품을 담아두는 가방이었다. 수건 한 개, 슬리퍼, 비닐 위생장갑, 철 수세미, 얇은 시트, 고무줄, 틈새 브러시, 얼음 틀. 다른 건 또 없어? 조카가 물었다. 뚝배기. 양지는 멋쩍게 웃었다. 된장찌개는 뚝배기에 끓여서 먹어야지. 조카도 맥없이 웃으며 달걀찜도, 하고 덧붙였다. 정전은 한 시간이 넘도록 이어졌다. 양지는 캔들 하나를 손에 쥐고 대문밖으로 나갔다. 골목에 몇몇 이웃이 나와 서성이고 있었고 긴 양초를 종이컵에 받쳐든 아주머니도 보였다. 정전의 이유는 다음날 알게 되었다. 고압전선에 까마귀가 접촉해서였다고. 조카에게 그 이야기를 해주고 싶어졌다. 어쩌면 자신이 하지 않은 말까지 그애가 알아차려주길 바라면서.

안내기에 차고지에서 출발한다는 알림이 뜨고도 버스는 좀처럼 오지 않았다. 그날 버스를 오래 기다리지 않았다면 종소가 해준 말을 떠올리지 못했을 것이다. 양지는 고개를 두리번거리며 가로

수들을 살펴보았다. 예전에 종소가 사당 근처에 일이 있으면 가끔 와본다고 했던 곳이었다. 껍질이 벗겨진 플라타너스 가로수 둥치에 새겨진 낙서를 보러. 다른 사람이 한 말이라면 흘려들었을 텐데. 오랜만에 종소 생각이 났다. 양지는 고개를 치켜들고 몇 걸음 더 다가갔다. 진짜 있었다. 플라타너스 둥치에 파내듯 새겨놓은 낙서. 월화수목금토일, 세로로 한 글자씩 길게. 그런데 이 낙서 이야기를 왜 해준 거지. 양지는 종소에게 이제 그런 걸 편하게 물을 수 없었고, 그래서도 안 된다고 생각했다.

　현관 안으로 종소가 들어설 때 양지는 그것도 같이 끼어 들어왔다는 느낌을 받았다. 낮 열두시 반이었다.
　서선배.
　종소는 그게 자기에게 새겨진 양지의 이름이라는 듯 부르곤 검정 로퍼를 벗었다. 양지는 꽃다발을 받아들었다. 해바라기 세 송이. 종소답지 않은 일 같았는데 여기는 현선배의 집이었다. 두 사람 모두와 알고 지내는.
　좋아 보인다.
　양지는 웃었다.
　종소는 화장실부터 갔다. 냄새가 나진 않을지 신경쓰였다. 환풍기가 고장나서 —현선배는 그걸 고칠 시간이 없었다고 했다— 샤워를 하면 쿰쿰한 냄새가 날까봐 몇 시간씩 문을 열어두어야 했다. 어제저녁엔 이 집에 온 첫날처럼 의자나 테이블을 딛고 올라가 총채로 전등 먼지를 털었고 치약을 짜서 수도꼭지들을 솔로 닦고 소파도 테이프 클리너로 몇 번이고 문질러 청소했다. 그게 양지의 진짜 일이기도 했다. 유리병에 물을 담아 식탁으로 가다가 벽 거울을 보았다. 눈 밑과 관자놀이에 검버섯이 생긴 피부가 환해 보였으면 해서 흰 셔츠를 입었고 습도 때문에 부슬거리는 머리카락은 뒤로 묶었다. 완경이 다가오면서 체중은 일 년에 일 킬로그램씩 꾸준히 불었다. 양지는 종소의 눈으로 거울을 봤다. 입꼬리를 조금 올리는 게 낫나. 무슨 빚을 갚는 심정으로 둘 다 아는 사람의 한 달짜리 피고용인으로 지내는 것만으로는 보이고 싶지 않으니까.

거울엔 등뒤도 비쳤다. 책장의 전공서들이. 한때 기쁨을 보았고 전환점을 맞았으며 이제는 좌절한.

앉으라는데도 종소는 어쩐지 식탁과 거리를 두고 싶은 사람처럼 그대로 서서 둘러봤다. 현관에 들어서자마자 베란다와 거실, 그리고 거실과 연결된 주방이 한눈에 들어오는 구조였다. 방 두 개에 화장실 하나. 거실 한쪽에 패브릭 소파와 낮은 테이블이 있고, 주방엔 사 인용 식탁 말고도 의자 하나가 딸린 아일랜드 식탁이 있다. 꽃 그림 액자 세 개와 키 낮은 책장들이 거실 벽을 채우고 있는 것 외에, 특별하게 눈에 띄는 건 없을 거였다. 첫날부터 양지를 불편하게 했던 것, 그건 망설이다가 어젯밤에 치워두었다.

집주인이라면 이 집에 다른 사람을 들이는 것도, 외부인이 그 인형을 보는 것도 원치 않을 듯해서.

종소는 얇은 네이비 바람막이를 식탁 의자에 걸쳐두었다.

경주에는 무슨 일로 왔어?

누구 1주기여서요.

누구?

……제자요.

양지는 고개를 끄덕이려다 말았다. 제자, 1주기. 그 단어들의 연관성에. 양지는 묻고 싶었다. 어떤 제자인지. 아니, 제자가 어떤 방식으로 세상을 등졌는지.

이렇게 단둘이 마주앉은 것은 그때 이후로 처음이었다.

종소는 모임에서 마지막으로 봤을 때보다 야위어 보였다. 키도 더 줄어든 듯해서 머리가 반백에 가까운 그는 마치 어설프게 중년으로 분장한 청년 배우 같아 보였다. 몇시 표를 예매해두었느냐고 묻자 좀 이따가 일어나야죠, 했다. 어제 양지가 하양에 들렀다 가라는 메시지를 보낸 후부터 종소는 연락을 먼저 한 사람치고는 망설이는 기색을 숨기지 못하는 듯했다. 근방에서 실종된 사십대 여성이 양지가 아닌 걸 확인해보고 싶은 마음이 전부였던 듯이. 양지는 종소에게 하양역에서 만나자고 해서 맞은편 대학로 거리의 카페나 식당에 갈 수 있었다. 아니면 그냥 에어컨과 텔레비전을 틀어놓은 역사 내 대기실에 앉아서 동대구역으로 가는 무궁화호를 기다려줄 수도 있었을 것이다. 종소의 그런 머뭇거림이 양지의 어딘가를 좀 틀어지게 하지만 않았어도. 양지는 문자메시지로 하양역에서 금락지하차도를 건너오면 십오 분쯤밖에 안 걸리는 이집 주소를 보냈다.

수색은 오늘로 이틀째였고 아직 아무 소식이 없었다.

좀 이따가는 다시 폭우가 시작될지도 몰라. 양지는 확실하지도 않은 말을 했다.

냉장고 돌아가는 소리가 유난히 크게 들렸다. 종소는 양지를 보다가 조금 어색하게 웃었다가 두 손을 비비다가 머그잔을 붙들듯 잡았다.

잘 지내는지 궁금했어요.

이제야 종소 같았다. 종소가 현관으로 들어설 때부터 실은 자신이 그를 기다리고 있었으며 불안한 태풍의 밤을 하루만이라도 함께 보내기를 바랐다는 걸 깨달았다. 종소가 잔을 테이블 유리 위에 소리 나지 않게 내려놓으며 현선배는 어때요? 라고 물었다. 현선배는 그 학번에선 독보적으로 일찍 이곳 대학에 자리를 잡았다. 다른 대학 출신인 선배의 남편은 수원 소재 대학의 경영대에 채용되었다. 이곳 엄마 집에서 학교 다니던 아들이 고등학교를 수원으로 옮기게 돼, 선배가 방학마다 남편 집에서 지낸다는 사실을 모두 알고 있다. 양지는 고개를 까닥였다. 우편물과 못자국들과 어젯밤에 치운 그 인형은 본 적 없는 표정으로.

점심은 같이 먹자.

양지는 갑자기 몸을 짓누르는 피로와 실망감을 두 손으로 밀어내듯 식탁을 짚고 일어났다. 종소를 빨리 보내는 편이 나을 것 같았다. 자신 안에서 뭔가 또 책임질 수 없는 게 튀어나올지도 모르니까. 어제는 여기 온 이래로 식재료를 가장 많이 샀다. 종소가 뭘 잘 먹었는지 무얼 좋아했는지 기억을 더듬어서. 두부, 소고기, 버섯, 맥주. 달걀 매대 앞에서는 망설였다. 종소가 모임에서 잘 먹던 안주가 달걀말이였는데. 여기 도착한 날, 냉장고 안에서 유통기한이 열흘이나 지난 십오 구짜리 달걀 한 팩을 보았다. 목초를 먹이고 방사하여 키운 닭이 낳은 일등급 달걀이었다. 버리기가 아까워 이틀 동안 점심 저녁으로 달걀찜, 달걀말이, 지단 김밥을 만들어 먹었다. 달걀이라면 물릴 정도가 됐다. 집을 떠나는 사람들이 가장 치우기 어려워하는 데가 냉장고인 듯했다. 오전에 두부, 소고기, 버섯, 배추를 넣고 전골을 끓였다. 양이 많아서 혼자서는 해먹기 부담스러운 음식을. 현선배가 알려준 무학교회 근처 맛집까지 우산을 쓰고 걸어가서 평양식 만두도 포장해 왔다. 그러나 하양에 온 종소는 어색하고 불편해 보였고 그런 종소를 보는 시간을 더는 만들고 싶지 않았다. 간단히 밥을 차려주고 하양역까지 배웅하고 돌아와 남은 음식들을 천천히 전부 먹고 마셔버릴 것이다.

종소가 따라 일어났다.

얼굴 봤으니 이제 갈게요.

　낮고 굵은 그의 목소리가, 그 서운한 소리가 거실을 꽉 채웠다. 그러곤 양지가 무슨 말을 하기도 전에 변명하는 소년처럼 고개를 삐딱하게 숙이곤 말했다.

　혼자 온 게 아니라서요.

　현선배가 자랑한 두 갈래의 산책길은 각각 아파트 후문과 정문으로 이어져 있는데 베란다가 향한 후문으로 나가 건널목을 건너 돌계단을 내려가면 맨발 산책길과 주민들이 모여 강사의 구령에 따라 단체 운동을 하는 미니 운동장이 있고 바로 조산천 길로 이어졌다. 하양고가도로 밑 길로 조산교, 금락교까지 칠천 보쯤 곧게 걸으면 현선배가 재직한 대학으로 연결됐다. 골목골목에 숨겨진 카페와 베이커리들, 만두나 메밀로 유명한 식당들도 그 근처 거리에 있었다. 조산천을 가로지르는 군데군데의 커다란 디딤돌이 없다면 지루할 수도 있는 길이었다. 아파트 정문으로 나가 금락초등학교를 지나 길을 건너면 금호강이었다. 강가 산책로는 남쪽으로 완만하게 휘어져 하양유채꽃단지로 이어졌다. 후문 산책로와 달리 이쪽 길은 다리 밑을 지날 때마다 새카만 날벌레들이 활짝 펼쳐진 그물처럼 달려들어 팔을 휘두르며 걸음을 재촉해야 했다. 제방길에서 낚시하는 사람들이나 오리들을 지켜보다 올 수도 있었고, 하양교로 올라가 폭우에 누런 흙탕물이 되어 흐르는 금호강을 내려다보다가 돌아오는 날도 있었다. 비가 흩뿌렸다가

해가 나길 반복했고 그런 순간이면 헛것 같은 무지개가 희미하게 동쪽 하늘에 머물다 사라졌다. 얼굴과 팔다리가 그을린 남학생들이 단체로 경주라도 하듯 세차게 자전거 페달을 밟고 지나갈 때면 난간에 몸을 밀착시키는 게 좋았다. 그러나 강물을 오래 바라보는 일은 감정에 도움이 되지 않았고 때때로 그런 자신을 맞은편에서 물끄러미 지켜보는 사람도 있었다. 모든 산책로가 다 좋은 건 아니었다. 물 가까이는, 여름이 일 년 중 죽음이 응축된 계절처럼 느껴지는 양지에게는 좋은 선택지라고 말하기 어려웠다. 책을 덮어놓고 한밤에 집을 나와 조산천 길을 걷는 현선배는 어떤 마음이었을까. 하양교를 걸어 금호강을 건너면 나오는 이층짜리 스타벅스나 소금빵으로 유명한 카페에 가보기도 했는데, 현선배가 사는 고층 아파트 단지는 어디서나 이정표처럼 보여 안심이 된다기보다는 그만 집으로 돌아가야 한다는, 피고용인으로서 이런 시간은 한가한 놀음이라는 자책이 들었다. 게다가 현선배는 다른 집주인들과는 달리 무엇을 관리해달라거나 돌봐달라고 따로 요구한 게 없어서, 집을 비우는 시간이 더 신경쓰였다. 뭘 하기보다도 집을 비우지 않는 게 가장 중요한 일처럼 느껴진다고 할까.

두 산책로 중 어느 길을 선택하는지는 매일매일 날씨와 기분에 따라서 달랐다. 양지는 보고 싶지 않은 걸 마주쳐야 하는 정문 산책로보다는 후문 산책로를 자주 걷는 편인데, 종소와 같이 온 사람은 강을 좋아하는지 그를 기다리는 동안 정문 쪽에 있었던 모양

이었다. 그 조산천 주변에 핀 식물—양지의 눈에는 엇비슷한 잡
초들처럼 보였던—에 관심을 가져본 적이 없었다. 어느 길을 걷
든 한번 걷기 시작하면 멈추기가 어려웠고 멈추는 게 두렵다고 느
꼈을 뿐. 종소의 동행이 코스모스를 닮은 금계국부터 시작해 몇
가지 한해살이풀 이름을 나열할 때 양지는 얼굴이 붉어지는 걸 느
꼈다. 금호강변로엔 혼자인 사람보다는 유독 모녀처럼 보이는 산
책자들이 자주 눈에 띄어서 그쪽은 잘 가지 않는다는 걸 들킨 듯
해서. 양지는 동요했고 그 동요가 자신에게 새로운 갈망으로 번져
드는 것을 조용히 느끼고 있었다. 종소가 양지의 고집대로, 밖에
서 기다린다는 어머니를 데리고 현관으로 다시 들어오던 순간부
터. 양지는 조금 전까지는 알지 못했던, 오랫동안 인정하고 싶지
않았던 두 가지를 분명하게 깨달았다. 종소를 오늘 이대로 보내고
싶지 않은 이유와 자신에게는 저러한 실체의 어머니가 없다는 사
실을.

 세 사람은 누구의 집도 아닌 집의 식탁에 모여 점심을 먹었다.
양지는 전골을 국자로 퍼 어머니에게 건네고 어머니는 그 그릇을
종소 앞에 놓고 다시 양지가 한 그릇을 어머니에게 건넨 뒤 마지
막으로 자신의 몫을 담았다. 내 집이 아닌 곳에서 누군가의 가족
과 식탁에 모여 앉아 밥을 먹기는 처음이었다. 정말이지 이런 적
은 없었다.

 종소 어머니는 양지를 따라 아일랜드 식탁으로 다가왔다. 위쪽

선반에 놓인 세 개의 유리병을 보곤 소금이네요? 하고 흥미를 보이는 게 뜻밖이었다. 좋은 집은 주방에 각종 소금들과 올리브오일이 있기 마련이라고 말해주려다 말았다. 자신이 정말 강의실보다 빈집에 어울리는 사람 같아서.

이선생이 현교수 애길 해준 적이 있어요.

어머니는 의자를 끌어당겨 앉았다. 설거지를 마칠 동안 말동무라도 해줘야겠다고 여기는 듯했다. 양지는 고무장갑을 끼면서 몸을 돌려 종소를 봤다. 맥주 두 캔을 다시 쓸 것처럼 깨끗하게 물에 헹군 종소는 그걸 들고 망설이더니 베란다로 나가 산책로를 바라보고 있었고 다시 폭우가 쏟아질 듯 먹구름으로 뒤덮인 하늘은 어둑했다. 큰비가 다시 내리기를, 기차가 운행을 멈추게 되기를, 양지는 짧게 빌고 물었다.

무슨 이야기를요? 수돗물을 약하게 틀었다. 종소 어머니는 관절이 불거진 손으로 물방울무늬 여름 스카프를 고쳐 맸다. 짧게 친 성성한 은색 머리카락. 걱정이 많아 보이는 표정을 가리기에는 짧은 길이였다.

선배들 중에서도 현교수가 사람이 좋은데다 훌륭한 교수라고 했어요. 지적이고.

양지는 소리를 죽여 설거지를 하면서 아들처럼 체구가 작고, 화장기는 없는데 의외로 입술에 핑크빛 립스틱을 발라 연두색 스카프가 겉도는 어머니를 곁눈으로 보았다. 일찍 학위를 마친 현선배

수업을 박사과정 때 종소와 한 학기 들은 적이 있었는데, 현선배는 종소의 레포트를 무참하게 평가했다. 감상적인데다 개성적 논리와 참신함이 없다고. 양지는 현선배를 종소를 인정하지 않았던 선배 중 한 명으로 기억했다. 어쩌면 종소는 이 집에 들어오기 전 밖에서 그냥 되는대로 말한 건지도 모른다.

양지가 쟁반에 천도복숭아 세 개와 참외를 담았다.

내가 깎을게요.

종소 어머니가 과도를 잡았고 양지는 엉거주춤 그 옆에 섰다. 이 또래 여성과 대화를 나눠본 적이 없어 무슨 말을 해야 하는지 알지 못한 채로.

동생이 결혼 전에 처음 시부모님께 인사드리는 날, 시어머니 될 분이 참외를 깎으라고 했대요. 동생이 너무 긴장해선 참외를 사과로 착각해 돌려 깎았대요. 그 시어머니는 명랑한 분이었는데 두고 두고 그 이야기를 해서 우리를 웃겼어요.

종소 어머니가 천도복숭아에 가로세로로 칼집을 넣곤 비틀어 돌리자 한입 크기의 복숭아가 떨어져나왔다.

그 명랑한 시어머니는 건강하세요?

돌아가셨어요, 심장마비로. 혼자 떠난 온천 여행에서요.

이선생 아버지도요. 심장마비.

양지는 앞치마에 묻은 얼룩을 손끝으로 문질렀다.

장례식 때 오셨었잖아요, 서선생님.

그걸 기억하세요?

그럼요.

종소 어머니는 거기까지만 말했다. 그럼요, 그다음 말은 무엇이었을까. 양지는 어쩐지 평가를 받는 듯한 기분이 들기도 했다. 아까 어머니가 이 집에 들어와 자신을 처음 보았을 때의 예의 바른 듯하지만 순식간에 지나가는 눈빛을 읽었을 때처럼. 결혼하지 않은 여자는 어떤 여자들에게는 경계의 대상이었고 그건 후배의 홀어머니에게도 마찬가지인 모양이었다.

어머니가 참외 속을 다 도려냈다. 포크 세 개를 찾아 접시에 올리고 양지가 식탁 쪽으로 들고 가자 어머니도 주춤 일어나 손 좀 씻을게요, 하곤 화장실로 들어갔다.

식탁에 접시를 내려놓고 양지는 베란다 유리문을 열었다. 습하고 후텁지근한 바람이 비릿한 천의 냄새와 함께 훅 끼쳤다. 종소는 두 손을 난간에 포개곤 허리를 구부리고 있다가 양지를 돌아봤다. 이런 자세로 종소가 담배를 피우는 걸 본 적이 있었다. 오래전 종소가 대학원에 입학했을 때, 강의동 일층에서 이층 사이에서. 담배 연기가 양지가 있는 데까지 흘러들어와 못마땅한 얼굴로 그쪽을 보았다. 아무 관심이 없던 한 사람이 갑자기 싫어지거나 호감이 생길 때가 있는데 두 손으로 담뱃불을 신중히 끈 종소가 꽁초를 자신의 주머니에 넣는 모습을 보고 양지는 그랬다. 언젠가 이 말을 했을 때 종소는 난 선배가 학교에서 우산으로 나무들 사이의 거미줄을 치고 지나가는 걸 봤는데도 싫어지지 않던데요, 장난처럼 대꾸한 적이 있었다. 양지는 그후로 보이는 족족 거미줄을 망쳐놓는 짓은 다시 하지 않았다.

아직도 수색중이래요. 열차가 멈췄고요. 여기만 지금 비가 잠깐 그친 것 같아요.

목소리가 갈라졌고 얼굴도 피곤해 보였지만, 종소는 어머니가 눈에 보이는 데 있어서인지 느긋해 보이기도 했다. 제자의 1주기라니. 양지는 고개를 흔들며 그만 들어와, 하곤 어머니가 화장실에서 나오기 전에 식탁에 앉았다. 어쨌거나 자신의 첫인상은 아들을 혼자 있는 집으로 부른 여자 선배일 거였다. 잠깐이라도 둘이 있는 틈은 보여주고 싶지 않았다.

화장실에서는 어머니가 베란다에서는 종소가 나오는 게 보였다. 그가 의자에 앉기 전에 양지가 무심코 말했다.

물병 좀 갖고 올래?

종소 어머니가 한 손을 가볍게 내저으며 일어났다.

이선생은 그런 일 못 해요.

종소는 어머니가 물병을 가져오도록 그냥 두고 덤덤한 얼굴로 의자에 앉았다. 아들이지만 아들이 아닌 것처럼.

밖에서 기다리고 있다는 어머니를 데리러 가기 전에 종소는 현관에서 머뭇거리며 말했다. 어머니에게는 결혼식에 참석하러 간다고 말했다고. 걱정할까봐. 혼자 올 생각이었는데 갑자기 어머니가 따라나섰다고 했다. 여행하는 기분으로 알아서 시간 보낼 테니 같이 갔다 같이 돌아만 오자고. 그 말을 하는데 부끄러워하듯 종소의 목 언저리가 붉어졌다.

우리, 조금 이따가 일어나야지?

어머니가 나란히 앉은 아들을 돌아보며 말했다. 작고 가는 목소리인데도 위세가 실린, 조금은 복종하게 만드는 소리같이 들렸다.

기차 시간 충분해요.

그는 어머니를 보지 않고 말했다. 어머니가 팔을 뻗어 화병을 당기더니 해바라기 꽃대를 다시 만지며 흡족한 표정을 지었고 양지는 그 순간 알아차렸다. 저 꽃을 고르고 사 가라고 시킨 사람이 어머니였다는 걸. 두 사람은 양지가 카디건과 나일론 바지를 걸쳐 두었다가 치운 식탁 의자에 나란히 앉아 있었고, 양지는 혼자 있을 때는 과도로 찍어 먹던 과일을 포크로 하나 찍은 뒤 접시를 모자 쪽으로 돌렸다. 날씨도 안 좋은데 하루 더 계시다 가지 그러세요.

휴대전화 진동이 울렸다. 양지는 저도 모르게 현관문 쪽을 돌아봤다. 지금 여기에 손님을 부른 걸 들킨 사람마냥. 현선배가 아니었으면 확인해보지 않았을 텐데. 선배가 보낸 메시지는 여느 때와 달리 길었다. 부탁 하나 할게. 싱크대 상부장에 혈압 보조제 있을 거야. 약이 떨어져가. 편의점 택배로 좀 부쳐줘. 포장재나 테이프는 신발장 우측 장이나 전기밥솥 아래 같은 데 뒤져보고.

양지는 자신을 보고 있는 두 사람을 보다가, 잠깐 망설이다가, 내용을 들려주었다.

의자를 뒤로 쭉 밀어내며 종소가 일어났다.

내가 가서 부치고 올게요.

기차역 가면서 부치면 되지.

어머니의 말을 밀어내고 양지가 말했다.

그래줄래?

주방 싱크대 상부장을 여니 일본어가 씌인 큰 약통이 하나 있었다. 한자로는 납두정. 이거 맞아요? 사진을 찍어서 현선배에게 보내려는데 현관 쪽에서 무슨 소리가 났다. 식탁 의자가 밀리고 어머니가 그쪽으로 걸어가는 기척도. 왜 그래? 양지는 슬리퍼를 끌고 뛰다시피 다가갔다. 아, 신발장.

……

이거, 정말 오랜만에 보네요.

종소 어머니가 현관 바닥에 쓰러진 밀짚 인형을 흥미롭다는 듯, 어쩐지 조금 즐겁기까지 해 보이는 얼굴로 들여다보았다.

종소는 선배 이게 뭐예요? 하는 눈으로 양지를 쳐다봤다. 머리와 목과 팔과 허리와 양쪽 다리를 붉은 실로 꽉 조여놓은 그 불길해 보이는 인형이.

여기가 아니라 옷장에 숨겼어야 했는데. 선배와 아들의 코트들로 가득차서 자리가 없었다. 신발장에서 청소기를 꺼내 주방 구석에 세워두고 그 자리에 그걸 억지로 밀어넣었다. 거의 어린아이만큼 큰 밀짚 인형이었다. 바늘이나 송곳으로 찌를 수도 있고 저주의 부적과 함께 불태울 수도 있는 허수아비, 일명 저주 인형이라고 불리는.

세 사람은 그걸 같이 보았다.

서로의 눈이 마주쳤다. 거기 뭔가가 흔들린 것 같았다.

자정이 넘어서 양지는 자신이 온종일 집안에만 있었다는 걸 깨달았다. 아무리 폭우가 쏟아져도 잠깐이라도 밖에 나가지 않고 집에서만 있어본 적은 없었다. 그래도 답답하지 않았고 하고 싶은 일도 있었다. 선풍기를 미풍으로 틀어놓은 작은방에서 종소 어머니는 방문을 반쯤 열어놓고는 등을 돌린 채 잠들었고 종소는 에어컨을 25도로 맞춰놓은 거실 소파에서 이불을 머리까지 덮고 누웠다. 그가 정말로 잠이 들었는지 아닌지는 알 수 없어서 양지는 뒤꿈치를 들고 화장실에 다녀오다가 어둠 속에 잠시 서 있었다. 아파트 후문 쪽, 고가도로 근처의 모텔을 예약하겠다는 종소를 말린 사람은 어머니였다. 저녁식사 이후 어머니의 기운이 급격히 가라앉아 보여서 종소도 더는 우기지 못하는 눈치였다. 어머니는 초저녁잠이 많다며 일찍 잠자리에 들었다. 이 집에 지금 두 사람이 더 있다. 모두 잠시 집을 떠난 사람들. 양지는 불을 끄고 안방에 누웠다. 가벼운 피곤함과 작은 긴장이 녹아내리듯 온몸으로 번졌다.

한 번도 느껴보지 못한 감정이었고 조금 더 깊이 체험해보고 싶었다. 비바람 소리도 더는 불안하게 들리지 않았다. 적당한 중력이 이 집과 자신을 눌러주는 듯한 기분이었다.

종소가 근처 편의점으로 혈압 보조제를 부치러 간 사이—종소는 나간 김에 산책로를 좀 걷다 오겠다고 했다—그의 어머니와 나눈 말들은 아직 정리되지 않았고 그건 부기가 필요한 이야기처럼 시간이 더 필요한 일일지 몰랐다.

현관을 나갈 때 종소 얼굴에 얼핏 스치고 지나간 표정을 양지는 봤다. 드디어 혼자만의 시간을 갖게 되었다는 홀가분함을. 네시가 가까웠다. 현관문이 닫히자 테이블에 앉아 있던 어머니가 양지에게 손짓했다. 이선생을 이상하게 보지 말아주세요, 이런 데 저런 데 어머니랑 같이 다니는 아들을. 어머니는 누구에겐가 이야기가 하고 싶었던 사람처럼 보였고 양지는 그녀 가까이로 상체를 기울였다. 아들 방에서 이상한 글을 보았다고 했다. 침대 커버를 바꿔주러 들어갔다가 책상에 놓인 노트를 열어보았더니, 거기에 무슨 말인가 쓰여 있었어요. 어머니는 얇은 입술을 꾹 다물곤 눈을 돌렸다. 양지는 고개를 끄덕였다. 유서라는 단어를 쓰지 않기 위해 안간힘 쓰며 물었다. 그러니까, 뭔가를 암시하는 글 같은 건가요? ……혼자 어디로 보내는 게 겁이 났어요. 내가 우겨서 따라나선 거예요. 여기까지 오게 될 줄은 몰랐지만. 양지는 팔을 뻗어 왼쪽 벽의 스위치를 눌렀다. 머리 위 갓 전등에 불이 들어왔고 테이블 위로 오렌지빛이 원형으로 번졌다. 해바라기 그늘이 드리워져 맞은편에 앉은 그녀의 얼굴이 보다 어두워졌다. 그게 도움이 되었다. 머뭇거리다 양지는 입을 열었다. 혹시 그 소문을 종소도, 아니 이선생도 들은 게 아닐까요? 그 말을 종소 어머니의 불안에 고리처럼 걸치곤 천천히 끌어당기듯 말했다.

몇 분쯤 지난 것 같았다.

비가 또 쏟아지네요. 종소 어머니가 주방 뒤쪽 다용도실을 가리켰다. 어제 널어둔 세탁물들이 걸려 있었다. 양지가 일어나 급하게 걸어왔다. 지금 갤 생각은 아니었는데 종소 어머니가 장마 때라 바로 개지 않으면 냄새가 날 거예요, 라고 했다. 보여주고 싶지 않은 세탁물이 있을지도 몰라서 양지는 바구니를 거실 테이블에 쏟아놓고 반쯤 등을 돌린 채 개기 시작했다. 종소 어머니가 소파로 옮겨와 앉았다. 양지가 수건을 개는 걸 지켜보던 어머니가 말했다. 서선생님 어머니가 수건을 그렇게 갰나보네요. ……네? 딸들은 수건 개는 법을 엄마 보고 배우잖아요. 그런 생각은 한 번도 해본 적이 없었다. 그러니까 자신이 열아홉 살 때 집을 나간 어머니에게서 배운 게 있고 그 이해할 수도 불러볼 수도 없는 여자의 무언가가 자신에게 남아 있을지 모른다는 것에 대해서.

양지는 오십대 아들이 쓴 이상한 문장 때문에 걱정돼 멀리까지 따라나선 그 팔순의 타인에게 어머니 이야기를 짧게 했다. 그래도 될 것 같았다. 그러자 한 가지가 더욱 분명해졌다. 엄마에게 버림

받은 딸, 세상엔 그런 사람이 있고 자신이 그중 한 사람이라는 뼛속 깊이 새겨진 사실이.

빗소리만이 들렸다.

두 사람은 그냥 앉아 있었다.

양지가 다시 수건을 접었다. 종소 어머니도 두 손으로 수건을 잡고 반 접었다. 그러곤 수건 위의 무언가를 물끄러미 들여다봤다. 양지는 그녀가 들여다보는 것을 같이 보았다. 수건에 새겨진 문구를. 현선배와 그녀의 남편이 재직하는 두 군데 대학─한 군데는 종소와 자신이 다닌 모교─에서 받은 기념 타월들이었다. 학교명과 학과, 연도와 날짜 위로 '입학 30주년 기념' '교수 워크숍'이라고 새겨진. 종소 어머니는 그 글자들을 손바닥으로 쓸었다. 고개를 숙이고 있어서 정수리 두피가 훤히 보였다. 엄마가 살아 있다면 이제 일흔아홉이 되었을 테고 이렇게 정수리도 휑하고 관절은 튀어나오고 노인 우울증을 겪고 새로 생긴 자식 문제로 전전긍긍하고 있을지 몰랐다. 그 여자가 불행하기를, 아주 끔찍한 삶을 살게 되기를 얼마나 바랐던가. 양지는 하마터면 그런 말까지 하게 될까봐 후, 하고 큰 숨을 내쉬곤 다시 들이쉬었다. 이선생이 학생들 가르치는 일을 얼마나 좋아하는지 몰라요. 종소 어머니는 아직 수건에 사로잡혀 있었다. 종소가 거의 포기한 일을 어머니는 여태 포기하지 못한 모양이었다. 자식이 평생 해오고 바란 일이 뜻대로 안 되는 걸 지켜보는 부모 마음은 어떨까. 그건 불안장애를 겪는 조카를 지켜보는 일과는 비교할 수 없을 것 같았고 상상도 되지 않았다. 이 집은 참 좋겠어요, 이렇게 부부가 다 교수가 됐으니. 그런데 왜…… 양지가 임시로 치워둔 거라며 그 지푸라기 인형을 도로 신발장으로 밀어넣으려고 했을 때 종소 어머니가 손을 저었다. 원래 있던 데 놔두라고. 양지는 저주 인형을 원래 있던 곳, 열어두면 거실에선 보이지 않는 작은방의 문 뒤에 세워두었다.

종소 어머니는 몇 개나 되는 낡은 기념품 수건을 양지와는 다른 방식으로 정성껏 개어 포개었다. 저게 종소가 수건을 개는 방법이겠구나. 양지는 이번에는 지나가는 말처럼 들리지 않게 이왕 여행 오신 거니 하루 더 지내고 가시라고 권했다. 아들과 둘이 집을 떠나본 것도 오랜만이시지요?

어머니가 마지막 수건을 탈탈 털어 갠 뒤 양지를 흘긋 보곤 뭔가를 교환하고 싶은 사람처럼 그제야 물었다. 그 소문이란 게 뭐냐고.

목요일이었다. 비는 아침에 그쳤지만 운문댐, 영천댐의 수문 방류로 하천 수위가 상승할 예정이니 금호강 주변 출입을 금지한다는 안내 문자가 연달아 들어왔다. 종소와 양지는 방문, 거실 문, 양쪽 베란다 창문을 한 뼘씩 열어둔 채 에어컨을 끄고 아파트를 나왔다.

아침에 일어났을 때부터 어머니가 보이지 않았다고 했다. 일회용 우비 두 개와 동전 파스, 몇 개의 얇은 옷가지가 든 가방이 작은방 책상에 놓여 있었다. 휴대전화도. 산책하러 가셨나 싶어서 두 사람은 열한시가 넘도록 기다렸다. 차시간이 오후 세시인 걸 알고 계실 텐데. 종소는 불안해하지 않다가 열한시가 넘자 달라 보였다. 그러곤 나가서 어머니를 찾아야겠다고 일어났다. 날씨는 예측할 수 없었다. 이러다가 갑자기 폭우가 쏟아지면 산책로는 더 이상 안전하지 않고, 돌다리를 건너다가 천으로 휩쓸려들어갈 수도 있었다. 종소는 그런 상상을 하는 것 같았다. 왼쪽 눈에 핏줄이 터져 있었다.

무학로교회 마당의 오래된 은행나무를 보고 근처 식당에서 점심을 먹고 헤어지자는 계획은 지켜지지 않을 것이다.

가끔 왜 이러시는지 모르겠어요.

아파트 출입구 앞에서 종소가 화를 누르는 투로 말했다.

뭐가?

내 엄만데도 이해할 수 없을 때가 많아서요.

신발을 제대로 신었는지 확인하고 싶은 사람처럼 종소는 발밑을 내려다보았다.

엄마. 종소 입에서 그런 말이 나왔다. 엄마. 양지는 해가 없는데도 손으로 이마를 가렸다. 어제 종소 어머니가 한 말을 전하기는 어려웠다. 짐이 되긴 싫은데, 혼자서는 살아갈 수 있을 것 같지 않아요. 네 어머니께서 그런 말씀을 하셨어, 라고는. 어머니가 사라졌다는 말을 들은 순간, 양지는 자신이 저질러온 또하나의 실수를 확인하는 기분이었다. 이렇게 모든 일이 부족한 시도와 실수로 남아 나날을 만들고 작은 슬픔이 겹겹이 모여 무거운 슬픔이 되고 나는 그걸 때때로 이 세계에서 깨끗하게 사라지고 싶다는 욕구로 뒤바꾸어 여겨왔던 걸까. 양지는 생각하고 싶었다. 얼른 혼자가 되고 싶었다. 어제부터 혼자 있었던 때가 없었다. 종소는 양지가 알려준 대로 후문으로 나가 교회 쪽을, 양지는 정문 쪽 산책길을 둘러보기로 했다.

길이 갈라지는 쓰레기 분리수거장 앞에서 양지는 뒤돌아봤다. 두 손을 바람막이에 찔러넣고 종소는 후문 입구로 걸어가고 있었다. 오늘은 꼭 집으로 돌아가야 한다고 했다. 어제 어머니가 주무시는 사이에 식탁에서 맥주를 몇 캔 마시며 들은 이야기였다. 작은방 문이 열려 있어서 말소리를 죽여가며. 다섯시 반에 면접을 봐야 해서요. 무슨 면접? ……아르바이트요.

얇은 막처럼 얼굴을 덮어씌우는 듯한 후텁지근한 강바람이 불어왔다. 발밑에 맨홀뚜껑이 있었다. 피해서 몇 걸음 걷던 양지는 뒤돌아 다시 맨홀뚜껑 앞으로 갔다. 이 년 전 동생네서 머물며 가족여행을 따라나서지 못한 둘째 조카를 돌보던 이맘때, 근방에서 성인 두 명이 수압 때문에 뚜껑이 열린 맨홀로 추락하는 사고가 났었다. 그후로 시에서 맨홀뚜껑 아래에 철 그물망 같은 '맨홀 추락 방지 시설'을 설치한다고 했다. 양지는 뚜껑을 열어서 확인해 보고 싶었다. 정말로 그게 있는지. 신문에서 본 그 흰색 안전장치가 설치돼 있는지. 서울에는 이십칠만 개의 맨홀이 있고 이 도시에는 몇 개가 있는지 아직 찾아보지 못했다. 사흘 전 부기천에서 실종된 여성이 어떻게 되었는지도 아직 모른다. 금락초등학교를 돌아나와 양지는 길을 건넌 뒤 산책로로 이어지는 나무 계단을 내려갔다.

어쩌면 종소는 오늘 면접에 늦어 아르바이트를 구하는 데 실패할지도 모른다. 어머니는 저녁까지도 돌아오지 않을지 모르고 집을 떠난 그들은 각자가 알아야 할 일면을 감추느라 더 많은 시간을 써야 할지 알 수 없었다. 자신과는 무관한 일이라고 믿고 싶었다. 몇 걸음 더 걸었다. 어머니가 사라진 일에 자신이 연루돼 있다는, 유발한 자에 가깝다는 느낌을 떨치기 어려웠다.

강변 산책로는 그사이 누가 큰 손으로 헤집어놓은 것처럼 보였다. 음수대가 두 동강이 나 있었고 운동기구는 땅속 시멘트 덩어리까지 뽑힌 채 넘어졌으며 길게 자란 잡초와 나무들이 한 방향으로 휘었다. 탁한 강물은 동쪽 강변로로 세차게 흘렀다. 그래도 산책하는 사람들이 있었다. 노부부도 있고 몇 번인가 마주친 휠체어를 탄 사람과 미는 사람, 이어폰을 끼고 빨리 걷는 젊은이들도. 틈이 날 때마다 걷고 또 걷고 같은 길을 왕복하는 사람들이 있었고 그들에겐 그게 가장 중요한 일과처럼 보였다. 여기 올 때마다 그런 느낌을 받았다. 종소 어머니는 보이지 않았다. 연두색 스카프를 목에 두르고 일회용 우비를 입었을지 모르는. 이 조급함과 불안은 어젯밤 양지가 일시적으로 느꼈던 안도감을 조롱하는 듯 느껴졌다. 거실에서 한 사람, 저주 인형이 있는 작은방에서 또 한 사람이 내는 희미한 숨소리를 들으며 양지는 어제만은 구멍 난 니트를 수선하는 유튜브 동영상을 찾아보지 않았으며 쇼핑몰에 좋아하는 단어를 검색해볼 생각도 하지 않았다. 깊은잠을 잔 건 오랜만이었다. 꿈을 꾸었는데도 그런 기분이었다. 꿈속에서 양지는 흰말을 보았다. 좋아하는 것들이 나타났고 자신이 짓는 미소가 생생하게 느꼈다. 그런 밤이었다.

어머니가 사라졌다는 말을 듣기 전까지는, 모든 것이 괜찮았다.

양지는 걸음을 멈추었다. 어떤 마음이 들었다. 뒤돌아왔던 만큼 걸어 다시 나무 계단을 올라가 하양교로 향했다. 금호강은 강이라기보다 기껏해야 하천 같았고 눈앞에 그런 게 있다는 것도 마음에 들지 않았다. 하나둘 빗방울이 떨어졌다. 양지는 부기리LH아파트 정거장을 지나 잔디밭을 가로질러 스타벅스 이층으로 올라갔다.

현선배네 도착한 이튿날 갑자기 와이파이가 되지 않았다. 선배에게 연락하자 몇 시간 후 기사가 방문했다. 마침 하양읍에 있어서 다행이라고, 기사는 자기 일처럼 친근하게 말했다. 그가 땀을 많이 흘려서 양지는 보리차에 얼음을 넣어 주었다. 거실 구석의 공유기를 살피던 기사가 고개를 갸웃거리더니 아파트 기계실에 가보겠다고 했다. 그러고는 돌아와 놀란 듯이 말했다. 지하 기계실에 쥐들이 살고 있는데 이 집 인터넷 선을 갉아먹었다고. 양지가 믿지 못하는 표정을 짓자 그는 휴대전화로 찍은 사진을 보여주었다. 플래시 때문에 눈이 빨갛게 찍힌 큰 쥐, 그 뒤로 오글오글 모인 작은 쥐들이 얽힌 전기선들 사이에서 뚜렷하게 보였다. 기사는 경비실에 이야기하라고 당부했다. 쥐들이 다른 집 선들을 더 갉아먹기 전에.

양지는 그 이야기를 현선배에게도 경비실에도 하지 않았다. 그때는 자신도 왜 그런지 몰랐다. 커피를 한 모금 마셨고 자신에게 해보이듯 그제야 고개를 까닥거렸다. 당연하게 여기는 것이 당연하지 않다는 걸 알아야 한다고, 사람들이.

사람들은 엄마를 잃어봐야 한다. 엄마를 잃어버렸다는 느낌이 어떤 건지 알아야 한다. 그게 아주 잠깐 동안이라도.

이층 창밖으로 현선배의 고층 아파트가 보였다.

등을 지고 앉고 싶었다.

마지막으로 일했던 강사 자리를 소개해준 사람이 현선배였다. 현선배와 가까운 교수가 학기가 막 시작되자마자 입원했다고. 양지 집에서 본교까지는 지하철로 오십 분, 본교에서 두 시간가량 교직원 셔틀을 타고 가야 했다. 세 시간 수업하고 다시 세 시간을 기다렸다가 오후 네시 반 셔틀을 타고 서울로 돌아오는 일정이었지만 그런 건 아무것도 아니었다. 수업을 나간 지 서너 주쯤 지났을 때 현선배가 전했다. 병원에 있는 교수가 마음이 쓰인다면서, 자신의 연구실을 써도 된다고 했다고. 수요일마다 양지는 모르는 교수의 연구실에 들어가 가방을 부려놓고 출석부만 든 채 강의실로 들어갔다 나오곤 했다. 다른 때와 달리 학생들이 두렵지 않았고 강의에 자신감도 생겼다. 가끔 청소하는 아주머니가 의아한 눈으로 돌아볼 뿐이었다. 드넓은 교정 안, 책장과 책상과 작은 소파와 테이블과 에어컨과 온풍기와 세면대와 커피포트가 있는 방. 그런 일시적인 성역처럼 느껴지는 방에 있다는 기분에 오래 잠겨 셔틀을 놓칠 뻔한 적도 있었다. 교수는 퇴원하지 못했다. 2학기 수업도 양지가 이어서 맡았다. 연구실 문 앞에 교수의 이름과 시간표와 외출, 회의, 강의, 퇴근 등 상태를 표시해둘 수 있는 네모난 플라스틱 안내판이 붙어 있었다. 어느 수요일에 그 문을 열고 들어가면서 양지는 교수가 영영 퇴원하지 않게 되기를 바랐다. 자신이 계속 이 강의를 맡게 되기를. 중간고사와 개교기념일을 지나, 기상 악화로 인한 줌 수업을 하고 4주 만에 연구실에 다시 갔을 때 문 앞에 다른 안내판이 붙어 있었다. 예비 공간. 얼굴을 본 적도 목소리를 들어본 적도 없으면서 현선배를 통해 양지에게 자신의 수업을 맡긴 교수는 사망했다.

그뒤로 현선배를 볼 때마다 가슴이 쿵쾅거렸다. 혼자 있을 때도 그랬다.

양지는 그 이야기를 종소에게만 했다. 그는 맞은편에 앉아 있던 양지의 손을 끌어당겨 자신의 두 손을 포개곤 고개 숙여 울었다. 양지 대신 울어주는 사람 같았다. 그때 그 바람이 가짜가 아니라는 걸 알아본 사람 같았다. 종소는 오래 울었고 그후로 둘 사이에 언제나 그것이, 예비 공간이 끼어들었다.

지금, 양지는 스타벅스 잔을 밀어두고 두 손으로 얼굴을 가렸다.

비에 젖은 무성한 벚나무 이파리가 바람에 흔들릴 때마다 햇살이 조각조각 떨어져내렸다. 후문 산책로 벤치에 앉아 있는 종소 위로도. 몇 걸음 떨어져서 본 종소는 그래서 얼룩덜룩해 보였고 아까 아파트 현관에서 헤어진 게 아니라 하양에서 이제 처음 만나는 사람같이 느껴졌다. 여기서 기다리겠다고, 종소는 짧게 메시지를 보내왔다. 뒤늦게 어머니를 찾는 일이 온당하지 않은 태도처럼 느껴져서 스타벅스를 나와 강변 산책로로 향한 양지가 금계국, 애기나팔꽃, 자주개자리, 소리쟁이, 다 같은 잡초처럼 보이던 식물들 앞을 왔다갔다하고 있을 때. 천천히 오라는 종소의 말과 달리 숨이 차도록 걸었다. 용천제방길 쪽으로 돌아 후문 산책로로. 비가 그치고 거짓말처럼 구름 사이로 해가 쨍하게 드러났다. 길 건너 하양생활체육공원 쪽에서 함성이 들렸다. 자전거도로에도, 봄이면 벚꽃이 터널을 이루는 인도에도 이때를 기다렸다는 듯 운동복을 입고 걷는 사람들과 자전거를 타는 사람들이 나타났다. 원두

막 쉼터 옆 미니 운동장에서 사람들이 모여 운동을 시작했고 빨간 셔츠와 검정 반바지를 입은 강사가 뭔가를 설명하고 있었다. 무릎에 팔꿈치를 올려두곤 턱을 괴고 있던 종소가 양지가 앉으려고 하자 벤치에 남아 있는 물기를 손바닥으로 한번 쓸어주었다. 나무둥치들 사이로 운동 강사의 뒷모습과 그 앞에 되는대로 엉성하게 줄을 선 스무 명도 넘는 사람들이 보였다.

가까운 데 있는 걸 놓치고 사네요.

그의 관자놀이에서 땀이 흘러내렸다.

양지는 숨을 골랐다. 종소는 어디서 혼자 자신의 일부를 다시 만들고 온 사람처럼 보였다. 기차 시간이 가까운데도, 옆에 어머니가 없는데도 더는 동요하지 않았다. 그의 말을 잘 듣고 싶었다. 종소는 무학로교회에 갔다가 문화로를 따라 걷다 현선배가 재직한 대학까지 가게 됐는데 교정에 그냥 지나치기 어려울 만큼 빽빽한 소나무 숲과 비어 있는 벤치 두 개를 보았다고 했다. 거기에 앉아 있었다고. 가끔 솔방울이 툭 떨어지는 소리, 까치 까마귀 참새 소리를 듣고 있는데 이런 생각이 들었다고 했다. 아무 일 없을 거라고, 어머니에게도 혼자 있는 시간이 필요한 거고, 이런 건 아무것도 아닐 거라고.

내가 너무 못 믿나봐요.

뭐를?

어머니를요.

그래서, 어머니 찾았어?

종소는 고개를 들어 눈으로 정면을 가리켰다. 양지는 몸을 좌우로 움직여 보였다 안 보였다 하는, 강사를 마주보고 선 사람들을 들러보았다. 왼쪽 중간 줄쯤에 연두색 스카프가 눈에 띄었다. 짧게 친 흰 머리도. 어제와는 다른 한지 같은 헐렁한 흰옷을 입은 어머니가 강사의 구령에 따라 느리게 몸을 움직이고 있었다. 평소에 양지가 운동이라고 여기지 않은, 그저 하나 둘 셋, 강사의 구령에 맞춰 무릎을 구부렸다 펴곤 두 손으로 자신의 복부를 두드리듯 치는 그 단순한 동작을. 대체로 오후에 동네 노인들이 모여 하는 단체 운동이지만, 오늘 보니 늘 그렇지만은 않은 듯했다. 사람들이 계속해서 하나둘 모여들었다.

아무 일도 안 일어나면 진짜 여행이 아닌 거죠.

……괜찮은 거지?

종소는 말없이 앞을 봤다.

양지도 그렇게 했다.

며칠 전에 하주교 밑에서 징검다리를 건너는 사람을 봤어, 편편해 보여도 요즘 비가 와서 미끄럽거든, 양복을 입고 수박 한 통을 두 손으로 받쳐들었는데 다 건너갈 때까지 지켜보게 되더라, 그 사람이 저기 어머니 오른쪽에 선 아저씨야. 저번에 앞에서 걸어오던 어떤 청년을 봤는데 황태포 꼬리가 삐죽 솟은 에코백을 메고 가는 거야, 한여름에 황태포로 뭘 할까 싶은 게, 누구 제사 지내는 모양이구나 해서 마음이 좀 그랬어, 저기 맨 앞줄에 선 사람이야. 저 위쪽 산책길에서 떨어진 솔방울들을 줍고 있는데 아주머니 한 분이 다가와 물었어, 솔방울이 더 필요하면 자기네 농장에서 가져다줄 수 있다고, 괜찮다고 하고 내가 가려고 하니까 솔방울을 쥔 내 손을 보면서 그러는 거야, 자연을 담아가시네요, 라고, 그 아주머니가, 저분, 아니 그 뒤쪽, 그래, 목소리가 너무 약해서 투병하시는 분이 아닐까 싶어. 현선배 집에 온 다음날 보니까 습도계가 멈췄더라, 동전만한 건전지가 필요해서 편의점에 갔어, 계산하려는데 매니저가 그걸 자세히 들여다보더니 아니라고, 원형 건전지는 크기가 비슷해 보여도 다 각각의 번호가 있다는 거야, 그런 거 알아? 그러곤 이제 막 일 배우기 시작한 아르바이트 학생을 부르더니 진열된 건전지들을 가리키면서 친절하게 설명해주는 거야, 정말 거기에 깨알 같은 크기로 일련번호가 새겨져 있더라고, 학생이랑 같이 신기해하면서 웃는데 불쑥 눈물이 고였어, 낯선 데 있으면 가끔 이상한 데서 그럴 때가 있어, 정전된 저녁에 모르는 이웃이 다가와 자기 초에서 내 캔들로 불을 옮겨줬던 때처럼, 저기 중간 왼쪽 줄에서 회색 반팔 티 입은 사람이 그 매니저야. 현선배는 자연주의 화장품을 쓰면서 냉동 피자와 미니 지퍼백과 봉지 집게와 분말 양념 들을 좋아하는데 이 집의 뭘 돌보라는 건지는 모르겠어, 그래서 자꾸 그 인형을 보게 돼, 실종된 사람은, 친구한테 전화했었대, 비가 너무 와서 일을 못 할 것 같다고, 그런데 새벽

다섯시에 차를 몰고 배송하러 나갔다가 급류에 휘말린 거야, 거기까지 걸어가본 적이 있어, 두려워, 앞으로 알게 될 일들이.

종소는 턱을 괴었던 손을 내려 무릎에 손바닥이 보이게 올려두었다. 빈손이었는데 그렇지도 않아 보였다. 잡을 수 없는 그 손에서 눈을 돌리며 양지는 물었다.

가야지?

이제 가도 돼요?

찌푸리듯 웃는 눈으로 양지를 돌아보곤 종소는 자리에서 훌쩍 일어났다. 나뭇잎에서 후드득 빗방울이 떨어졌다. 그가 왼쪽으로 돌아서 단체 운동하는 사람들의 뒷줄로 가는 것을 보곤, 양지는 엉거주춤 일어나려다가 도로 앉았다. 이제 삼십여 명쯤은 돼 보였다. 강사가 더 자신감이 담긴 소리로 구령했다. 하나아 두울 세엣 네엣. 무릎을 구부렸다 펴면서 사람들이 두 손으로 복부를 치는 소리가 점차 커지고 리듬도 생겼다. 종소 어머니도 감각을 찾았는지 당신 앞의 공기를 가볍게 끌어모으듯 두 팔을 크게 움직였다. 서로를 걱정하는 일만이 직분처럼 보였던 두 사람은 적당히 떨어져 이제 같은 행동을 하고 있었다. 비현실적으로 가깝게 내려앉은 뭉게구름 밑에서. 두 사람은 원래 하나였다 갈라진 사람들 같았다. 어머니에게 오늘 필요했던 혼자만의 시간에 대해 양지는 알 것 같기도 했다.

종소가 나오지 않은 지난겨울 모임에서 양지는 들었다. 전임 자리에서 밀려난 종소가 최교수 사모가 운영하는 카페에 가서 여름 내내 두 사람을 협박하고 위협했다고. 단골손님까지 폭행해 최교수와 사모를 불안에 떨게 했다는 소문을. 소문만 들은 건 아니었다. 걔는 이제 끝난 거야. 그런 말도 들었다. 양지는 그 자리에서 들려오는 말을 다 들었다. 종소는 그런 사람이 아니야. 누군가 그런 말을 해주길 기다리면서, 자기 일처럼 끈질기게 들었다. 아들에게 어떤 일이 있었다는 걸, 양지가 말하지 않아도 어머니는 알아차렸을 것이다. 종소가 쓴 글의 내용을 어머니가 말해주지 않아도 양지가 짐작할 수 있는 것처럼.

어젯밤, 작은방에 이부자리를 펼 때 양지가 그 지푸라기 인형을 다시 옮기려고 하자 어머니가 손을 내저었다. 놔둬요, 그게 없어지면 더 고통스러울지 모르니까.

양지는 그 말에 대해 오래 생각하게 될 것 같았다.

종소는 어머니 옆줄 끝에 있어서 잘 보이지 않았다. 원래도 눈에 띄지 않는 사람이었다. 그런 종소가 언젠가 한번 눈에 띈 적이 있었다. 모두가 젊었고 무슨 자리였는지 기억도 안 날 만큼 오래된 일이었다. 거기 모여 있던 대부분의 학교 사람들이 취했고 밤이 깊었다. 누군가 일어나서 노래를 불렀고 누군가 테이블에 엎드려 잠을 자고 누군가는 울고 누군가는 아무도 듣지 않는 말을 했다. 양지는 슬쩍 자리를 뜨려고 했다가 누가 시켰는지 휘청대며 몸을 일으키는 종소를 보곤 도로 앉았다. 얼굴이 붉어진 종소가 두 손을 앞으로 모으곤 눈을 감았다. 그에게서 낮은 저음의 소리가 부끄러워하듯 조금씩 새어나왔다.

그대의 눈물 한 방울 나의 초라한 마음을 두드리네
느리게, 오랫동안 그리고 똑같은 고통의
울림이 있네, 똑같은 장소에서, 시간처럼 끈질기게
빗방울 하나 마른잎을 두드리네

저게 무슨 노래야? 노래가 아니고 시예요, 선배. 시? 프랑시스잠. 야, 쟤는 왜 이런 데서 저런 걸 해. 노래나 부르지. 그런데 뭐라는 시야? 무슨 내용인데? 양지는 고개를 살짝 흔들며 입술을 다물었다. 혼자만 알고 싶었다. 빗방울 하나 마른잎을 두드리네. 그의 목소리가 양지의 가장 어둡고 뾰족한 데를 어루만지는 것 같았다. 오래도록. 동네 사람들과는 다르게 외출복을 입고 구령에 맞춰 열중한 표정으로 복부를 두드리고 있는 종소에게 양지는 말하고 싶어졌다. 너는 그런 청년이었다고, 사랑을 믿고, 사랑을 노래할 줄 아는 사람이었다고.

어머니가 햇살 쪽으로 얼굴을 내밀곤 양지에게 손짓했다. 이제 그들은 다섯시 기차를 타고 빈집으로 돌아갈 것이다. 양지는 냉장고에서 달걀을 꺼내 일인분의 저녁을 차리고 환풍기를 수리하며 아직 남은 여름을 대비해야 한다. 가까이 있는 것을 보면서. 월

화수목금토일, 남은 날들을. 눈앞의 이 중화된 장면이 도움이 될지도 몰라 새기듯 눈을 한번 감았다가 뜨곤 양지는 뒷줄로 가 엉거주춤하게 섰다. 하나아 두울 세엣. 단조롭지만 어딘가 격려하는 듯한 젊은 강사의 목소리가 크게 들렸다. 모르는 사람들이 모두 한 동작으로 움직였다. 땀과 습기로 흠뻑 젖은 등과 머리카락들. 뒤에서 그들을 보니 살아남는 법을 배우려는 몸짓처럼 끈질기고 격렬하게 느껴졌다. 빗방울이 떨어졌다. 더 늦기 전에 무릎을 굽혔다 펴는 순간, 양지는 자신을 일깨우듯 두 손으로 배를 탁 쳤다.

* 소설의 제목은 프랑시스 잠의 같은 제목의 시에서 빌려왔다.

절차

절차

1

　지난여름은 다른 해와 달랐다. 오늘은 9월 1일이고 월요일이다. 새 학기를 시작하기에 더없이 좋은 날이었다. 오랜 관습처럼 일 년은 개강에 맞춰서 3월과 9월로 나뉘었고 강의를 맡게 된 학기와 그렇지 않은 학기에 따라 생활이 달라졌다. 일 년 만에 모교에서 다시 강의할 수 있게 된 건 그에게 그저 좋은 일이라는 표현만으로는 부족했다. 좋은 일은 더 있었다. 지난 학기에 다른 학교에서 맡았던 두 시간짜리 강의를 이어서 하게 되었다. 두 군데 대학에서 두 시간짜리 수업을 동시에 맡게 된 건 사십대 중반을 지난 후로 처음이었다. 총 네 시간 강의료에 주 나흘짜리 저녁 아르바이트까지, 하반기에는 경제적인 부담도 줄어들 듯했다. 어젯밤도 열 대야여서 9월이 시작됐어도 지난여름이라고 말하기는 어색하지 만, 여름도 그럭저럭 지났다. 그럭저럭. 그는 가끔 어머니가 쓰는 표현을 자신이 사용한다고 알게 될 때 조용히 놀라고는 한다. 여름에 그는 면봉 공장에서 두 달 동안 아르바이트를 했고—어머니 모르게—밤에는 책을 읽을 수 있었으며, 추위보단 무더위에 강한 체질인 어머니도 덜 우울해 보였다. 새 학기 수업 연락도 일찍 받 았으므로 여름은 여러모로 괜찮았다.

그러나.

그는 고개를 끄덕였다. 다른 뭔가가 올 거라고, 인생에 여러 번 속아본 사람처럼.

아침 아홉시 반에 시작한 첫 수업을 마치고 지금 그는 학생들 이 강의실에서 나가기를 기다리는 중이다. 열다섯 명의 2학년 학 생들이 필기도구를 백팩에 넣고 의자를 밀어넣고 강의실을 모두 빠져나가기를. 처음 강의를 시작했던 십오 년 전부터 그는 수업이 끝나도 먼저 강의실을 나간 적이 없었다. 단 한 번도. 그러면 학생 들이 자신들이 강의실에 남겨졌다는 느낌을 받지 않을 것 같아서. 어쩌면 배려받는다는 느낌을 주는, 조금은 다정한 강사로 보이고 싶었는지도 모른다.

아직도 잠에서 덜 깬 듯 학생들은 굼뜨게 움직이며 그가 뭔가 를, 무슨 말인가를 해주길 기다리는 듯한 태도로 강의실을 나가

고 있다. 절반쯤 남았고 그는 어색함을 피하느라 전원을 끈 교탁
의 모니터에 비친 자신의 모습—비 오는 날 더 부풀어오르는 곱슬
머리와 나쁜 인상을 줄까봐 늘 마음에 들지 않는 뾰족한 하관—을
들여다보는 척하고 있다. 백발에 가까운 머리도, 새로 사 입은 하
늘색 리넨 셔츠도 모니터 안에서는 그저 검게만 보일 뿐이다. 일
년 전만 해도 교탁의 모니터는 이보다 구형이었고 칠판도 지금 같
은 전자칠판이 아니라 분필과 지우개를 사용하는 구식 칠판이었
다. 탄산칼슘이 섞여 단단하게 만들어진 색색의 분필 중 그는 차
분한 파란색을 좋아했고 잘 닦인 칠판에 몇 개의 용어를 영어나
한자로 판서할 때 제자리를 찾은 듯한 기분이 들었지만 아까는 뭘
잘못 눌렀는지 롤스크린이 칠판 앞으로 내려와 학생들 앞에서 좀
당황했다. 그런 일이 또 생길까봐 학생들이 다 나가고 나면 전자
칠판 사용 매뉴얼과 교탁에 붙어 있는 모니터 사용시 주의사항을
사진으로 찍어가 익힐 요량이었다. 이번 학기는 더 잘, 더 순조롭
게 마치고 싶었다. 모교에서 후배인 학생들을 가르치는 즐거움은
아무나 누릴 수 있는 게 아니라는 걸 너무나 잘 알았으니까. 아무
것도 기다릴 게 없는 여름을 보내는 일이 얼마나 힘든지도.

　교수님.

　강의실을 마지막으로 나가던 학생 한 명이 교탁 앞으로 다가왔
다. 그는 고개를 들곤 학생을 올려다봤다. 자주색 볼캡을 푹 눌러
쓰고 수업 내내 양쪽 다리를 심하게 떨던 학생. 그는 조심해, 라고

얼른 자신을 단속했다. 첫 수업에서 하는 일 중엔 모래알처럼 느껴지는 학생을 알아차리기도 있다. 그런 학생에게는 말도 행동도 조심해야 탈이 없었다. 그러지 못해서 학교를 영영 떠나게 된 선배들처럼은 되고 싶지 않았으니까. 그는 한 걸음 뒤로 물러서며 왜 그러니, 하려다가 네? 라고 짧게 물었다.

혹시……

애매하게 미소 지으며 그는 학생의 다음 말을 기다렸다. 수업이 아니라면 학생들과 대화할 땐 말을 아끼는 게 나았다. 지금처럼 강의실에 학생과 둘만 남겨져 있다면 더욱. 마스크 때문에 눈빛도 표정도 읽을 수 없는 학생이 볼캡 정수리 부분을 손바닥으로 한번 쓸곤 아니에요, 하고 나갔다. 그는 학생에게 무슨 일이냐고 묻지 않고 불러세우지도 않았다. 수강생 중 자신을 더 알아봐주기를 바라는 마음도 부끄러움도 소심함도 커 보이는, 잘 모르는 학생을.

이제 강의실에 혼자 남았다. 아홉시 반 강의실에 들어오면서부터 물러나버렸던 안도감이 서서히 돌아왔다. 누군가 책상 위에 비닐우산을 두고 갔다. 그는 큰 걸음으로 맞은편 구석으로 걸어가 에어컨을 껐다. 송풍구에서 퀴퀴한 냄새가 났고 몸체에서는 물이 떨어졌다. 비가 그치고도 다음주까지 한낮 기온이 삼십도를 웃돌 거라고 했는데. 그는 바지 주머니에서 휴대전화를 꺼내 조교에게 메시지를 보냈다. 359강의실 에어컨 점검이 필요하다고. 그리고 그는 몇 분 전에 선배, 지금은 학과장인 진교수가 보낸 문자를 보았다. 그게 자신에게 온 게 맞는지 한번 더 읽었다. 짧은 문장인데도 이해하는 데 시간이 걸렸고 지난여름이 한쪽으로 쓱 비켜나는 것 같았다.

개강을 앞둔 지난주에 그는 학과장에게 그 이야기를 전해 듣긴 했다. 학생 한 명이 사망했다고. 그건 그가 바꾼 표현이었고 실제로 들은 말은 이랬다. 우리 학과 애 한 명이 학교에서 자살해 골치가 아프게 됐다고. 그는 처음에 생각했다. 자신이 모르는 학생이라서, 여기에 다시 온 게 일 년만이라서 다행이라고.

2

아르바이트를 마치고 가게를 나가기 전에 그는 권선배에게 슬쩍 물었다. 학교 다닐 때 자신은 어떤 학생이었느냐고. 새벽 한시에 가게를 마감하면서 묻기에 자연스러운 질문은 아니었다. 그렇지만 무슨 말이든 하고 싶어졌다. 그런 순간이 불쑥불쑥 찾아왔다. 이선생? 눈에 띄진 않는데 과제는 열심히 해오는 학생이었을걸. 권선배는 웃었다. 두 사람은 토요일 오후 5시부터 함께 이 지하에서 일했고 서로의 얼굴에서 묻어나는 피로함을 동시에 보고 있을 거였다. 갑자기 왜 그걸 묻냐? 대학원에서 한 학기 그를 가르친 적 있는 권선배가 카운터 앞에서 굵은 목소리로 물었다. 권선배는 사장인데도 아직 그렇게 보이지 않았다. 그냥. 그는 말을 흐렸다. 질문 뒤에 숨긴 의미를 넌지시 간파해주기를 기다리는 학생들처럼.

괜찮지 않을 거야.

그 학생, 어상민 이야기를 처음 듣고 나서 권선배가 그랬다. 우렁우렁한 목소리 때문에 그 짐작은 단언처럼 느껴졌다. 난처해하는 표정이면서도 권선배는 명확하게 그렇게 말했다. 이선생, 괜찮지 않을 거라고. 학생이 남긴 긴 유서에 그의 이름이 쓰여 있다는 사실은 순식간에 퍼져나갈 터였다. 이유와 상관없이. 그렇잖아도 그를 따라다니는 소문들이 있었다. 해명할 수도 없고 해명하기도 어려운 게 대부분이었다. 성가신 문제들. 이렇게 일축해버릴 수 있다면. 너, 그렇게도 못 하잖아. 이번에는 자신의 목소리가 안에서 진동하듯 울렸다. 이선생은 학교에 있는 걸 좋아하는 학생처럼 보였지. 권선배는 퇴근하는 그의 어깨를 툭 쳤다.

그 말은 사실인 것 같았다. 어느 대학이든 후문이나 정문을 통과할 때부터 그는 가슴이 뛰곤 하니까. 화요일 여섯시, 조교가 문자로 남겨준 문화예술관 건물의 6층 강의실 뒷문을 열고 들어가 맨 뒷자리에 앉았다. 영화과 교강사 모임이었고 그는 처음 연락을 받았다. 이렇게 강의실 뒷자리에 앉아보기는 오랜만이었다. 창밖으로 학교 후문에 드나드는 차량과 사람들, 기숙사로 이어지는 언덕이 내다보였다. 지난 학기 종강하던 날 마스크를 쓰고 그 언덕길 벤치에 한참 앉아 있었다. 곧장 집으로 가고 싶지 않은 날이 더러 있는데 종강하는 날은 매번 그랬다.

그는 여섯시 오분에 청바지를 입고 앞문을 벌컥 열고 들어오는 영화과 한교수 쪽으로 고개를 돌렸다. 학교 회의 때 청바지를 입고 오는 사람, 그도 그런 사람이 되길 꿈꾼 적이 있지만 지금은 어깨를 웅크리고 앉아 과제를 성실히 하는 학생처럼 가방에서 필기도구를 꺼내 책상에 올려두었다. 조교가 열대여섯 명쯤 돼 보이는 교강사들에게 앞줄부터 나눠주는 프린트물을 두 손으로 받았다. A4용지 몇 장에 각 과목명과 교수 이름, 교과목 설명이 짧게 쓰여 있었다. 뒷장을 넘겨 그는 자신이 맡은 과목명부터 찾았다. '서사연구(2)'. 그 옆에 이종소 교수라고 인쇄되어 있었다. 그는 한 손으로 입을 가리고 숨을 내쉬었다 뱉었다. 마치 프린트물에 자신의 이름이 없을까봐 불안해한 사람처럼. 다른 한 장짜리 커다란 A3용지에는 올해 영화과 1, 2학기 전체 과목의 교수명, 이수 구분, 교과코드, 담당교수 직급, 강의 시간과 강의실까지 작은 글씨체로 빽빽하고 자세히 명시돼 있었다. 옆옆자리에 다른 강사가 앉아 있지 않았다면 그는 형광펜으로 자신의 과목명과 이름에 밑줄을 그었을 것이다. 이런 안심이 되는 학과 계획서를 다음 학기에도 받을 수 있을까. 유서. 학생의 유서가 묵직하게 그의 책상에, 기대고 싶은 프린트물들 위로 겹쳐 내려앉는 것 같았다. 여긴 다른 대학이잖아. 그는 고개를 저었다. 소문은 타 대학인 것과 상관없었다.

소문이 이 대학까지, 지금 저 교탁 앞에서 오늘 교강사 모임에 관해 설명하는 한교수의 귀에 들어가는 데까지 걸리는 시간. ……일주일. 그는 자리에서 일어나고 싶어져서 볼펜으로 왼 손등을 꾹 찔렀다. 한교수가 교단에서 내려와 턱에 걸터앉더니 뭔가를 속시원히 털어놓고 싶다는 투로 오늘 교수님들 오시라고 한 진짜 이유는요, 하며 손깍지를 꼈다.

학교 화장실은 어느 대학이나 다 이렇게 썰렁하게 느껴지는 걸까. 밖은 늦더위가 한창인데도. 그는 세면대 수도꼭지를 틀었다. 교강사 모임이 시작된 지 벌써 두 시간 반이 지났다. 한교수가 꺼낸 제안에 대해 대체로 그 학과 출신인 교강사들이 모두 돌아가면서 발언중이고, 노랗게 탈색한 단발머리 때문에 얼핏 학생처럼 보이는 강사는 후배들 일에 감정이 북받치는지 발언 도중에 눈물을 터트리기도 했다. 그는 오목하게 펼친 손에 물을 받아 얼굴을 닦았다. 한 번 더 문질렀다. 물이 흐르는 수도꼭지를 가만히 보았다. 어떤 기억이 떠올랐다. 다시 돌아가고 싶은 순간은 아니었다. 어쩌면 자신에게 일어나는 일들, 난항들은 그간 저질러온 그릇된 판단과 행동에 대한 총합인 걸까. 뭐하냐. 상념을 깨뜨리듯 어머니 목소리가 들리는 듯했다. 물을 아껴야지. 그는 얼른 수도꼭지를 잠갔다. 젖은 손을 털곤 다시 꼭 잠갔다. 어제저녁에 그가 설거지할 때 어머니가 강릉 이야기를 또 했다. 강릉의 가뭄은 재난에 가까워 보였다. 앞으로도 비가 오지 않으면 한 달 안에 저수율이 5퍼

센트 이하로 떨어질 거라고 했다. 아파트 등에 제한 급수 조치가 강화돼 사람들이 단수를 겪고 급수 차량으로 물을 공급받는 상황이었다. 숙모 고향이 강릉이었고 가뭄이 시작된 이래 어머니는 오래전 먼 데로 떠나와서도 고향의 일로 가슴 아파하는 숙모에게 매일 전화하는 눈치였다.

선생님은 술 안 드세요?

발언할 때 '영화와사회' 과목을 담당하고 있다고 한 강사가 그의 빈 잔을 보고 물었다. 그는 술을 받고 뒤풀이 자리 속으로 얼른 자신을 옮겨놓았다. 사실상 영화과를 움직이는 한교수가 앉은 앞쪽 테이블에서 왁자한 소리가 들렸고 그가 끝에 앉은 육 인용 테이블은 대체로 조용히 식사만 하는 분위기였다. 가라앉은 분위기가 꼭 타과에서 온 데다 말주변도 없는 자신 때문인 듯해 그는 큰 동작으로 벌컥 술을 들이켰다. 그게 효과가 있었는지 옆자리 단발머리 강사가 무슨 생각을 깊게 하시는 거 같아 말을 못 붙였어요, 하고 조심스레 말했다. 그는 머리를 긁적였다. 선생님 반에서도 그런 일이 있었나요? 단발머리 강사가 물었다. 지난 학기 '서사 연구(1)' 종강하던 날 장례식장에 가야 해서 수업에 불참한다는 메일을 세 통이나 받았다. 그 학생들 생각을 하고 있었느냐고 강사가 묻는 듯 들렸다. 그는 고개를 흔들며 자제력을 불러오려고 했다. 제가 무슨 생각을 했냐면요, 유서요, 일 년 전에 딱 한 학기 수업 들었던 학생이라는데요, 이름을 떠올리는 데만 해도 시간이 걸렸어요, 그런데 이제 그 학생 아버지한테서 메일이 오기 시작했어요. 하마터면 그렇게 말할 뻔해서. 그렇게 자기 말만, 자기 고통을 펼쳐놓으려 해서.

단발머리 강사의 눈은 아직도 붉었다. 그는 테이블에 놓인 간장 종지를 옆으로 치우고 종이 매트를 손가락으로 짚으며 이거 보세요 선생님, 하고 불렀다. 종이에 '건강 십훈'이 한자로 쓰여 있었다. 식당으로 자리를 옮긴 후 달리 할말이 없어서 고개 숙이고 줄곧 보았던. 뭘요? 강사가 고개를 기울이곤 글자를 보며 말했다. 소금 적게 먹고 채소 많이 먹고 그런 건 알겠는데, 이 한자성어가 왜 여기 들어가 있는지 아세요? 그는 물었다. 글쎄요, 욕심을 줄이고 남에게 베풀라는 소욕다시所欲多施를 잘못 쓴 거 아닐까요? 그렇죠? 이렇게 읽으면 적은 욕망으로 많이 써라, 라는 뜻으로 읽히니까요. 취기를 감추느라 그는 빨리 말하고 여러 번 웃었다. 단발머리 강사가 박자를 맞추듯 몇 번인가 따라 웃어주었다. 좋은 사람 옆에 더 있고 싶어서 그는 말이 많아지고 아무 말이나 하고 싶어졌다. 그 강사는 발언 내내 안타까운 소리로 학생들을 우리 애들이라고 불렀다, 우리 애들은요, 우리 애들한테 필요한 게 뭐냐면요, 하고.

눈에 띄지 않게 그는 뒤풀이 자리를 빠져나왔다. 미지근한 바람이 불어왔다. 재킷 주머니에 손을 찔러넣는데 휴대전화가 만져졌다. O가 떠올랐고 권선배에게 한 비슷한 질문을 문자로 보냈다.

O, 나는 어떤 선생이었니? 그는 식당 유리문을 돌아봤다. 그 너머, 방금까지 함께 어울렸던 그들을. 몇 년 사이에 스스로 세상을 버리는 학생들이 여러 명 생겨서 수업시간에 교수가 할 수 있는 일에 대해, 면담 시간 만들기에 대해, 과제에 대해, 피드백에 대해, 수업 텍스트에 대해 함께 고민해보자고 모인 열여섯 명의, 자격 있는 교강사들을.

3

지난달에 그는 어머니와의 약속을 지키지 못했다. 지난해 겨울 이후 어머니와 기차를 타고 당일여행을 다녀오기 시작했다. 그 시작이 함께 경주—어머니가 따라가겠다고 해서 당황했던—에 다녀온 후부터인지 아니면 어머니가 그에게 신문 하단에 난 지자체 광고를 보여준 후부터인지 정확하진 않다. '당일 추억 쌓기'라는 큰 글씨 밑에 산, 바다, 계곡, 오후 어디든 1일 낭만 만들기, 라는 문장과 KTX를 탔을 때 걸리는 시간이 표기되어 있었다. 하단 광고를 꽉 채운 사람이 미소 짓는 두 젊은 남녀라는 걸 어머니가 모르지 않을 텐데. 그런 눈으로 어머니를 보자 좀 부루퉁한 소리로 어머니가 말했다. 그때 기차에서 한 말을 까맣게 잊어버렸구나. 그가 네? 라고 묻자 어머니가 식탁에서 휙 일어났고 그 일어나는 방식 때문에 불쑥 기억이 났다. 일이 있어 경주에 갔다가 하양에서 지낸다는 선배를 만나고 집으로 돌아오는 기차 안에서 한 말이. 예정대로 당일치기가 아니라 하양의 선배 집에서 일박까지 하게 된 여행을 마치고 돌아오는 길에 그는 모든 걸 휩쓸어가버리는 여름 태풍 생각을 하고 있었다. 그리고 죽음, 그리고 시간, 소멸에 대해서. 갑자기 덜컥 겁이 나 그는 창에 불안하게 머리를 기대고 곤히 잠든 어머니를 깨워 급하게 말했다. 한 달에 한 번은 이렇게 기차를 타고 당일여행을 다녀볼까요? 그때 어머니는 잠에서 덜 깬 눈치였는데, 그의 말에 대꾸도 안 하고 다시 잠 속으로 빠져드는 것 같았는데.

그뒤로 여행이 시작됐다. 한 달에 한 번이란 규칙은 지켜지기도 하고 어머니 건강과 우울감에 따라 그렇지 않을 때도 있었지만 두 사람은 한집에 살면서 서로의 동선과 감정을 의식하듯 그 약속을 의식했고 장소를 정하는 일은 대체로 어머니가 맡았다. 그러나 지난달은 그러기 어려워서 어머니에게 거짓말을 했다. 식구라고는 둘밖에 안 남았는데도 못 하는 말과 거짓말하게 되는 순간이 자주 생겼다. 그 바람에 그는 자신의 귀에도 자신 없게 들리는 투로 덧붙였다. 다음달엔 당일 말고 일박을 하고 오자고.

책상에 앉은 지 십 분도 안 됐는데 그는 자리에서 일어났다. 노트북을 덮고 싶었지만 오늘은 그래서는 안 됐다. 학교 감사팀에서 독촉 메일이 온 지 이틀이 지났으니까.

어제 차례를 지내고 남은 감, 사과, 대추, 유과가 식탁에 흩어져 있어 쟁반에 가지런히 담아놓고 물 한잔을 마셨다. 어머니 방문이 반쯤 열려 있었다. 그가 들어올 걸 아는 듯이. 아침에 잠깐 비가 그치기를 기다렸다가 어머니를 사당역까지 모셔다드렸고 어머니는 시외버스를 타고 숙모네 갔다. 어제 추석 때 모이지 못한 친인척들이 오늘 숙부네 집에서 모이기로 했다고. 그는 어머니 방의 오래된 자개 화장대—결혼할 때 아버지가 사주었다는—아래쪽 서랍을 열었다. 어머니가 가계부를 넣어두는 곳. 저녁 세수를 마친 후 어머니가 얼굴에 로션을 바를 때처럼, 그는 화장대 앞에 무릎을 꿇고 앉아 가계부를 넘겼다. 가끔 어머니 가계부를 몰래 읽는다. 맨 아래 넓은 메모 칸에 한두 줄씩, 어느 땐 한 단락쯤 어머니는 일기 비슷한 글을 쓰니까. 아버지가 돌아가신 후부터. 그는 어머니 앞에서는 노인 우울증이란 표현을 주의했다. 마지막 상담 때 의사는 가능하면 어머니에게서 눈을 떼지 말라고 당부했다. 부모를 잃은 선배들도 비슷한 충고를 했지만 그건 가능한 일이 아니었다. 학교도 나가야 했고 아르바이트도 해야 했다. 어머니를 등에 업고 다닐 수는 없는데도 항상 그러는 느낌이 들었다. 상담도 약도 중단한 지 꽤 되었다. 가끔 이렇게 가계부를 들춰보지 않으면 어머니가 무슨 생각을 하는지 알 수 없었다. 그는 가계부를 넘겼다. 가슴이 또 쿵쾅거렸고 요즘은 늘 그랬다.

표고버섯 네 개에 이천구백원, 물가가 너무 오른다, 아들과 나둘 중 누가 혼자 남게 될까, 삶은 사람에게 돈만 요구하지 않는다, 노고, 노고도 요구한다, 종소가 학교에 간다고 하곤 다른 곳에 가는 거 같다, 우리 아들은 콩나물을 좋아한다.

어머니 저는 콩나물을 좋아하지 않아요. 돌연히 그는 거기에 써넣고 싶었다. 어제는 어머니와 둘이 간소하게 차례를 지내고 상을 치운 뒤 여느 해처럼 주민센터 놀이터로 산책하러 나갈 수 없었다. 온종일 비가 내렸다 그쳤다 했다. 어머니는 창으로 햇빛이 아니라 습기가 들어오는 거실 소파에 무연히 앉아 있었고 그는 방과 화장실과 식탁을 왔다갔다했다. 어머니가 소화가 안 된다고 해 쌀죽을 쑤어 늦은 저녁을 조금씩 먹고 뉴스를 함께 봤다. 낮 1시 59분에 이태원 참사 희생자 159명을 상징하는 차례상이 차려졌나 보았다. 159명이나 됐었나요? 그는 어머니에게 물으려다 입을 다물었다. 선생이란 사람이 그것도 모르냐. 어머니가 그렇게 타박할 것 같아서. 어머니는 화면에 집중하고 있었다. 자식들을 생생하게 기억하고 있는 유족의 인터뷰가 흘러나왔다. 우리 딸은 고사리를 너무 좋아했어요. 어머니는 신음소리 비슷한 것을 냈다. 그는 고개를 옆으로 돌리지 않았고 화면도 쳐다보지 못했다. 그래도 소리는 계속 들렸다. 유족들은 3주기를 맞은 이 10월을 '기억과 애도의 달'로 정했다고 했다. 지금이 그런 달이구나. 그는 자신이 알지 못했던 사실에 놀랐다. 기억해야 할 것을 기억하지 못하는 점에 대해서도. 그는 손바닥으로 얼굴을 문지르곤 주무세요 어머니, 하고 방으로 들어갔다.

어머니는 어제 가계부에 그 문장을 쓴 모양이었다. 그리고 또 어머니는 썼다. 내 아들에 대해 알고 싶다고.

어태조씨도 메일에 썼다. 선생님, 제 아들에 대해 알고 싶습니다, 뭐든 생각나는 게 있으면 말씀해주세요, 제 아들인데도 너무 몰랐다는 자책이 큽니다, 상민이는 어떤 학생이었나요? 선생님, 실례인 줄 알지만 정말 답답해서 이럽니다, 선생님은 아시는 게 있잖아요, 제 아들이 선생님 좋아했잖아요.

그는 처음에 답장을 보냈다. 솔직하게 보냈다. 그게 최선일 것 같았다. 아드님에 대해 아는 게 별로 없고, 한 번도 면담을 요청하거나 개인적으로 만난 적도 이야기를 나눠본 적도 없어서 수업시간 모습 외에는 알지 못한다고. 그렇게 사실대로 썼는데도 왠지 자신이 옳지 않은 선생이라는 느낌이 들었다. 학생에 대해 잘 알지 못한다는 말, 그리고 이름을 알고도 얼굴을 떠올리는 데 시간이 걸렸다는 사실에서. 한번 꼭 뵙고 싶다는 어태조씨의 세번째 메일에도 답장을—이번에는 짧고 정중하게—썼다. 이런 메일 그만 보내셨으면 좋겠다고.

일곱번째 메일 후 어태조씨에게 더는 연락이 오지 않았다. 그러자 이번엔 이 주 전 월요일에 학교 감사팀에서 '수업관련면담요청'이라는 제목의 메일이 왔다. 지금은 고인이 된 학생이 그 당시 수강했던 과목의 교수들을 면담중이라고. 보낸 이의 이름도 없이,

정중하나 고압적인 면이 느껴졌고 몇 개의 날짜와 시간 옆의 칸에 O, X를 표시하게 돼 있었다. 모든 칸에 X를 쳐서 답장을 보내고 싶었지만 그는 모든 칸에 △표시를 입력했다. 다시 △를 지우고는 모든 날짜와 시간에 ▲▲▲를 타다닥 눌렀다.

자신이 왜 그 대면 면담을 하러 가야 하느냐고 답장을 보냈다.

절차, 절차 때문이라고 또 이름도 없는 메일이 짤막하게 돌아왔다.

약한 빗소리가 들리는 연휴 오후에 그는 낯설게 느껴지는 자신의 책상을 둘러봤다. 비평과 새 해석을 하고 싶은 책들, 쓰고 싶었으나 이미 쓰인 책들, 학생들과 함께 토론했던 거대한 텍스트들 속에서 오래된 노트북이 잘못 놓인 사물처럼 납작하게 자리잡고 있었다. 원하는 대로라면 자신의 글을 쓰고 싶었다. 미완으로 남은 글을 다시 매만져보고 싶었다. 이렇게 책상 앞에서 하루를 보낼 수 있는 시간은 자주 주어지는 게 아니니. 그럴 수도 있을 것이다. 그러나 오늘은 아니다. 그는 노트북 패드를 터치했고 화면이 느리게 반응하면서 일주일 전, 호실 넘버가 없고 명패로만 알 수 있다는 감사팀 사무실에서 수사관같이 느껴지던 주임들 두 명의 질문에 대답한, 그의 수정과 서명을 기다리는 '진술 문답서'가 바꾸기 어려운 배경화면처럼 펼쳐졌다.

4

　강의동 359강의실에 아침 아홉시 반까지 가려면 그는 여섯시에 일어나서 어머니가 차려주는 아침밥을 먹고—그가 학교 가는 날에는 꼭 어머니께서 식사를 차린다—본교 운동장에서 일곱시 사십오분에 출발하는 교직원 셔틀을 타야 한다. 집에서 본교까지는 약 이십 분가량 버스를 타는데 이 주 전 월요일 아침에 그는 버스 안에서 누군가 자신을 뚫어지게 지켜보는 듯한 느낌을 받았다. 개강 이후 잠을 못 자는데다 권선배 가게에서 일하는 게 체력적인 부담이 되어 피곤도 쌓였다. 그래서라는 걸 아는데도 이상하게 그 누군가가 어태조씨일 것 같다는 예감이 들었다. 버스 안에는 마스크를 쓰거나 모자를 눌러쓴 사람들이 새삼 많았고 그가 돌연 신경질적으로 고개를 휙휙 돌려볼 땐 자신을 지켜보는 사람이 아무도 없었는데도. 어태조씨한테 9월 말 이후 아무런 메일이 오지 않는 것도 신경이 쓰였다. 메일 그만 보내시라고 한 사람은 정작 자신이었지만. 오래 교수생활을 한 선배들은 조언했다. 죽은 학생보다 무서운 게 부모라고. 적당히 들어주고 더는 엮이지 않는 게 좋다고. 한 선배는 목숨을 버린 학생의 친구들 무리가 상담하러 왔는데 그애 어머니가 친구들에게 자기 딸 옷을 나눠주며 입어달라고, 딸을 잊지 말아달라고 눈물로 호소해서 힘들어했다는 이야기를 전했다. 옆의 교수가 그건 아무것도 아니라는 투로 덧붙였다.

죽은 애 아버지가 같은 과 친구들이 졸업할 때까지 개강과 종강하는 날이면 어김없이 연구실 앞에서 자기 애 사진을 들고 서 있었다고. 그 이야기를 들으면서 그는 무슨 생각을 했던가. 선배들이 지어낸 말일 거라고, 교수가 돼서 배부른 소리들을 한다고 여겼을지도. 이제 그 끔찍하게 느껴지는 일화들이 자신의 등뒤로 성큼성큼 다가오고 있다는 느낌이 들었다. 셔틀에서 내려 언덕진 교정을 올라가는 동안에도, 강의동으로 들어가는 어둑한 입구에서도 그는 자꾸만 뒤를 돌아다봤다. 어떤 기척이, 무언가가 등뒤에 있었고 그것은 길고 뾰족해 보였다.

학생들은 여전히 월요일 1교시 수업을 힘들어했다. 359강의실에는 열다섯 명이 아니라 열 명이 앉아 있었고 어제부터 기온이 뚝 떨어져서인지 다들 가을 외투를 걸쳐 입곤 어깨를 웅크린 채로 교단에 선 그를 바라보았다. 비슷하면서도 다른 얼굴들, 비슷하면서도 다른 이름들이 뒤섞인 채로 그를 좀 압도했는데 그건 학생들이 모종의 불편함 속에서도 수업에 대한 기대를 안고 있다는 서글픈 느낌이 들어서였다. 다른 데서 봤다면 의욕 없고 상처 입은 작은 아이들에 불과했을지도 모를, 모두가 자신의 서사를 갖고 있지만 그걸 어떻게 꺼내는지 아직 알지 못하는 학생들에게 그는 무슨 말을 할 듯 입을 열었다 닫았다. 어상민 학생처럼 이번 학기 학생들도 이 강의실이 안전하다고 느끼고 있을까. 학번은 차이 나지만 그들이 어상민 학생의 일을 모를 리 없었고 개강한 날 그에게 말을 붙이곤 그냥 나가버렸던 자주색 볼캡 학생은 수업에 잘 들어오지 않았다. 수업시간 내내 서로를 막아서는 안개가 끼었고 잠을 전혀 못 자고 온 날엔 학생들 사이사이에 어상민 학생이 틈틈이 끼어앉은 기분까지 들었다. 이번 학기를 잘 보내고 싶다고 바란 게 불과 한 달 전이었다. 지금은 끝까지 마치는 게 더 절실해졌다. 이미 막을 올린 연극처럼.

그는 방금 나누어준 텍스트를 읽히기 전에 학생들에게 당부했다.

인물의 동선과 감정을 주의깊게 따라 읽으세요, 작가가 남기고 싶은 중요한 진술은 그 인물이 어디에 있고 누구와 있는지에 따라 달라지니까요.

한 사람이 한 사람을 구하고 한 사람이 한 사람을 살게 하는 내용인데 여러 번 읽어야 그 의미를 알 수 있는 텍스트였다. 학생들이 수업자료를 읽기 시작했다. 그는 학생들이 텍스트 안에 오래 머물길 바랐고 스스로 의미를 깨닫길 바랐다. 그러면서 학생들에게서 좀 떨어진 채 강의실 뒤로 걸어갔다. 뭔가를 읽거나 쓰고 있는 학생들을 앞쪽 강단에서 지켜보는 일은 아직도 어려웠다. 반평생을 매달려도 그에게는 읽기도 쓰기도 쉽지 않았고 제대로 되지도 않았으니까. 그런 말을 학생들에게 할 수는 없었다. 그는 창문을 한 뼘쯤 열곤 몸을 튼 채로 킁킁 앞섶의 냄새를 맡아보았다. 어제는 쉬는 날이었는데도, 아르바이트를 시작한 후로 내내 몸에서

비린내가 나는 것 같아서.

교수님.

한 학생이 손을 들었다. 네? 그는 질문을 기대했다.

화장실.

학생은 그렇게만 말했고 그는 무기력하게 고개를 끄덕였다. 그리고 오 분 후 한 학생이 보건실에 다녀오겠다며 강의실을 나갔다. 이제 여덟 명, 이제 열시. 열한시 반이 되면 그는 수업을 마치고 어색한 얼굴들을 마주쳐야 하는 교강사실이나 학교 카페, 식당에서 시간을 보내다 낮 세시 반 셔틀을 탈 것이다. 적어도 이 강의실과 셔틀버스에서만은 미행당한다는 느낌은 버릴 수 있었다. 어상민 학생의 일은 언제 끝날 것인가. 언제 이 원치 않고 개입도 안 한 것 같은 일에서 벗어날 수 있을까. 그는 자신을 보호하듯 팔짱을 끼고는 강의실을 둘러봤다. 지금 남은 여덟 명의 학생이 어상민처럼, 미래의 극단적 선택자들처럼 보였다. 다음 학기에도 감사팀에 불려가, 대답하지 못한 9와 9-1의 질문들을 재차 받게 될 것만 같았다.

〔질문9〕 상기 수업시간 이후 고인에 대해 특별히 기억하는 게 있습니까?

〔질문9-1〕 수업과 과제 글 등에서 고인에게 자살의 증후가 있었습니까?

내가 그걸 어떻게 압니까. 날 좀 내버려두세요. 그는 그렇게 쓰고 싶었고 그렇게 소리지르고 싶었다. 어태조씨에게도, 학교에서 그를 흘긋 보고 그냥 지나가는 사람들에게도. 그래서 지금 그는 침묵 속에서 텍스트를 읽고 있는 학생들에게도 큰 소리로 말하고 싶었다. 아까 교탁 앞에서 속으로 이미 했던 말을. 여러분, 유서에 제 이름 쓰지 말아주세요, 좋은 텍스트를 읽게 해줘서 잊을 수 없었다는 말도 하지 마세요, 여러분의 죽음에 저를 끌어들이지 마세요, 제발.

강의실 뒷문으로 누가 들어왔다. 아까 화장실에 간다고 했던 학생이었다. 얼굴에서 물이 뚝뚝 떨어지는 채로 학생은 자리에 앉았다. 사십 분이 지나 있었고, 그는 믿을 수가 없어서 고개를 흔들어대며 교탁 앞으로 걸어갔다. 뭘 말할 생각이었지? 오늘 수업 내용이 뭐였지? 그는 임의적으로 강의하는 사람이 아니었다. 인식. 그걸 스스로는 인식이라고 표현했다. 모든 수업 내용을 차례대로 외우고 익혀서 가능하면 학생들 눈을 보며 자연스럽게 발화할 수 있게 되는 상태를. 지금은 머릿속이 뿌옜다. 준비해온 내용을 확인하려고 강의 노트를 펼쳐둔 교탁에 손을 올렸다. 센서가 작동하면서 롤스크린이 드륵드륵 칠판 앞으로 거칠게 내려오는 것과 동시에 천장의 빔프로젝터에서 빛이 탁 켜졌다. 너무 강한 빛이 그의 얼굴로 내리꽂히는 듯했고 그 갑작스럽고도 공격적인 빛 속에서 조금 전 그가 강의실 뒤에서 학생들에게 속으로 했던 말이 단어 하나하나 문장 하나하나 스크린 위에 낱낱이 환하게 드러나, 얼떨

떨한 눈으로 그를 올려다보는 학생들에게 자신의 깊고 어두운 구멍이 파헤쳐지는 것만 같았다. 가방 속에 찔러넣은 흉기까지도.

아, 여러분.

겨우 눈을 뜨곤 그는 그렇게 입을 떼었다.

5

아들에 관해 어머니가 알면서도 모른 척하는 일 중엔 권선배 가게에서 아르바이트한다는 사실도 포함돼 있다. 가계부에는 이선생이 출판사가 아니라 거기서 일하는 것 같다는 한 문장만 적혀 있었지만. '거기'는 학교가 아니고 습자주막이었다.

습자?

어머니는 그가 내려둔 기차 창가의 얇은 블라인드를 도로 올리며 물었다. 일찍 암에 걸린 외할머니를 부양하느라 고등학교를 중퇴한 어머니가 한자 시간을 좋아했다는 게 떠올랐다. 어머니는 네 명의 청년이 전주 가옥 앞에서 가야금과 첼로 등을 연주하는 KTX 매거진 10월호 표지에 검지로 익힐 습習, 글자 자字를 그려 보이곤 맞지? 하는 표정으로 웃었다. 어머니가 웃을 줄 아는 사람이었다는 사실을 확인할 때는 늘 기차 안이었던 듯했다. 어머니가 더러 재밌는 말을 할 줄 아는 노인이라는 것도, 집에서는 안 하는 말을 한다는 것도. 그래서 자신은 이 무리한 일을, 바보처럼 느껴지기까지 하는 당일여행을 포기하지 않는 걸까. 막상 여행을 마친 뒤 한밤중에 용산역이나 서울역에 도착하면 거기서 같이 집으로 가는 게 아니라 어머니와 헤어지고 혼자 다른 데로 떠나고 싶어졌지만. 기차에 몇 시간씩 나란히 둘이 앉는 일은 집 식탁이나 거실에서 마주앉는 일과는 무척 달랐다. 어머니가 김소옥씨로, 노인치고 생기 있게 나이든 여성으로, 우울증 환자가 아닌 회복기 성인처럼 느껴질 때가 한 달에 한 번 기차 안과 여행지에서였다. 어머니에게도 자신이 그렇게 느껴지는지 그는 궁금했지만 지금은 권선배 이야기를 막 들려주던 참이었다.

결국 학교에 자리잡기를 포기한 권선배가 몇 년 동안 치킨집, 복사집을 열었다 닫았다 하더니 지난해부터 술집을 차렸는데 상호 때문에 놀러온 선후배들에게 우스갯소리를 듣고 있다고. 그도 그들 틈에 섞여서 청년주막, 대학주막, 뭐 이런 게 나을 텐데요, 거들기도 했지만 권선배는 묵직한 소릴 내며 그냥 웃기만 했다. 누군가 한마디 더 했다. 그래도 박사주막보다야 낫다고. 그가 씁쓸해한 건 무슨 가게를 차려도 권선배는 학교 주변을 떠나지 않는다는 점에서였다. 치킨집도 복사집도, 책상과 걸상 같은 나무 테이블 여섯 개 말곤 인테리어랄 게 없어 큰 공부방처럼 보이는 습자주막도. 동문도 아닌데 인문학 모임에서 만나 가까워졌고, 슈퍼문이 뜬다고 떠들썩했던 날 권선배 뒷모습을 본 후부터 일방적으로 그에게 기대왔는지 모른다. 행인들 모두가 너 나 할 것 없이 휴대전화를 허공으로 쭉 뻗어 비현실적으로 크고 또렷한 달을 찍고 있을 때 권선배는 거기서 뒤로, 더 뒤로 물러나더니 찰칵, 달을 찍는 타인들의 뒷모습을 찍었다. 야, 이거 정말 좋지 않냐. 선배는 제가 찍은 사진을 보여주며 감탄했다. 그가 보기엔 모르는 사람들의 빼곡한 뒷모습밖에 없는데도. 프레임 속 타인들은 모두 고개를 올린 채 한곳을 보고 있었다. 근점近點에 위치한 보름달을. 그 순간부터 권선배를 믿을 만한 사람으로 여긴 게 아니었을까. 그는 어머니에게 여기까지만 이야기했다.

하지 않은 말은 이랬다. 수, 목, 금, 토요일까지 일주일에 나흘 그는 숩자주막 주방에서 일을 도왔고 권선배가 사모 고향에서 대량 직송해오는 싱싱한 꼬막을 삶고 까고 무쳤다. 콩나물을 너무 삶아서 냄새만 맡아도 싫증날 정도가 됐지만, 어머니가 살아 계신 한은 생활을 맡아야 했다. 네 시간 강의료만으로는 생활을 꾸려나갈 수 없고, 어머니가 돌아가시면 다른 생각을 할지 모르지만. 누가 처음 말했을까, 생활을 '꾸려나간'다고. 그건 좀 무서운 사명이었다. 권선배는 카운터와 서빙을 동시에 맡았고, 그는 주방에서 꼬막을 무치고 전을 부치며 권선배와 달리 모교 근처가 아닌데도 불구하고 마스크를 쓰고 일했다. 마스크를 쓰면 묻기 힘든 것도 묻게 돼 그는 권선배에게 마지막 강의가 언제였는지, 그게 마지막 강의라는 걸 어떻게 알게 되는지 물어본 적도 있다. 그냥 딱 감이

와. 권선배가 말했다. 저절로 그런 느낌이 들었다고. 작은 소리로. 그는 학교에 갈 땐 마스크를 쓰지 않았다. 마스크 때문에 어머니가 눈치챘나. 아무튼 집에서 동남쪽으로 걸어서 삼십 분, 사거리에서 대각선 도로변의 건물을 돌아 들어가면 지하로 내려가는 계단이, 주문과 동시에 호두 정과를 서비스 안주로 내주는 습자주막이 있다.

아버지가 돌아가신 후 어머니는 서른네 살이었던 아들에게 뭔가를 전수하듯 한 가지씩 음식 만들기를 가르쳤다. 채소를 고르고 씻고 손질하는 방법부터. 그러고는 주방일에서 손을 뗐고 그가 학교 가는 날만 밥을 챙겼다. 제가 그곳에서 일하는 건 어머니 레시피 덕분이에요, 라는 말을 들려주고 싶었는데.

순천행 기차가 익산역을 지나면서부터 어머니는 잠들었다. 습자주막은 오늘 임시휴업이다. 권선배가 어머니 만나러 요양원 가는 날. 어머니가 잠든 게 안심이 돼서 그는 더 말하고 싶어졌다. 왜 가계부를 더는 화장대 서랍에 넣어두지 않는 거냐고. 방 말고 다른 데, 찾기 어려운 데 숨겨두신 거냐고.

화장대 서랍이 비어 있던 날 그는 어머니 방을 조심스럽게 뒤졌다. 몇 채나 되는 이불 사이사이를, 옷장 속 비밀스러운 서랍을, 베개와 전기장판 밑을. 위에 아버지와 가족사진을 올려둔 낮은 삼단 서랍장을 열었을 때 그는 어머니 속옷도 보았다. 아래 칸에는 아직 아버지 내복이 차곡차곡 개어 있고, 맨 위 칸에는 어머니가 아끼는 스카프들이 둘둘 말려 있었다. 호일을 다 쓰면 어머니는 안에 든 종이심을 버리지 못하게 했다. 둥근 종이심에 스카프를 말아 보관하면 주름지지 않는다고. 가로로 길고 둥글게 말린 스카프들은 어머니가 가진 것 중에서 가장 화려해 보였다. 외출할 때 스카프를 두르고 나갔는지 종이심 하나가 그대로 드러나 있었다. 화장실 휴지심의 세 배 길이쯤 돼 보였다. 그는 종이심을 손에 쥐어 보았다. 둥근데도 탄산칼슘으로 만든 것처럼 무척 단단하고 삼십 센티미터쯤 되지만 어쨌든 종이라 손에 착 감겼다. 그는 그걸 들어 자신의 허벅지를 한 대 쳐보곤 그 강도와 통증에 깜짝 놀랐다. 그저 아픈 정도가 아니었다. 그러지 않았다면 그걸 손에 다시 말아쥐어볼 마음은 먹지 않았을 텐데. 종이심은 보기에 따라 바통처럼 보이기도 확성기처럼 보이기도 혹은 곤봉처럼 보이기도 했다. 그렇지만 종이였다. 무해해 보였다. 손에 들고 다녀도 누구도 그게 흉기라는 것을 알아차리지 못할 듯했다. 그도 만약의 상황에 대비라는 걸 해야 했다. 자식을 잃은 아버지가 뒤를 따라다니고 있으니까. 어떤 교수는 학교 주차장에서 그런 부모에게 폭행당할 뻔했다는 소리도 들었다. 체구도 키도 작은 그는 종이심을 쥐곤 허공을 내리쳤다. 바람을 가르는 소리가 났다. 정말로 났다. 그런데 곤봉이라니, 그는 고개를 절레절레 내저으면서도 그걸 자신의 가방 속에 오똑하게 세워두었다.

O에게서는 답장이 없었다. 그가 하는 일을 빤히 지켜보고 있다는 듯. 선생님은 정말 좋은 선생님이었다니까요, 그는 O가 다시 그런 말을 해주었으면 싶었다. 그애가 마지막으로 보낸 문자에는 선생님, 제가 영양사님이 식단을 너무 잘 짜주셔서 매일 기대한다고 말씀드렸던 새마을금고 직원식당 점심값이 오늘부터 오백원이나 올라서 존나 슬퍼요ㅜㅜㅜ. 그리고 O는 육천오백원짜리, 흰색 플라스틱 식판에 담긴 잡곡밥과 미역국, 제육볶음, 카레, 샐러드, 분홍 소시지 부침 같은 직원식당 메뉴들 사진 여러 장을 보냈다. 그 사진들에 그는 좋아요 표시를 눌렀었다. 좋아요, 좋아요.

6

한 손으로 벽을 짚은 채 계단을 내려오길래 그는 어태조씨의 허리가 안 좋다는 걸 알아차렸다. 가게 안쪽에 있다가 그는 유리문을 열어주었다. 키도 너무 크고 너무 깡말라서 놀랐다. 어머니라면 전봇대 같은 사람이라고 표현했을 것 같았다. 그런 사람이 토요일 3시, 오픈까지 두 시간이 남은 습자주막으로 허청허청 들어왔다. 무언가 더 따라 들어오는 듯해 조금 더 기다렸다가 문을 닫았다. 어태조씨가 자리에 앉는 동안 그는 방금 권선배 모르게 카운터 구석에 종이심을 내려놓은 걸 떠올렸다. 11월인데 어태조씨는 눈에 익은 잠바 속에 아래위 남색 추리닝을 입고 맨발에 운동화를 신고 있었고 두 손에 아무것도 들고 있지 않았다. 뼈만 남은 열 개의 긴 손가락을 밑으로 축 늘어뜨린 채. 한마디로 어태조씨는 무방비 상태로 보였다. 권선배가 어서 오세요, 힘찬 목소리로 인사하곤 괜찮겠지? 눈짓을 보내며 주방으로 들어갔고 홀에 그와 어태조씨가 마주앉았다. 그는 벌써 자리에서 일어나고 싶어졌다. 어태조씨 눈을 보자마자 천천히 선명해지는 상민 학생 표정이 겹쳐 보였다. 가만히 있는데도 서글퍼 보여 눈이 마주칠 때마다 눈물을 매달고 다닌다고 느껴지던.

교수님.

어태조씨가 주저하며 그의 앞섶을 보는 것 같았다. 아, 앞치마. 허둥거리다가 초록색 소주병이 프린트된 앞치마 벗는 것을 잊었다. 마스크는 벗었는데. 실내를 둘러보던 어태조씨가 여기서 그가 하는 일을 알아차린 듯 고개를 몇 번 끄덕였다. 우리 애가 교수님 좋아했잖아요. 그 메일을 일곱 번쯤 받았는데. 그는 달아오른 얼굴로 뒤늦게 앞치마를 벗으려다 말았다. 아들이 좋아한 수업을 맡았던 교수, 그 교수가 아르바이트하는 주점에 와서 아버지는 이미 실망했을지 모르고 어떤 의미에서 실망은 나쁜 감정이 아닐지도 몰랐다. 처음부터 기대할 게 없는 관계에서는.

뭘 좀 드시겠습니까?

냉수 한 잔…… 아닙니다, 막걸리 한 병이 낫겠습니다.

어태조씨가 아들의 과 잠바를 느리게 벗어 옆자리에 두며 말했다. 권선배에게 주문을 넣은 뒤, 다시 벽을 등지고 앉은 어태조씨를 보니 그는 막걸릿값을 계산하려는 요량인지 테이블 위에 지갑을 올려두었다.

교수님이 만나자고 연락해주셔서 놀랐습니다.

물잔을 감싸쥐었던 손을 추리닝 주머니로 가져가며 어태조씨가 등을 폈다.

지난번 순천을 다녀오는 밤 기차에서 그는 차창에 비친 어머니와 자신의 모습을 보았다. 아무 기미도 내보이지 않았는데 일박을 당일치기로 수정한 어머니, 어머니라는 그 불안이 바로 자신 옆에 또렷한 형체로 입을 조금 벌린 채 잠들어 있었다. 사라질까봐, 자신이 모르는 데 가서 생을 마칠까봐 두렵게 만드는 늙고 우울한 어머니가. 자신의 가시권 안에서 곤한 숨소리를 내고 있었다. 불안이 바로 곁에 있구나. 그 안도 속에서 그도 차츰 잠이 오려고 했고, 떨쳐버릴 수도 없고 잊은 척하기도 어려운 다른 불안이 의식으로 불쑥 솟아올랐다.

상민 학생에 대해서라면 저보다도 전임교수들이나 동기들이 더 잘 알고 있을 텐데요.

그는 경계를 덜 푼 채 담담하게 말했다.

상민이 동기들, 친구들을 만났고 몇 번인가 그애들이 찾아오기도 했습니다. 49재 때도요. 그애들과 있는 게 너무 좋아서요, 교수님, 제가 그래서, 좋은데 너무 마음이 아파서, 그애들에게 더는 오지 말라고 했어요, 상민이 잊으라고 했어요, 그애들도 힘들잖아요, 그래서요.

그는 두 개의 술잔에 막걸리를 채웠다.

아마 그래서 더 제가 교수님께 매달렸나봅니다. 그래도 교수님은 어른이니까, 상민이가 좋아했다고 하니까, 상민이 얘길 듣고 싶어서요.

어태조씨는 다시 등을 구부렸고 술잔엔 손대지 않았다. 그는 한 잔은 마시고 싶었다. 목이 말랐다. 다섯시부터는 주방에서 일을 시작해야 했고 새벽 배송 매니저라는 어태조씨는 상민이 일 이후 술을 끊었다고 했다. 술잔은 여기에 없는 사람을 위한 것 같았다.

좋은 분을 만났습니다.

어태조씨가 힘없는 소리로 말을 꺼냈다. 제가 원래도 뭘 잘 잃어버리는 편이긴 한데요, 그날 그 집에 생수를 배송할 때 바지 주머니에서 지갑이 떨어졌나봐요. 일반 주택인데 주문 때만 대문을 살짝 열어놔서 3층까지 배송해드리거든요. 그 집 딸이 다행히 일찍 출근하다가 대문 밑에 떨어진 지갑을 주웠대요. 배송 조회를 하면 기사 이름이 뜨는데 제 이름을 기억했던 거예요. 흔한 이름은 아니지만 배송 기사 이름을 기억하는 고객님은 흔치 않아요. 그 딸이 1:1 게시판에 글을 남겨뒀대요. 게시판 담당자가 우편함에 지갑을 넣어두라고 답변했대서 그 집을 찾아갔어요. 우편함에 지갑이 없는 거예요. 일요일이라 망설이다가 초인종을 눌렀더니 그 집 딸이 화를 내며 나왔어요. 지갑을 우편함에 넣어두라고 하면 어쩌냐고, 없어지면 어떻게 하느냐고요. 그러면서 매번 생수를 3층까지 올려다줘서 고맙다고 했어요. 늙은 부모가 드신다고요. 귤 한 봉지 드렸어요. 더 좋은 걸 갖고 갔어야 했는데 지갑을 찾게 될 거라고 기대하지 않았거든요. 지갑은 서류봉투로 여러 겹 말려 있고 그 위에 어태조 기사님 지갑, 이라고 매직으로 적혀 있었어요. 고객님은 지갑에 든 화물운송종사자격증이 없으면 제가 배송 일을 못하는 줄 알고 걱정했대요. 그게 지난주 일요일 오후였어요. 상민이 가고, 제일 좋았던 날이었어요. 제 낡은 지갑을 중대한 물건처럼 보관해준 고객이 있어요. 상민이 사진도 잘 들어 있었어요.

그러곤 무표정하던 어태조씨가 쑥스러워하듯 덧붙였다. 잠이 안 오면 산책하다가 괜히 다른 집의 우편함을 뒤적여보는 버릇이 생겼다고. 그들은 테이블 위에 놓인 낡고 모서리가 해진 갈색 가죽 지갑을 보았다. 사진을 보지 않아도 그는 상민 학생을 떠올릴 수 있었다. 어태조씨가 말하는 방식, 지갑을 되찾은 일을 어떤 경이로움처럼 표현하는 방식과 흡사하게 수업시간에 가끔 발언했던. 그래서 그애의 발언 후엔 강의실에 따스한 공기가 퍼져나가는 듯한 느낌이 들었었다. 강의실 밖에서 벌어지는 터무니없는 일들과 무자비한 말들 속에서 이상한 위로가 되는 고요. 이제 그애의 목소리가 떠올랐다.

상민이 아버님.

어태조씨가 느리게 눈을 들어 그를 봤다. 그는 어태조씨를 더 잘 보고 싶었다. 어느 날 상민 학생이 제게, 꿈을 꾸었는데 교수님이 울고 있었어요, 라고 말했어요. 처음엔 상민이가 그 학기의 모래알처럼 느껴지는 학생이었어요. 수업 내내 연필 끝의 페룰을 잘근잘근 씹어댔어요. 그 학기엔 학생들이 대체로 다 그래 보였어요. 개인적으로 학교 가는 게 힘든 학기였어요. 제가 저를 돌보느라 학생들을 돌볼 수가 없었어요. 학생들에게는 살면서 힘들 때 선생님 찬스도 쓰고, 네, 상민이가 유서에 쓴 대로 좋은 책에서 배우고 좋은 사람에게 배우고 좋은 스승에게 배우라고 강의실에서 말했는데도요. 애들 앞에서는 그렇게 말해놓고 막상 죽은 애도 잘 기억 못하느냐고, 아버님이 제 멱살을 잡고 그렇게 막 다그칠까봐 화를 낼까봐 그 죽음이 제 탓이라고 몰아붙일까봐 너무 무서웠어요. 그는 고개 숙인 채 그런 말을 삼켰다.

이종소 교수님.

기운을 끌어모아 부르는 소리였다. 그가 기대한 눈빛이 아니었다. 그 흐릿한, 이내가 낀 듯한 눈빛에 철컥 불이 켜졌고 그가 그렇게 느끼자마자 이런 소리가 웅웅거리는 듯했다. 그랬죠, 교수님이 내 아들에게 그런 말을 했죠, 문제를 해결해주는 선생이 아니라 문제가 생겼을 때 옆에 있어주는 선생이 되고 싶다고요, 어린

내 아들에게 괜한 희망을 준 거죠, 당신은 내 아들을 봤잖아요, 그
런데도 한 번도 무슨 일이 있냐고 묻지 않았어, 그애가 쓴 글도 읽
어봤을 텐데 면담 한번 하지 않았어, 새로 태어나고 싶다는 말이
무슨 뜻인지 알았을 텐데, 한 학기나 가르쳤으면서 당신은 내 아
들에 대해 제대로 기억하는 게 없어, 그애한테 시간을 내준 적이
없으니까, 당신 같은 사람을 우리 애가 왜 좋아한 걸까, 그럴 가치
가 없는 사람인데.

두 사람은 계속 마주앉아 있었다. 그게 만남의 목적처럼.

소리는 들리지 않았다.

어태조씨가 주머니에서 뭔가를 꺼내듯 신중히 손을 빼냈고, 그
제야 그가 의자를 밀며 뒤로 물러나려는데 어태조씨, 아니 상민이
아버지가 두 손으로 자신의 얼굴을 덮었다.

화장실에서 얼굴을 씻고 나오자 테이블 위에 만원짜리 두 장이
올려져 있고 어태조씨는 보이지 않았다. 권선배가 주방에서 나오
더니 가셨다고 손짓으로 계단을 가리켰다. 다섯시가 가까웠고 그
는 꼬막을 무치고 전을 부쳐야 했다. 수능이 끝난 첫 토요일이라
손님이 여느 때보다 많을 거고, 그것도 오늘 해야 할 중요한 일이
었다. 어태조씨와 나눈 이야기를 복기하고 싶었다. 아무 이야기
도 안 한 것 같은데, 그가 앉았던 자리를 보자 한 가지만은 알 듯
했다. 어태조씨가 원한 건 아들을 기억하는 사람과 대화를 나누는
거였다고. 어태조씨의 모든 메일을 그는 자기 입장에서, 한결같고

끈질기게 오독했으리라. 어떤 학생들의 질문 뒤에 숨겨진 슬픔을 간과해버렸을 때처럼. 손님 여섯 명이 찬 공기와 젊음을 몰고 우르르 들어왔다.

앞치마 주머니에서 마스크를 꺼내 쓰곤 테이블을 치우려는데 의자에 과 잠바가 그대로 놓여 있는 게 보였다. 그는 책을 머리에 인, 꿈틀거리는 용 한 마리가 등에 수놓인 과잠을 들고 얼른 계단을 뛰어올랐다. 오늘도 간간이 비가 내렸고 주말이 지나면 북서쪽에서 찬 공기가 남하한다고 해서인지 벌써 거리는 어둑했다. 그는 사거리에서 두리번거렸다. 인파로 시야가 가려졌다. 외투도 없이 오래 입어 반들거리는 얇은 추리닝만 입은 사람, 아무도 이름을 기억해줄 것 같지 않은 사람, 아들을 잃은 사람이 벌써 횡단보도를 건너 지하철역으로 들어가려 하고 있었다. 그는 아버님, 하고 목에서 맴돌기만 하는 소리를 내봤다. 들릴 리가 없을 것 같았다. 과잠을 들고 있지 않은 오른손, 그는 자신의 빈 손을 보았다. 얼마 전까지만 해도 원통형의 곤봉 비슷한 걸 들고 있던 손, 그 부끄러운 손을 둥그렇게 말아 확성기처럼 입에 꼭 붙이고는 소리질렀다. 상민아, 어상민! 크게 소리쳤다. 저 먼 거리, 지하철역 입구에서 어태조씨가 이쪽으로 몸을 돌렸다.

7

종강 수업을 마치고 학생들이 강의실을 나가기 시작할 때 그는 한 학생에게 손짓을 했다. 개강 날 그에게 무슨 말인가 꺼내려다 만 학생이었다. 오늘도 볼캡을 눌러쓴 학생이 머뭇거리며 교단으로 다가왔다.

지난번에 혹시, 어상민 학생에 대해서 묻고 싶었던 거니?

김윤 학생—그는 이제 그애 이름을 알았다—은 뭔가를 떠올리는 듯한 표정을 잠깐 짓다가 대답했다.

네, 상민일 기억하시는지 묻고 싶었어요.

……조금은.

그는 고개를 숙였다.

김윤도 고개를 떨어뜨렸다. 바닥에서 말을 주우려는 사람처럼. 잠시 가만히 있다가 김윤이 밝은 소리로 후다닥 말하고 앞문으로 나갔다.

그럼 됐어요, 교수님. 다행이에요.

꾸벅 인사하는 김윤의 뒷모습을 보다가 그도 가방을 챙겼고 아직 두세 명의 학생들이 여전히 남아 있는 359강의실을 둘러본 뒤 먼저 나왔다.

강의동 건물 옆의 감나무 밑에 노란색 벤치와 테이블이 있었다. 학생들이 음료수를 마시거나 밤에는 가끔 술을 마시기도 했던. 날이 좋을 때는 학교 편의점에서 사 온 도시락을 나눠 먹기도 하고. 이렇게 수업을 마치고 강의동 계단을 내려올 때면 누군가 그 벤치에 앉아 있다가 교수님! 하고 터무니없이 반가운 목소리로 부르며 손을 흔들고 달려오기도 했다. 그랬던 학생들이 있었고 그도 학창 시절에 더러 그랬다. 존경하던 한 노교수에게 그가 그랬을 때 교수님이 와보라고 손짓해 교수연구동 건물, 교수님 방까지 가서 이야기를 나눈 적이 있었다. 전공에 대해서, 졸업 후 진로에 대해서 그는 아직 마음을 정하지 못한 복학생일 뿐이었는데 교수님이 미래에 대해 물었다. 그는 방금 신문사 선배들과 마신 맥주 두 잔의 취기를 두 손으로 가리곤 교수님의 말씀을 들었다. 차나 한잔 마시자고, 노교수님이 전기포트를 들고 정수기가 있는 복도로 나갔을 때 그는 연구실을 둘러보았다. 창밖으론 방금 강의동에서부터 가로질러온 주차장만이 보일 뿐 전망이 좋은 방도, 넓은 방도, 특별히 볼 게 있는 방도 아니었다. 책장 한구석에 기능을 못할 것 같은, 골동품처럼 보이는 스탠딩 옷걸이가 놓여 있었다. 정말 교수님 나이처럼 오래돼 보이는. 청동빛이 도는 스텐 몸체에 붙은 스티커가 보였다. 그는 고갤 숙이고 그걸 주의깊게 봤다. 학교명과 재물조사 필, 조사일시가 쓰여 있었다. 1975년 7월 1일. 그리고 자산번호도. 자신이 태어난 해에 만들어진 옷걸이였다. 이 연구실을 쓴 많은 학자의 옷을 지탱해온. 그는 그 놀라운 숫자들과 책상과 의자, 책장 등에 붙어 있는 스티커에 감동받았다. 어쩌면 학교

안에 있는 모든 자산번호에. 미래에 대해 생각하기 시작한 건 그 때였을 것이다. 자신에게도 학교의 자산번호 스티커가 붙는 오래된 사물들과 함께, 작은 방에서 책들 속에 파묻혀 사는 삶이 주어지기를. 출강하면서도 그럴 수 있기를, 학교라는 공간에서 자신을 안전하게 고립시키기만을 원했다.

시작이 잘못되었을까.

그는 코트를 여미고 주차장을 가로지르며 왼쪽 건물을 올려다봤다. 그때는 교수연구동 건물이었다가 지금은 교직원회관으로 바뀐 크림색 현대식 건물을.

어제까지 짙은 안개와 미세먼지로 종일 시야가 답답했던 것과 달리 오늘은 공기는 차갑지만 하늘이 깨끗했다. 그 하늘 아래, 교직원회관에서 도서관 건물 앞 광장으로 가는 길에는 무궁화나무들 사이 유일하게 한 그루의 목련나무가 있었다. 지난 학기에 출강하면서 그는 매주 목련나무 사진을 찍었다. 까맣게 달린 닭의 볏 같은 열매에서 가을이면 씨가 맺히는 게 신기했고, 일주일에 한 번 오는 학교에서 시간의 변화를 나무만큼 잘 보여주는 게 없어서.

그가 사진을 찍고 있을 때 등뒤에서 교수님도 나무 사진을 찍으시네요, 하며 말을 붙여주었던 학생이 어상민이었다.

교탁에 가끔 학교 카페에서 산 커피를 올려두었던 학생도.

중간고사 후 이 주 만에 강의실을 들어오며 신이 난 어조로 교수님, 저 그 풍선 여기에 타투했어요, 하며 자신의 팔뚝을 가리켰던 학생도. 그애가 가장 좋아하게 된 텍스트에서 중요한 상징이었던.

수업이 끝나면 뭔가를 기다리듯 머무적거리며 강의실에서 가장 늦게 나갔던 학생도.

[질문2] 귀하는 故 어상민 학생을 어떤 학생으로 기억하고 계십니까?

그 질문을 받았을 때 떠올렸다.

[질문3] 해당 수업시간 외에 故 어상민 학생과 면담이 필요하다고 생각해본 적이 없습니까?

그 질문 때문에 알게 되었다. 자신이 그럴 마음을 먹지 않았다는 사실을.

[질문4] 해당 강의실에서 평소와 다른 일이 일어난 적이 있었습니까?

수업이 끝난 줄 알았는지 한번은 청소하시는 아주머니가 강의실 앞문을 열고 들어왔다. 바퀴 달린 대형 플라스틱 쓰레기통을 두 팔로 밀면서. 교탁 앞에 있던 그와 아주머니 눈이 마주쳤다. 고무장갑을 낀 손을 느리게 올리더니 아주머니가 시계를 가리키고는 그대로 쓰레기통을 밀고 들어와 당당히 할일을 했다. 그가 서 있는 강의실 앞쪽 구석의 20리터짜리 제습기 물통을 가는 일. 그에게는 아직 사 분이나 남아 있었고 얼굴이 붉어진 채로 아무 말

못하자 한 학생이 나와 아휴, 어머님 조금만 참으시지, 하곤 잽싸게 물통을 번쩍 들어 대형 쓰레기통에 콸콸 쏟은 뒤 빈 통을 제습기로 다시 밀어넣었다. 순식간에. 아주머니가 서두르는 기색 없이 또 느리고 엄중한 태도로 파란 쓰레기통을 밀고 복도로 나갈 때까지 그가 생각한 건 하나였다. 자신이 땜빵하는 강사라는 걸 저 사람도 안다고. 수치심. 그가 출석부를 덮을 때 교수님 말씀 마저 해주세요, 누군가 말했다. 수치심, 그 감정밖에 남지 않았던 날이었다. 목소리를 낸 학생이 어상민이었다는 건 잊고 있었다.

[질문10] 기타, 귀하께서 추가로 말씀하고 싶은 게 있다면 자유롭게 해주십시오.

지난 10월 감사팀에 충분히 써내지 못한 문답서를 다시 써야 할 것 같다. 그렇지, O. 그는 오랜 제자에게 물었다. 무사히 학교를 졸업하고 몇 년 후 어렵게 취업에 성공도 하고 간간이 전 잘 지내요 교수님, 이라고 문자를 보내주던 O. 가끔 높은 데서 뛰어내리고 싶을 때도 있지만요. 새마을금고 직원 식당 메뉴 사진이 마지막 연락이 된 O. 자신이 사십대를 지나도록 가장 오랜 시간, 가장 가깝게 지냈고 이야기를 나눈 제자인데 O를 살게 하는 데 그는 실패했다. 아무런 도움이 되지 못했다. 일 년 전 수업을 맡았던 9월은 O의 1주기가 막 지난 때였다. O의 소식을 처음 들었을 때도, 1주기가 열린 본가 경주에서도. O를 추모하는 사람들 속에서 그는 문득 성냥이라고 중얼거렸다. 자신은 O에게 습기 먹은 성냥에 불과했다고. 손을 뻗으면 주머니에 있긴 하지만 필요할 때 불을 피워줄 순 없었던. 그는 어떤 마음을 굳게 먹었고 그걸 실천했다. 학생들을 가까이 두지 않는 방식으로, 경계하고 두려워하고 깍듯하게 밀어내는 방식으로.

그는 학생들이 주는 음료수를 마시는 척만 했다. 안에 무엇을 넣었을지도 몰라서. 그러다 복도에 있는 쓰레기통에 버렸다. 음료 무게 때문에 쓰레기통 비닐이 푹 꺼졌다. 수업 후 학생들이 모두 나갈 때까지 강의실에 마지막까지 남아 있었던 이유는 다정해 보이고 싶거나 배려하는 느낌을 주기 위해서가 아니라 누군가 나가면서 교수님 오늘 강의 정말 좋았어요, 한 명이라도 그런 말을 해주기를 바라서였다. 중요한 사람이라는 느낌을 받고 싶어서.

나는 어떤 사람인가?

열 개의 질문들, 그 질문이 불러일으킨 강화된 기억들은 하나의 질문으로 모아졌다.

그는 겨우 열한시 오십분밖에 안 됐는데 세시 삼십분 셔틀이 서는 광장 앞으로 왔다. 기다릴 수 있었다. 가만히 여기 선 채로. 퀵보드를 탄 학생들이 속도를 높이며 지나갔다. 그는 한 걸음 뒤, 화단 쪽으로 물러섰다. 도서관이 마주보이는 자리였고 벚나무 아래였다. 아직은 학교에 있었다. 학교. 자신의 인생이 여기에만 있을 거라고 잘못 욕망했던 그 표상 속에.

이제 여기 오는 일은 오늘이 마지막이었다. 강의는 끝났다. 그는 알았다. 권선배 말처럼 저절로 알아졌다. 이건 하나의 절차인 것 같았다. 그가 스스로에게 결정하도록 한. 어쩌면 면봉 공장으로 돌아갈 수도 있었다. 책 읽는 공장 직원, 그것도 괜찮을 것이다. 습자주막에서도 2월까지는 계속 일할 수 있다. 적은 욕망으로 자신의 책상, 그 세계에서 꼬막을 무치는 독학자가 될 수도 있을 것이다.

교수님!

뒤를 돌아봤다. 누가 자신의 뒷모습을 본다면 겨울 햇살 아래 한가하고 자유롭게 서 있는 사람처럼 보일지 몰랐다. 일부는 맞았다. 학교에서 이런 감정을 느끼기는 처음이었다. 긴 시간이 걸렸다. 광장을 12월의 찬바람이 한번 쓸고 지나갔다. 겨울은 계절을 지시하는 말이 아니라 앞으로 넘어가야 할 언덕 같았다. 어머니는 가계부에 새로 한 줄을 기록했다. 늙어도 사는 일은 노도와 같다고. 아침에 수저를 내려놓고 학교 다녀오겠습니다, 인사할 때 어머니가 물끄러미 아들의 눈을 봤다. 어머니도 알았을까. 실은 지난 10월 1일 수요일 오후 세시 본교 본관 사층 계단 왼쪽 감사실 문을 열고 들어갈 때 그는 알았다. 그때 느낌이 딱 왔다.

해설 | 권희철(문학평론가)

위태로운 삶, 부활하는 이야기

1. 질문들

"오늘 8월 14일 일요일이 되었다."(「검은 개 흰말」, 133쪽)

"5월 마지막 주 토요일이었다. 부처님오신날."(「그들」, 201쪽)

"이번달 셋째 주 토요일에는 오송에 가기로 예정돼 있었다."(「그녀들」, 50쪽)

"오늘은 9월 1일이고 월요일이었다."(「절차」, 257쪽)

『반대편 사람 주의』는 왜 이렇게까지 집요하게 구체적으로 날짜를 확인하고 표시는 것일까? 『반대편 사람 주의』를 읽다보면 이야기 속 사건들이 현실의 달력에서 정확히 어떤 날에 일어난 것인지 모를 수 없게 되어 있고, 그래서 나는 이 소설집을 아래와 같이 재배열해보고 싶은 유혹을 느낀다.

작품 및 발표지면	주요 등장인물	작중 현재
「일러두기」 (문장웹진 2023년 5월호)	김미용(과 정재서)	2019년 6월 29일부터 8월까지
「검은 개 흰말」 (『실천문학』 2022년 겨울호)	서양지 1(와 조카 실)	2022년 8월 14일 하루
「그들」 (『문학동네』 2024년 여름호)	이종소 1(와 영주)	2023년 4월 21일부터 5월 27일까지
「빗방울 하나 마른잎을 두드리네」 (『문학과사회』 2025년 봄호)	서양지 2와 이종소 2 (그리고 종소의 어머니 김소옥)	2024년 7월 9일부터 11일까지
「은천에서」 (『문학사상』 2024년 1월호)	신영서 1 (그리고 영서의 어머니)	2024년 9월 4일 하루
「그녀들」 (『안다』, 열린책들, 2025년 11월)	신영서 2 (그리고 윤선배와 시인 오)	2025년 6월 19일부터 21일까지
「절차」 (『한국문학』 2026년 상반기호)	이종소 3 (그리고 어상민과 O)	2025년 9월 1일부터 12월의 어느 날까지

그런데 소설들을 이렇게 재배열하고 나면 혹시 이 소설집의 전체 풍경이 이전과 달리 보일 수 있을까? 너무 빨리 답하려 하지 말고 나중에 한꺼번에 대답할 수 있기를 기대하면서, 질문들이 서로에게 빛을 던져주리라고 기대하면서, 질문을 조금만 더 모아보자.

이 도표에서 얼른 확인할 수 있듯 양지, 종소, 영서가 각자 두 작품 이상에 걸쳐 출현해 그들의 이야기를 이어가고 있기 때문에, 『반대편 사람 주의』를 읽다 보면 별다른 설명 없이도 우리는 이것이 연작소설집이라는 인상을 받게 된다. 하지만 그게 전부일까? 단지 같은 인물이 여기저기 나오고 있기 때문에? 그렇다면 다른 작품과 등장인물을 공유하지 않는 「일러두기」는 연작에 포함되지 않는, 『반대편 사람 주의』에서 외따로 떨어져 있는 이야기가 되는 것일까? 그게 아니라 이 소설집 전체를 연작소설로 읽을 수 있는 다른 방법이 있지 않을까?

한편, 『반대편 사람 주의』에서 대체로 계절은 여름이고 여름은 몹시 위태로운 계절로 되어 있다. "그제부터 비가 시작되더니 간밤엔 전국에 집중호우가 쏟아"져 "침수 피해를 당한 주택들과 무너진 옹벽과 돌더미에 파묻힌 차량들과 한밤을 대비하느라 차수벽을 설치하는 사람들"(「그녀들」, 54~55쪽)이 뉴스 화면에 나오고, "토요일 저녁부터 집중호우가 쏟아"져 "사십대 여성이 실종"(「빗방울 하나 마른잎을 두드리네」, 216~217쪽)된다. "8월이 시작되자 대기가 크게 불안정해지고 태풍들이 한반도 상공으로 접근하다 소멸하기를 반복"(「검은 개 흰말」, 131쪽)하더니 "지난 월요일 밤엔 시간당 120밀리미터의 폭우가 퍼부"어 "사십대 부부가 수압을 견디지 못하고 뚜껑이 열린 맨홀로 휩쓸려들어가버리고 말았다"(139쪽). "제주에서 실종된 고등학생은 집에서 직선으로 십이 킬로미터 정도 떨어진 표선해수욕장 앞바다에서 결국 사흘 만에 숨진 채 발견되었다. (……) 배수시설에서 점검 작업중 불어난 빗물에 실종됐던 작업자 두 명은 끝내 사망 상태로 발견됐다. (……) 일요일에는 8호 태풍 프란시스코가 한반도를 향해 북상해올 거라는 예보가 있었다. 더위와 태풍과 사건 사고들. 여름을 정의하는 다른 말을 찾지 못한"(「일러두기」, 107쪽)다(여기 나열된 사례들은 있을 법한 사건들의 픽션적 재현이 아니고 모두 현실에서 일어난 실제 사건을 반영하고 있다는 점도 기억해둘 만하다).

작중 현재가 태풍의 계절이 아니라면 등장인물이 "태풍 때문에 교통 통제나 단수로 고생했던〔과거의〕 경험" 또는 "지난해 연립주택 지하에 물이 차 인근 초등학교 강당으로 대피해야 했던 일"(「그들」, 193쪽)을 떠올리거나 "기차 안에서 (……) 모든 걸 휩쓸어가버리는 여름 태풍 생각을 하고 있"(「절차」, 268쪽)다.『반대편 사람 주의』가 들려주는 이야기들은 한결같이 태풍이 몰려오고 폭우가 쏟아지는 무대를 필요로 하는 것일까? 그렇다면 그것은 왜일까?

일곱 편의 단편소설 가운데 「은천에서」만이 유일하게 태풍에 대한 언급이 없다. 그런데 「은천에서」는 작중 현재를 특정할 수 없는 유일한 소설이기도 하다.[1) 내용상으로 양지-종소-영서 연작의 다른 이야기들과 부드럽게 이어져 있는(불안정한 신분의 강사생활, 어머니와 둘이 사는 중년의 삶, 사라진 어머니를 찾아나선 어느 하루) 「은천에서」는 그러나 나머지 작품들과 미묘하게 다른 분위기를 띠고 있는 것으로 읽히는데 그런 느낌이 정당한 것이라면, 그 다른

---

1) 지난달 '광주 타이어 공장 화재'가 일어났다고 했으니(등장인물들이 뉴스 화면으로 보고 있는 이 사건은 2025년 5월 17일 실제로 일어난 일이다) 「그녀들」에 나오는 "이번달 셋째 주 토요일"(50쪽)이 2025년 6월의 일임을 알 수 있고, 이태원 참사 3주기라는 사실이 표시되어 있으므로 「절차」에 언급되는 '9월 1일 월요일'이 2025년 9월 1일임을 알 수 있는 것과 달리 「은천에서」의 "그게 사흘 전, 지난 일요일이었다"(14쪽) "9월인데 벌써 땅콩을 수확했나"(15쪽) "내일이 개강이고"(12쪽)와 같은 구절만으로는 '영서의 어머니가 사라진 오늘'이 언제인지 특정할 수 없다. 그날은 무수한 늦여름의 나날들 가운데 어느 하루일 뿐이다. 그런데 이 소설에서 수능시험을 앞두고 마지막 모의고사를 치른 영서의 조카 민오가 「그녀들」에서 올해 대학생이 된 것으로 다시 나오고 있기 때문에 「그녀들」을 기준으로 해서 「은천에서」가 2024년 9월 4일의 이야기임을 짐작할 수 있을 뿐이다. 그렇다면 상대적으로 불분명했던 「은천에서」의 타임라인을 나중에 발표된 「그녀들」이 확정해준 셈이 된다. 다르게 말하면 「은천에서」의 구체적인 날짜는 애초에 작가의 구상에 없었다가 나중에야 부과된 것이다. 여기저기 태풍이 몰려오는 가운데 서술자가 강박적으로 날짜를 세는 소설들은 「은천에서」를 완성한 이후에 만들어진 것이 아닐까? 발표 순서와 달리 여기 수록된 일곱 편의 소설 가운데 「은천에서」가 가장 먼저 완성된 것이 아닐까? 「은천에서」는 단행본에 수록되면서 시간을 표시하는 세부사항이 일부 수정됐는데(예컨대, 영서와 그녀의 어머니는 함께 "오십여 년을 살아온 모녀였다"(『문학사상』 2024년 1월호, 137쪽)가 "오십 년 가까이 살아온 모녀였다"(30쪽)로 바뀌었다), 그것은 애초의 설정과 달리 뒤늦게 부과된 타임라인 때문에 시간을 표시하는 세부사항에 혼선이 빚어졌기 때문일 것이다.

분위기라는 것이 앞서 언급한 두 사정(태풍 없음, 날짜 표기 없음)
과 함께 가는 일일까?

　이제 차곡차곡 모아둔 질문들, 산발적인 것처럼 보이지만 내 생
각으로는 서로 연결되어 있는 것 같은 이 질문들에 대한 답변을
시작해보자.

2. 연작소설

　『반대편 사람 주의』가 연작소설집으로 읽히는 것은, 「검은 개
흰말」의 양지와 「그들」의 종소가 「빗방울 하나 마른잎을 두드리
네」에 다시 나와 작은 일을 함께 겪고, 영서가 「은천에서」에 이어
「그녀들」에 연달아 나오며, 종소가 「절차」에 세번째로 등장해 이
번에는 혼자서 조명받고 있다거나 그전에 「그녀들」에서 영서의 배
경으로 스치듯 지나가며("선배가 지난번 통화 때 어떤 후배 이야기
를 해준 적 있었죠? 어머니랑 둘이 사는데, 어머니를 위해서 한 달에
한 번씩 당일 기차 여행 다녀온다고", 74쪽—여기서의 '후배'가 물론
종소다) 양지-종소-영서의 이야기가 느슨하게 연결되기 때문만은
아니다. 이런 식으로 이해하자면 「일러두기」는 연작에 포함되지
않는, 이 소설집 안에서 혼자 동떨어져 있는 작품으로 읽어야 할
것이다. 하지만,

첫째, "아직 어른이 되지 못한 미완의 성인들"(「검은 개 흰말」, 163쪽)이 서로 부딪혀 동요하고 상대방에게 관심을 쏟으면서 자기 안의 뭔가를 일깨우는, 꼭 사랑이 시작될 것만 같은 '커플 이야기'는 「일러두기」에서 두드러지고(미용과 재서), 「그들」에서 인상적으로 변주되는데(종소와 영주), 너무 많이 변주돼 알아보기 어렵긴 하지만 「빗방울 하나 마른잎을 두드리네」의 양지와 종소에게서 미용-재서 또는 종소-영주 커플의 메아리를 발견하는 것이 불가능한 일은 아니다.

둘째, 사정이 여의치 않은 부모를 대신해 아이를 키워낸 이모와 조카의 특별한 관계는 「검은 개 흰말」에서 가장 분명하지만(양지와 실), 「은천에서」와 「그녀들」에서도 고모와 조카의 특별한 관계가 나오고(영서와 민오), 「일러두기」의 미용을 구성하는 인상적인 기억들 가운데 하나는 과거 부모를 대신해 키웠고 현재도 각별히 마음 쓰고 있는 조카에 관한 것이다(미용의 반찬가게 이름이 '작은 반찬'으로 구상되었다가 나중에 '이모 반찬'으로 바뀐 것도 조카의 존재 때문이다).

셋째, 사라진 노년의 어머니를 찾아 나서는 일은 「빗방울 하나 마른잎을 두드리네」와 「은천에서」의 중심 사건을 이루지만, 그 이야기들 이전에 「일러두기」에서 며칠째 보이지 않는 미용이 무모한 일에 휘말렸거나 자살을 생각하는 것은 아닌지 염려하며 재서가 그녀를 찾아 나선다는 점에서 세 소설 모두가 '사라진 사람을 찾아 나서는 이야기'의 반복되는 변주 혹은 시험이라고 할 수 있다.

넷째, 「빗방울 하나 마른잎을 두드리네」와 「절차」에서 종소와 종소의 어머니 김소옥은 서로를 염려하며 각자 쓰는 글을 상대방 모르게 읽곤 하는데(종소는 김소옥이 가계부에 쓰는 짤막한 문장들에서 노인 우울증의 징후를 읽어내려 하고, 김소옥은 종소의 글을 '유서'의 일종이라고 이해하는 바람에 아들을 혼자 두려 하지 않는다), 「일러두기」는 재서가 미용의 글을 우연히 읽게 된 탓에 미용에게 마음이 기울었기 때문에만 시작될 수 있었고 두문불출한 끝에 겨우 완성한 '교련 시간'과 거기에 다 쓰지 못한 이야기까지를 미용이 재서에게 들려준 뒤에야 끝날 수 있었다. 여기에 「절차」의 종소가 속으로 외쳤다가 나중에 철회하게 될 문장을 추가할 수도 있겠다. "여러분, 유서에 제 이름 쓰지 말아주세요, (……) 여러분의 죽음에 저를 끌어들이지 마세요, 제발."(277쪽) 「절차」는 읽고 싶지 않은, 읽을 수 없는, 그럼에도 읽어야만 하는, 어떤 면에서는 꼭 읽고 싶어지는 남겨진 글쓰기, 중단된 글쓰기, 위태로운 글쓰기에 관한 이야기이기도 한 것이고 그 점에서 「일러두기」나 「빗방울 하나 마른잎을 두드리네」를 연상시키는 데가 있는 것이다.

그리고 마지막으로, 「일러두기」에서 살아남기 위해 사람들의 시선에서 스스로를 감춰야만 했던 아이였으며 어른이 되어서도 자신을 숨겨줄 복면을 필요로 하는 미용은 재서의 시선을 통해 '죽음충동'에 시달리는 것으로 설득력 있게 오해되는데("중년이 되어 미용은 마음먹었다. 자기 자신을 죽이기로. 아니, 자기 자신만 죽이기로", 112쪽), '죽음충동'이야말로 이 소설집 전체에 깔려 있는 메인테마에 해당한다. 「검은 개 흰말」의 양지와 류원장이 과거에 실현하려 했고 여전히 그로부터 자유로워지지 못한 것, 양지의 조카 실이 화장실 문을 잠그고 세계로부터 스스로를 격리하고자 했을 때 더이상 감출 수 없었고 양지가 정확히 읽어낸 것이 모두 '죽음충동'이다. 「그들」의 종소가 우울증을 앓는 어머니가 스스로 목숨을 끊을까봐 불안해하면서 사실은 자신의 죽음에 골몰하는 것, 「빗방울 하나 마른잎을 두드리네」에서 반대로 어머니가 아들을 혼자 어디로 보내는 것을 불안해하는 것, 「은천에서」의 영서가 과거 언젠가 스스로를 저버리려 했다거나 영서의 올케 승민의 홀로 된 어머니가 스스로 목숨을 끊었다는 사실이 승민의 마음을 온통 사로잡고 있는 것, 「그녀들」의 영서가 "죽음에 관심 없는 사람은 관심 없다고"(70쪽) 말해왔고 영서의 가장 친한 친구인 시인 오가 자살을 시도한 것, 「빗방울 하나 마른잎을 두드리네」에서 스치듯 언급되는 제자("경주에는 무슨 일로 왔어? 누구 1주기여서요. 누구?……제자요", 224쪽)가 「절차」에서 자살한 O로 구체화되면서 종소가 또다른 학생 어상민의 죽음과 삶을 조금씩 기억해내는 것이 모두 '죽음충동'의 주위를 맴돌고 있다.

요점은 「일러두기」가 나머지 여섯 편 소설의 원형이라거나 다른 소설들에 활용될 작은 화소話素들을 미리 품고 있었다는 것이 아니고, 이 소설집 전체가 앞에서 언급한 여러 요소를 공유하고 분해하고 재조립하면서 공통의 테마를 만들어가고 또 그것에 몰두하는 것처럼 보인다는 것이다. 이 소설집이 연작소설로 읽혀질 수 있다면 그것은 이와 같은 사정 때문일 것이다.

이를 도표화하면 아래와 같이 정리할 수 있다.[2]

작품	커플	조카	실종/ 수색·방문	글쓰기 (유서)	죽음충동
「은천에서」	◑	◑	●	×	◑
「일러두기」	●	◑	◑	●	●
「검은 개 흰말」	○	●	●	○	●
「그들」	●	×	×	×	●
「빗방울 하나 마른잎을 두드리네」	○	◑	●	◑	●
「그녀들」	×	◑	○	×	●
「절차」	×	×	○	◑	●

3. 죽음충동과 씨름하기

이 도표에서 다른 요소들 전체를 대표하는 어느 하나의 요소를 꼽자면 그것은 '죽음충동'이 되어야 하지 않을까? 그것은 물론 이 도표에서 죽음충동이 가장 일관되게 다뤄지고 있기 때문이지만 그것만이 전부는 아니다. 『반대편 사람 주의』에서 '글쓰기'가 죽음충동과 씨름하는 장소로 현상한다는 점에서도 그렇다.[3] '실종'이 공통

---

2) 본문에서 거론하지 않은 내용이 도표에서는 일부 추가되기도 했다. 처음 읽을 때는 얼른 눈에 띄지 않았던 것이 이 도표의 구도 아래서는 분명히 드러나는 경우가 있기 때문이다. 예컨대, 「은천에서」에서 지난 시절의 영서와 유부남의 커플 관계는 「일러두기」나 「그들」에서의 커플 관계만큼 강렬한 것으로 제시되어 있지는 않지만 위의 도표를 채워넣기로 하자면 무시할 수 없는 것이 된다. 「빗방울 하나 마른잎을 두드리네」나 「은천에서」와 같이 명확한 '실종 사건'이나 '실종자를 찾아나서는 행위'가 나오지 않지만 「그녀들」에서 윤선배의 어린 아들이 코트 속으로 숨어 사라지고 싶어하는 것처럼 보였다는 것이나 영서와 시인 오의 관계가 끊어졌다가 그 잃어버린 관계를 윤선배와 대화 속에서 이전과 다르게 생각할 계기를 얻게 되는 장면, 「절차」에서 종소가 어상민의 아버지를 피하려다가 결국에는 마주 앉게 되는 장면을 '사라진 사람을 찾아나서는 행위'의 알아보기 어려운 변이형으로 이해하는 것도 불가능한 일은 아닐 것이다. 위의 도표에서 분명한 항목은 ●으로, 변형되고 약화된 항목은 변이와 약화의 강도에 따라 ◐ 또는 ○으로 표기했다. 시간의 순서와 달리 이 도표에서 「은천에서」를 맨 앞으로 옮겨놓은 이유는 이 글의 305쪽 각주 참조.

3) 「일러두기」의 미용은 글쓰기를 통해 어쩌다가 자신이 죽은 척하며 살아가야 했는지 그 원인을 찾으려 했지만, 나중에는 그 글쓰기가 삶에의 의지를 되찾는 과정이었음이 드러난다. 「검은 개 흰말」의 양지는 자신이 실종되었다는 가상의 안전문자를 떠올리면서 한편으로는 자신의 실종(혹은 죽음)이라는 소망을 충족시키고

의 삶의 무대에서 홀로 빠져나가는 죽음을 연상시키고 또 실종이 실질적인 죽음으로 이어질 것으로 염려된다는 점에서도 그렇고 ("형님은 왜 어머니가 집을 나가서 죽을 수도 있단 생각을 못하는 거예요?", 「은천에서」, 24쪽), 각별한 '조카'와의 관계나 '커플' 관계를 통해 (여기에 더해 모자 또는 모녀 관계를 통해) 상대방의 죽음충동을 이해하거나 염려하는 와중에 죽음충동이 사망사건으로 종결될 수 없게 하는 뭔가를 발견하게 해준다는 점에서도 다른 요소들은 모두 죽음충동과 연결되어 있다. 과감하게 말해서, '사라진 사람과 그를 찾아다니는 사람 사이의 숨바꼭질'이 곧 '죽음충동과 씨름하는 글쓰기'이고, 그것은 다시 자신이 감당하고 있는 죽음충동을 통해 상대방의 죽음충동에 공명하면서도 그의 존재를 염려하며 붙들고 또 그에게 붙들리면서 죽음충동이 사망사건으로 종결될 수 없게 해주는 '특별한 관계 만들기'가 된다. 그러나 이 관계는 결코 안정화될 수 없고 너무 자주 상실되며 그것이 우리에게 강렬한 고통과 슬픔을 주입하기 때문에 죽음충동은 재활성화된다. 그렇게 해서 '특별한 관계'도 결국 죽음충동과의 씨름의 장소

다른 한편으로는 실종된 자신을 이 세계가 나서서 되찾아주기를 바라는 소망을 충족시킨다. 자신의 존재를 세계에서 지워버리는 순간에도 유서만큼은 남겨두는 행위에도 이와 같은 두 욕망의 교차—나는 지금과 같은 삶을 바라지 않는다, 차라리 죽음을 원한다, 그렇지만 동시에 살아있는 것 같은 삶, 다른 존재들과 간절히 뒤엉켜 있는 삶을 원한다—가 있는 것이 아닐까.

가 된다.

이렇게 놓고 보면, 연작소설집 『반대편 사람 주의』를 구성하는 요소들을 나열한 앞의 도표가 무엇을 놓치고 있는지도 분명해진다. 커플인지 고모/이모-조카의 관계인지 혹은 모녀인지 모자인지가 중요한 것이 아니고 어느 방향, 어느 범위에서건 상대방을 간절히 염려하며 죽음충동과 씨름하게 되는 '관계 맺기'가 중요한 것이다. 그렇다면 「빗방울 하나 마른잎을 두드리네」에서 (양지와 종소가 아니라) 양지와 종소 어머니의 만남은 양지가 자신의 죽음충동과 씨름하는 또하나의 장소로 주목되어야 한다. 「그녀들」에서의 영서가 모임에서 만나 인연을 맺은 윤선배 그리고 시인 오와의 관계도 그렇고, 「그녀들」의 영서와 「절차」의 종소가 각자 강의실에서 만나는 학생들과의 관계도 그렇고, 「검은 개 흰말」에서 가족, 연인, 우정의 관계를 넘어서 실종된 모르는 사람들 전체에게로 뻗어나가는 양지의 마음도 그렇다.

그런 방식으로 『반대편 사람 주의』는 죽음충동을 쓴다. 『반대편 사람 주의』는 죽음의 글쓰기 연작이다.

4. 사망은 죽음이지만, 죽음은 사망이 아니다

'죽음의 글쓰기 연작'이라는 말이 그러나 꼭 음산하고 파멸적인 것으로 이해되어야 하는 것은 아니다. '죽음'이라는 현상이 우리가 흔히 마주치게 되는 '사망사건'으로 온전히 환원되는 것도 아니고, '죽음충동'이 그저 자신을 파괴하고 스스로 소멸하기를 갈망하는 것만도 아니기 때문이다.

죽음은 현실화된 삶에 대한 '절대적 부정'의 가능성이다. 죽음은, 우리가 지금 끼워넣어져 있는 삶의 형식(현실의 논리)이 무슨 대단한 외부 충격에 의해서가 아니라 그 자체로 우리에게 영속적일 수 없다는 사실에 대한 부인할 수 없는 증거다. 죽음은, 지금 당장의 삶의 형식이 우리를 완전히 장악하는 것이 불가능할 뿐만 아니라 우리가 언젠가는 반드시 그 형식으로부터 (계획하고 통제할 수 없는 순간에, 그것을 원하든 원치 않든) 빠져나가게 되어 있다는 사실에 대한 부인할 수 없는 증거다. 죽음이 현실화된 삶에 대한 '절대적인 부정'의 권능을 지니기 때문에, 그것은 새로운 삶이 도래하게 하는 절대적으로 파괴 불가능한 가능성이기도 하다. 죽음의 가능성은 새로운 삶의 형식이 도래할 가능성의 가능성이고, 급진적인 현실 변혁 가능성의 가능성이다.

삶은, 죽음의 가능성과 씨름하며 스스로를 변신시켜가는 과정이다. 우리는 그런 것을 살아 있는 삶이라고 부른다. 죽음은 삶의 마지막 순간에 닥쳐오는 파국이 아니고, 매순간 삶과 춤추며 나를 살아 있게 만들어주는 것이다. 죽음으로부터 벗어나 있는 순수한 삶은 없다. 그런 삶이 있다 해도 그것은 적어도 더이상 살아 있는 것은 아니게 된다. 그것은 단지 삶의 과정으로부터 떨어져나온 무기물 혹은 비물질의 지속되는 정지 사태일 뿐이다. 반대로 죽음과 함께 춤추고 있는 한, 삶은 언제나 신생이고 언제나 부활이다.

그러나 '죽음의 가능성'은 너무나 치명적이고 극단적이기 때문에, 빛이 있어 우리가 무엇을 볼 수 있지만 너무 강한 빛은 우리의 눈을 멀게 하는 것처럼, '죽음의 무도'는 자칫하면 우리에게서 신생과 부활 그러니까 삶의 가능성을 모조리 빼앗아갈 수 있다. 우리는 우리의 존재 그 자체를 잃을 수 있고, 예측할 수 없는 어떤 시점에 반드시 그렇게 된다. 절멸에 이르러 더이상 죽음과 춤출 수 없게 되는 그 필연적인 사건을 우리는 '사망'이라고 부른다. 그러나 사망사건이 죽음이라는 현상의 전부일 수 없다는 점을 우리는 앞에서 길게 이야기했다.

하지만 사망사건의 경악할 만한 절멸 사태를 너무 빨리 긍정적인 것으로 규정하려는 노력은 오히려 죽음으로부터 '절대적인 부정'의 가능성을 훼손시킬 것이다. 그렇게 되면 죽음은 더이상 현실의 논리를 의문에 부치고 새로운 삶의 형식을 도래하게 하는 힘을 잃게 되며 부활과 신생의 가능성 또한 사그라든다. 그러니 죽음의 그 무시무시한 허무와 무의미와 낯섦을 완화하려 해서는 안 된다. 그러면서 동시에 죽음을 사망사건 그 자체와 동일시해서도 안 된다.

이와 같은 맥락에서 '죽음충동'을 이해해야 한다. 죽음충동은 마땅히 추구해야 할 삶 대신에 죽음에 이끌리는 퇴폐적 성향이 아니다. 그것은 차라리, 지금의 이 세계가 우리에게 주어질 수 있는 현실의 전부일 수 없다는, 이 세계가 지금과 같은 방식으로 구축되어 완강히 버티고 있다는 사실이 곧 삶의 소진시킬 수 없는 가능성에 대한 배신이라는, 그러므로 세계의 현실과 함께 우리의 삶의 형식이 다시 태어나야만 하고 그럴 수밖에 없다는, 그러나 언제든 최후의 파국으로 귀결될 수 있는 치명적인 위태로움과 함께가 아니고서는 발설될 수 없는, 신생과 부활의 외침이다.

죽음충동은 예외적인 소수의 개인들만이 소유하는 강력한 인식이나 의지로부터 나오는 것도 아니다. 그것은 살아 있는 삶 그 자체로부터 우리에게 물결쳐오는 것, 우리가 잠시 잊어버리려 노력할 수는 있겠지만 결코 벗어날 수 없고 심지어 자신의 인식이나 의지로 추구할 수도 없는 것이다. 우리는 그저 그때그때 다른 강도로, 끊임없이 우리에게 물결쳐오고 있는 그것에 감응할 수 있을 따름이다.[4]

이런 맥락에서 『반대편 사람 주의』는 죽음충동을 쓴다고 할 수 있고, 『반대편 사람 주의』는 죽음의 글쓰기 연작이라고 할 수 있다. 그러므로 우리가 『반대편 사람 주의』에서의 죽음 또는 죽음충

---

4) 의식적으로 추구할 수도 없지만 벗어날 수도 없는, 사망사건과 구분되어야 하는, 신생과 부활의 가능성과 구분 불가능한 죽음의 가능성에 대해서는 마르틴 하이데거, 『존재와 시간』, 이기상 옮김, 까치, 2025, 48~51절 참조.

동을 이야기할 때, 그것은 한편으로 다음의 인용문과 같은 장면을 가리켜 보이기 위한 것이긴 하지만, 그러나 그것이 전부는 아니다.

이 B105호 대형 강의실에 처음 들어온 순간부터 종소는 이곳이 마음에 들었다. 교단 옆 왼쪽 창문의 붉은 커튼 두 쪽을 누군가 각각 케이블로 묶어둔 걸 보았을 때부터. 그걸 본래와는 다른 용도로도 쓸 수 있다는 게 새롭게 느껴지는 동시에, 때때로 어머니보다 먼저 사라져버리고 싶을 때가 있고 보통 수준 이상으로 죽음에 집착하는 종소에겐 그 줄의 쓰임새가 상징적으로 다가왔다. (……) 창문을 열면 사람 하나가 들어갈 수 있는 정도의 검고 어두운 통로 같은 공간이 내려다보였다. (……) 쿰쿰하고 오래된 먼지 냄새가 어두운 밑바닥에서부터 훅 끼쳐왔다. 학생 중 누군가 나를 창문 아래로 밀어뜨려버리고 창문을 잠그고 강의실을 나간다면. (……) 희박한 공기에 질식할 때까지…… 종소는 그 (……) 기이하고 어두운 공간에 매료되었다는 걸 학생들에게 들키고 싶지 않았다.(「그들」, 185~186쪽)

5. 위태로운 삶, 함께 있음, 간절함

죽음의 가능성이 곧 살아 있는 삶의 가능성이므로, 그런데 그것
은 절대적인 부정의 가능성과 치명적인 절멸의 가능성 없이는 성
립 불가능한 가능성이므로, 삶은 그 원리상 위태로운 것일 수밖에
없다. 『반대편 사람 주의』가 삶을 자꾸만 태풍의 계절 속에서 그리
는 것은 그 때문이다.

그런데 「검은 개 흰말」의 양지가 "여름을 두려워했던 건 수해가
아니라 빈번하고 무수한 죽음들 때문이었"(162쪽)다고 말할 때, 우
리가 이 구절에서 '아니라'의 앞과 뒤를 명확하게 구분해낼 수 있
을까? '수해를 두려워하는 것'과 '수해로 인한 죽음을 두려워하는
것'은 결국 같은 것이 아닐까?

하이데거는 우리가 일상생활에서 느끼는 여러 기분을 분석하는
가운데 두려움의 대상과 원인을 구분한 적이 있다. 두려움의 '대
상'은 파괴적이고 위협적인 것이다. 무시무시한 것들, 끔찍한 것
들, 질병, 전쟁, 가난, 사악한 범죄행위 등등. 그러나 그것이 두려
움의 '원인'은 아니다. 우리가 느끼는 두려움은, 두려움의 '대상'
으로부터가 아니고, 우리가 마음 쓰고 있는 것들이 파괴되고 더이
상 그것들과 함께 있을 수 없으리라는 사실로부터 온다. 혹은 우
리 자신이 파괴되는 바람에 우리가 마음 쓰고 있는 존재들과의 관
계망으로부터 떨어져나가고 더이상 그것들을 어루만질 수 없으

리라는 사실로부터 온다. 우리는 흔히 두려움의 '원인'을 두려움의 '대상'과 혼동하지만, 두려움의 원인은 그(것)들과 함께 있음이라는 우리의 본질적인 존재 방식 그 자체다. 그것이 우리의 본질적인 존재 방식이므로 우리는 그(것)들과 함께 있을 수 없음을 두려워한다. 두려움이라는 기분은 우리의 존재양식이 '그(것)들과 함께 있음'임을 우리에게 다시 느끼게 해주고 그것에 더욱 간절해지게 한다.[5]

태풍은 『반대편 사람 주의』의 여러 인물을 불안하고 또 두렵게 만든다. 태풍을 두려워하는 것은 한편으로 우리의 현실 속에 무엇인가 파괴적이고 위협적인 것들이 들썩거리고 있다는 사실을 가리키지만,[6] 다른 한편으로는 우리가 근원적으로 이 세계 안에서

---

5) 같은 책, 30절 참조.

6) 이 파괴적이고 위협적인 것이 강풍과 폭우 그 자체는 아닌지도 모른다. 자연의 파괴적인 힘은 모두에게 같은 강도로 영향을 끼치지 않는다. 누군가는 상습 침수 구역 중에서도 취약한 지대에 살고("8일 월요일에는 (……) 도림천이 범람해 한밤에 이웃들이 주민센터로 대피하는 일도 생겼다." "그 호우로 인근 반지하 빌라가 침수돼 세 명의 이웃이 사망했다는 뉴스를 확인하기 전까지 선배는 괜찮은 것처럼 보였다",「검은 개 흰말」, 131, 139쪽) 누군가는 태풍이 몰려오는데도 위험천만한 새벽배송에 나가야 하는 것이다("실종된 사람은, 친구한테 전화했었대, 비가 너무 와서 일을 못 할 것 같다고, 그런데 새벽 다섯시에 차를 몰고 배송하러 나갔다가 급류에 휘말린 거야, (……) 두려워, 앞으로 알게 될 일들이",「빗방울 하나 마른잎을 두드리네」, 250~251쪽). 자연의 막대한 힘이 아니라 사회적 불평등이야말로 파괴적이고 위협적인 것이라는 사실이, 일상생활의 평범한 순간들을 세세하게 따라가는 조경란의 소설에 은근히 그러나 무시할 수 없게 드러나 있다.

다른 존재자들과 뒤얽혀 함께 살아가고 있다는 사실 자체에 애착을 갖는 존재라는 사실을, 그렇기 때문에 다른 존재자들을 염려할 수밖에 없는 존재라는 사실을 가리켜 보인다. 바로 그 염려함, 염려하지 않을 수 없음이 다른 존재자들과 뒤얽혀 있는 우리의 삶을 더욱 간절한 것으로 끓어오르게 만든다.

이미 말한 셈이지만, 위태롭다는 것은 위험한 것인 동시에 간절한 것이다. 죽음충동을 쓰는, 죽음의 글쓰기 연작인 『반대편 사람 주의』는, 죽음과 씨름하며 생생하게 살아 움직이는 순간들을 보여주면서, 다시 말해서 위태로운 삶을 보여주면서, 그 안에 들어 있는 위험한 것들을 외면할 수 없게 만들지만 동시에 그 위험에 처한 것들에 대해 간절해지는 장면들을 자꾸만 만들어낸다.[7] 『반대편 사람 주의』에는 좀처럼 잊히지 않는 장면이 많이 나오는데, 우리가 그 장면들에서 잠잠하면서도 오래가는 인상을 받는 것은, 내 생각으로는, 그 장면들의 간절함에 우리가 전염되기 때문이다.

「빗방울 하나 마른잎을 두드리네」의 거의 마지막 장면은, 그 자

---

7) 영어에서의 사례일 뿐이지만 "'위태로운(precarious)'이라는 단어에는 기도라는 의미가 들어 있"(리디아 데이비스, 『형식과 영향력』, 서제인 옮김, 에트르, 2024, 263쪽)고, 기도는 간절함의 다른 이름이다. 이 인용문에서 번역자 서제인은 precarious를 '불안정한'으로 옮겼는데, 여기서는 이 글의 맥락에 따라 '위태로운'으로 바꿔 적었다. 서제인의 번역이 물론 옳지만 precarious를 '위태로운'으로 옮기는 것도 얼마든지 가능한 일이다. 주디스 버틀러의 『위태로운 삶』(윤조원 옮김, 필로소픽, 2018)의 원제도 'precarious life'다.

체로는 별다른 드라마를 갖고 있지 않지만, 양지가 태풍의 계절에 오면가면 만난 낯선 사람들에게서 사소한 특징들을 알아차리고 기억하고 마음 쓰다가 그 모르는 사람들의 존재 자체에 대해 간절해져 있다는 사실 때문에 우리를 뭉클하게 만든다. 양지의 침착하고 담담하지만 간절한 염려와 애착 때문에. 다소 길지만 여기에 전부 인용해두고 싶다. 이중에서 누구라도 또 언제라도 폭우 때문에 실종될 수 있고, 이 세계에서 자발적으로 사라지고 싶어할 수 있다는 사실을 매순간 생생히 떠올리며 인용문을 읽기로 하자.

　며칠 전에 하주교 밑에서 징검다리를 건너는 사람을 봤어, 편편해 보여도 요즘 비가 와서 미끄럽거든, 양복을 입고 수박 한 통을 두 손을 받쳐들었는데 다 건너갈 때까지 지켜보게 되더라, 그 사람이 저기 어머니 오른쪽에 선 아저씨야. 저번에 앞에서 걸어오던 어떤 청년을 봤는데 황태포 꼬리가 삐죽 솟은 에코백을 메고 가는 거야, 한여름에 황태포로 뭘 할까 싶은 게, 누구 제사 지내는 모양이구나 해서 마음이 좀 그랬어, 저기 맨 앞줄에 선 사람이야. 저 위쪽 산책길에서 떨어진 솔방울들을 줍고 있는데 아주머니 한 분이 다가와 물었어, 솔방울이 더 필요하면 자기네 농장에서 가져다줄 수 있다고, 괜찮다고 하고 내가 가려고 하니까 솔방울을 쥔 내 손을 보시면서 그러는 거야, 자연을 담아가시네요, 라고, 그 아주머니가, 저분, 아니 그 뒤쪽, 그래, 목소리가 너무 약해서 투병하시는 분이 아닐까 싶어. 현선배 집에 온 다음날 보니까 습도계가 멈췄더라, 동전만한 건전지가 필요해서 편의점에 갔어, 계산하려는데 매니저가 그걸 자세히 들여다보더니 아니라고, 원형 건전지는 크기가 비슷해 보여도 다 각각의 번호가 있다는 거야, 그런 거 알아? 그러곤 이제막 일 배우기 시작한 아르바이트 학생을 부르더니 진열된 건전지들을 가리키면서 친절하게 설명해주는 거야, 정말 거기에 깨알 같은 크기로 일련번호가 새겨져 있더라고, 학생이랑 같이 신기해하면서 웃는데 불쑥 눈물이 고였어, 낯선 데 있으면 가끔 이상한 데서 그럴 때가 있어, 정전된 저녁에 모르는 이웃이 다가와 자기 초에서 내 캔들로 불을 옮겨줬던 때처럼. 저기 중간 왼쪽 줄에서 회색 반팔 티 입은 사람이 그 매니저야.(249~250쪽)

천변 체육공원에 모여 건강 체조를 하는 동네 사람들에게 대단히 멋지고 아름다운 면모가 있어서가 아니라, 저마다의 방식으로 살아가는 낯선 그들이 자신과 같은 때와 장소를 공유하며 살아 있다는 사실 자체에 양지는 깊이 감동하고 또 간절해져 있다. 그런 양지를 지켜보는 우리 또한 비슷한 기분에 젖어들게 만드는 것, 그것이 조경란의 내러티브가 하는 일이다. 단지 일정한 리듬으로 복사된 종이를 밀어내고 있을 뿐인 복합기에서도 감동할 만한 구석을 찾아내는 '미용'의 경우(「일러두기」)는 어떤가? "어두운 흙속에서 공기층을 만들며 꿈틀거리며 살아가는 지렁이"(「은천에서」,

37쪽)에게서 위안을 얻는 영서는? 『반대편 사람 주의』에 너무 많이 나오는 사례를 여기 다 옮겨놓을 수 없다.

6. 같은 태양 아래서, 상관하지 않는

강박적이라고 느껴질 만큼 빈번하게 나오는 구체적인 날짜 표기도 같은 맥락으로 이해할 수 있다. 위태로운 삶의 한복판에서 경악할 만한 무의미와 공허로 떠내려가지 않기 위해서, 절대적인 부정의 힘이 다만 사망사건으로 다가와 우리를 집어삼키고 절멸시키는 일을 피하기 위해서, 서로를 염려하며 함께 있음이라는 존재 양식을 움켜쥐기 위해서, 조경란의 서술은 '날짜'를 강박적으로 헤아리고 기록한다.

'날짜'를 세는 것은, 공동의 시간을 세는 것이다. 아주 먼 옛날의 원시 인류를 상상해보자. 태양이 떠오르고 잠에서 깨어나 노동하고 태양이 가장 높은 곳에 이르면 휴식을 취하고 태양이 기울자 노동을 재개하고 태양이 저물어 거처로 돌아가 잠에 들고 다시 태양이 떠오르기를 기다리는 하나의 주기를 알아차리고 기억하고 셈하고 그것을 말하고 말해진 날짜가 통용되는 것은 같은 하늘 아래서 같은 태양을 보고 같은 주기를 셈하며 (서로를 알든 모르든) 함께 살아가는 한 무리의 '공동존재' 없이는 불가능하다.[8] 날짜를 셀 때마다 우리는 어떤 의미에서 공동세계를 살아가는 공동존재, 우리가 모르는 사람들과 무엇인가를 공유하며 더불어 살아가고 있다는 사실을 헤아리는 것이다.

삶은 그 자체로 위태로운 것이어서 『반대편 사람 주의』가 언제 어디서나 유무형의 태풍을 느끼는 것이지만 정확히 같은 지점에서 함께 살아가고 있음에 대해 간절해지게 되고 바로 그렇기 때문에 자꾸만 구체적인 날짜를 헤아려보고 기록하게 되는 것이다.

하지만 '날짜'를 세고 기록할 때마다 우리가 매번 다시 움켜쥐는 것이, '공동세계'와 '함께 있음'의 양식만은 아니다. 측정되고 기록되는 시간은 그때그때 했어야만 하는 일, 언제까지 끝내야만 하는 일을 제시하며 우리를 다그쳐서 함께 살아나감과는 다른 어딘가로 몰아간다. 「빗방울 하나 마른잎을 두드리네」에서 종소의 어머니가 사라졌을 때 양지에게 대번에 떠오르는 생각은 "다섯시 반에 면접을 봐야 해서" "오늘은 꼭 집으로 돌아가야 한다고 했"(242쪽)던 종소가 사라진 어머니를 찾아 헤매느라 기차 시간을 놓치고 "어쩌면 (……) 오늘 면접에 늦어 아르바이트를 구하는 데 실패할지도 모른다"(243쪽)는 것이다. 「절차」에서 죽은 어상민 학생의 존재를 기억해내고 그에 대해 말해달라는 어태조의 요구를

---

8) 시간의 측정 가능성, 기록 가능성이 곧 '공동세계'의 형성 가능성과 함께 가는 것이라는 점에 대해서는 마르틴 하이데거, 같은 책, 80절 참조.

피해다니던 종소도 결국 같은 것을 요구하는 셈이었던 학교 감사팀에 대해서는 '날짜'를 세고 그날까지 '해야할 일'을 생각한다. "노트북을 덮고 싶었지만 오늘은 그래서는 안 됐다. 학교 감사팀에서 독촉 메일이 온 지 이틀이 지났으니까."(268쪽) "그는 노트북 패드를 터치했고 (……) 일주일 전, (……) 감사팀 사무실에서 수사관같이 느껴지던 주임들 두 명의 질문에 대답한, 그의 수정과 서명을 기다리는 '진술 문답서'가 바꾸기 어려운 배경 화면처럼 펼쳐졌다."(272쪽) 그가 요구받았던 것이 어상민의 존재를 기억해내고 그에 대해 말하는 것이었음에도 날짜를 세고 해야할 일을 생각하는 그 시점에 종소는 어상민의 존재에 상관하고 싶어하지 않았고 상관하지 않았다.

우리는 앞에서 '위태롭다'는 것의 이중적 의미를 강조했는데, 그것은 '날짜 세기'에서도 교차한다. 우리를 살아 있게 만드는 염려와 애착과 간절함이, 우리를 몰아붙이고 말라비틀어지게 하는 냉연함과 함께 있다. 교차하는 두 힘 사이를 어쩔 수 없이 약간은 어지럽게 오가며 『반대편 사람 주의』의 내러티브는 짜여나가는 것이다.

7.

이 소설집의 제목 '반대편 사람 주의'는 물론 「그들」의 한 구절에서 따온 것이다. 이 위태로운 삶 속에서 우리는 반대편에 있는 예기치 않은 누군가와 부딪혀왔고 계속해서 그렇게 될 것이다. 그것이 우리를 더 위험한 장면 속으로 굴러떨어지게 만들지도 모르지만 정확히 같은 장면이 우리를 더 간절하게 만들고 우리의 삶을 더욱 살아 있는 것으로 부활시킬 수도 있다. 신생과 부활의 가능성은 그 위험의 한복판이 아니면 없다. 그러니 '반대편사람주의'를 종소가 '반대편사랑주의'라고 잘못 읽고 싶어하는 것은 단순한 말장난이 아니다. 주의! 충격에 대비할 것. 충격을 기대할 것.

*

앞서 이미 말한 것이지만, 그러나 이런 식으로만 말하고 끝내버려서는 죽음의 절대적 부정의 권능이 중화되고, 그러면 신생과 부활의 힘까지 함께 약화될 것이다. 지금까지 죽음의 공포와 삶의 위태로움에 대해 의미 부여 해온 모든 말은, 감당하기 어렵고 종잡을 수 없는 불안과 함께, 경악할 만한 무의미와 공허의 공포와 함께, 헛된 희망과 순진한 낙관을 덮어씌우는 일 없이, 다시 말해야 한다. 조경란의 내러티브가 이 소설집에서 내내 한 일이 그것이다.

작가의 말

작가의 말

누구나 어떤 것에 관해 불가해한 두려움을 조금씩은 갖고 있지 않을까. 이 소설집을 쓰는 내내 그런 생각을 했고 인물들의 그 지점을 더 들여다보고 싶었다. 단편 한 편으로서는 완결되었는데도 그 인물의 이야기를 다른 시각으로 계속 써보고 싶다는 마음이 들긴 이번이 처음이었다. 그래서 처음부터 계획하지는 않았던 연작 소설집이 되었다. 끝난 이야기도 있고 그렇지 않은 이야기도 있는데, 살아가려고 날마다 분투하는 작은 사람들과 그간 이웃처럼 함께 지내왔다는 느낌 때문인지도 모르겠다.

아홉번째 소설집을 낸다. 특별하다고 여겨서가 아니라 지속해서 쓸 수 있어서 다행이라는 말을 남기려고 한다. 소설을 쓰는 사람이 된 것보다는 책을 읽을 수 있는 사람이 된 것이 더욱. 무언가를 나누며 같은 시대를 살아가는 사람들의 이야기를 한 편 한 편 몰두해서 쓰려고 했다. 허투루 보내는 인물 없이, 가능한 한 진실된 글이 될 수 있도록. 그게 하고 싶은 일이었다. 담담하게 살았다, 하루하루. 가장 멀리 있는 것 같은 소설을 가장 가까이에 두려고 하며.

책을 만들어준 분들과 해설을 맡아준 권희철 평론가에게 감사드린다. 단편이 지면에 발표되었을 때 따뜻하게 읽어주었던 분들에게도.

어떤 독자들에게 조용히 말을 건넬 수 있는, 그런 책이 되었으면 좋겠다.

2026년 봄
조경란

| 수록 작품 발표 지면 |

은천에서……『문학사상』 2024년 1월호

그녀들……『안다』(열린책들, 2025)

일러두기…… 문장 웹진 2023년 5월호

검은 개 흰말……『실천문학』 2022년 겨울호

그들……『문학동네』 2024년 여름호

빗방울 하나 마른잎을 두드리네……『문학과사회』 2025년 봄호

절차……『한국문학』 2026년 상반기호

문학동네 소설집
반대편 사람 주의
ⓒ조경란 2026

1판 1쇄 2026년 3월 9일
1판 2쇄 2026년 4월 15일

지은이 조경란
책임편집 이한민 | 편집 오영나 임고운 정은진
디자인 김유진 이주영 | 저작권 박지영 형소진 주은수 오서영 조경은
마케팅 정민호 서지화 한민아 왕지경 이민경 정유진
        정경주 김혜원 김예진 이서진
브랜딩 함유지 박민재 이송이 조다현 김하연 이준희
미디어콘텐츠 함근아 김은솔 박다솔
제작 강신은 김동욱 이순호 | 제작처 한영문화사

펴낸곳 (주)문학동네 | 펴낸이 김소영
출판등록 1993년 10월 22일 제2003-000045호
주소 10881 경기도 파주시 회동길 210
전자우편 editor@munhak.com
대표전화 031) 955-8888 | 팩스 031) 955-8855
문학동네카페 http://cafe.naver.com/mhdn
인스타그램 @munhakdongne | 트위터 @munhakdongne
북클럽문학동네 http://bookclubmunhak.com

ISBN 979-11-416-0402-8 03810

* 이 책의 판권은 지은이와 문학동네에 있습니다.
  이 책 내용의 전부 또는 일부를 재사용하려면 반드시 양측의 서면 동의를 받아야 합니다.

잘못된 책은 구입하신 서점에서 교환해드립니다.
기타 교환 문의 031) 955-2661, 3580

www.munhak.com